月下美人を待つ庭で

倉知　淳

猫丸という風変わりな名前の“先輩”は、妙な愛嬌のよさと人柄をもち、愉快なことには猫のごとき目聡さで首をつっこむ。そして、どうにも理屈の通らない謎も彼にかかれば、ああだこうだと話すうちにあっという間に解き明かされていくから不思議だ。悪気なさそうな闖入者たちをめぐって温かな読後感を残す表題作や、電光看板の底に貼り付けられた不規則な文字列が謎を呼ぶ「ねこちゃんパズル」、一見変哲のない写真を巡って恐るべき推理が提示される「恐怖の一枚」など全五編を収録。日常に潜む不可思議な謎を、軽妙な会話と推理で解き明かす連作集。

月下美人を待つ庭で

猫丸先輩の妄言

倉知　淳

創元推理文庫

IN THE GARDEN WHERE
THE QUEEN OF NIGHT BLOOMS

by

Jun Kurachi

2020

目次

月下美人を待つ庭で

猫丸先輩の妄言

ねこちゃんパズル

これを何と呼べばいいのだろうか。

暗号メモ？

秘密の通信文？

謎の文書？

アルファベットが十数文字くらいで、それが三行。十センチ四方ほどのメモ用紙一枚に書かれている。

少なくとも英語ではないだろうと判断できる。主語も動詞も見当たらないからだ。母音が少ないからローマ字というわけでもなさそう。ＨＰＫＺＢＶＥＢＯ――という感じで法則性がないから、一度ぱっと見ただけでは覚えられそうもない文字列だった。

八木沢行寿（やぎさわゆきとし）がそれを見つけたのは、ただの偶然だった。

その日は会社の近くの道を歩いていた。

表の大通りではなく、かといって裏路地というほどでもない、中途半端な道だった。片側二車線の道路に沿った歩道で、狭苦しいが一応ガードレールはついている。車の通りも、ひっきりなしというわけでもなく、しかしガラガラに空いているのでもない、というこの東京のどこにでもありそうな道である。山手線の内側は都市部というイメージが強いけれど、こんな通りはいくらでもあるのだ。

八木沢は、そんな道を歩いていてふと、靴紐が解けかけているのに気がついた。ちょうど区民ホールの前だった。ここは中規模の講堂を擁した区立の建物で、大きくはないけれど歴史を感じさせる外観をしている。どこの区にもありそうな施設で、ママさんコーラスの発表会や区民のためのフォーラム、ちょっとお堅い講演会などが催される場所だ。

その区民ホールの敷地と歩道の境界辺りに、スタンド式の電光看板が置いてある。乳白色のプラスチック製で形は四角柱。割と大きめなものだ。高さは一・五メートルほど、厚みと幅が共に四十センチくらいだろうか。下部は地面から三十センチほどのところで途切れていて、そこだけ四本の鉄の支柱が剝き出しになっている。支柱が見えなければプラスチックの方柱が浮いているみたいに見えることだろう。看板の四面にはホールの名が大きく記され、これから開催される行事のチラシなどが貼り出されていた。来月の十一月初めには、異文化交流をテーマにしたパネルディスカッションが予定されているようで、アメリカの副大使を特別ゲストとしてお招きする旨、チラシに書かれている。

へえ、副大使が来るんだ、などと思っている時、靴紐の件に気がついた。それを結び直すため、何気なくその場にしゃがみ込んだので、問題の物が視界に入ってきたのだった。

四角柱のプラスチックの看板。その底面にそれはあった。看板の底面は地面から三十センチほどの高さにある。なので靴紐のせいでしゃがまなかったら絶対に気づかなかっただろう。

看板の底面にメモが一枚、貼ってあった。二つ折りにしたメモ用紙が、粘着テープで貼りつけてある。

靴紐を結んでから、何となく手を伸ばしてみる。特段不審に感じたわけでもなく、ほんのちょっとした好奇心からの行動だった。

薄いクリーム色のメモ用紙だ。紙は古くはない。むしろ新品に見える。貼ったばかりなのかもしれない。少なくとも、何日も放置されていたものではなさそうだった。

テープを剝（は）がし、二つ折りのメモを開く。

そこにアルファベットの羅列が書かれていた。手書きの文字で、筆跡を隠すためにわざと稚（ち）拙（せつ）に書いたみたいな、乱れた崩れ方だった。筆記用具は、この感じだと恐らくボールペンだ。

ただ、意味が判らなかった。

こんな物がこんなところに貼ってある理由も不明だ。

この区民ホールに出入りしている業者か誰かが貼って行ったのだろうか。業務に必要な連絡用のメモとかで。いや、それだったらもう少し意味のある日本語になるだろう。少なくとも日付けとか名前とか、理解できる箇所がなくてはおかしい。そもそも、こんな場所に貼って行くのが不自然ではないか。

となると、ただのイタズラだろうか？　しかし、しゃがみ込まないと発見できないこんな場所にメモを貼るのが何のイタズラになるのだろう。落書きならば塗料のスプレーか何かで、看板の表にデカデカと書くはずだ。このようにひっそりと、人に見つからない位置にメモなんか貼るのがイタズラになるとも思えない。

結局、八木沢はメモを畳み直して、もう一度元のところへ貼っておいた。戻したのにも特に意図はない。持って行くのも変だし、その辺に捨てるのはマナーに反する。テープの粘着力がまだ弱くなっていないから、何となく戻しておいただけだ。雨も風もない穏やかな秋の日なので、落ちたり飛ばされたりすることもないだろう。

八木沢はそのまま立ち上がり、区民ホール前の横断歩道を渡った。

横断歩道の先にはコーヒーショップがある。関東地域ではよく見かけるチェーン店だ。ここが八木沢の目的地だった。

平日のまっ昼間、小なりといえども立派な出版社に勤務する会社員の八木沢が、打ち合わせでもないのにコーヒーショップに入るのには、れっきとした理由がある。

会社の入っている雑居ビルが外壁の工事中なのだ。

ビルは大昔の建物ですっかり老朽化し、あちこちにガタが来ている。外壁のタイルが今にも剝落（はくらく）しそうで、現に二、三枚、欠け落ちているところもある。さすがにこれは危ない。通行人の頭上にタイルが落下でもしたらタダでは済まないだろう。それで吝（しわ）い屋のオーナーも重い腰を上げたらしい。

かくして先日から工事が始まった。鉄骨の足場を組み、ビルを防塵（ぼうじん）シートですっぽりと覆っていた。

そうするともちろん、八木沢のデスクのある編集部の窓も塞がれることとなる。まあ、外が見えなくなるくらいは構わない。作業するおっさんやお兄ちゃんが窓の外の足場を通って行くのも、特に気になるというほどではない。

ただ、どうにもならないのは騒音だ。

外壁タイルの補修なので、外から壁を叩きドリルで穴を開け、さらに又叩く。ガンガンゴンゴン、ガンゴンゴンと、これがまあよく響く。コンクリートの外壁を直接、ハンマーで思いっきり叩くものだから、芯(しん)の鉄骨にまで響き渡るのだ。振動は壁を伝い床を渡り天井を抜けて、部屋じゅうに騒音が鳴り響く。鉄道のガード下でも、もう少しは静寂と安寧(あんねい)が保証されるだろうという騒ぎだ。中にいる者としては、到底仕事にならない。

それでとうとう社長からお達しが出た。「屋内での仕事に支障のある者はファミレスでも喫茶店でも自由に避難することを許可する。ただしその経費は一人一日三百円までとする」というありがたいのだかケチくさいのだか判別が困難なお達しである。

今日も今日とて、ガンガンガリガリと外壁工事は続いている。それで八木沢は逃げてきたわけだ。

カフェの窓側のカウンター席に座る。

正面にちょうど、さっきの区民ホールが見える。道路を挟んだ向こう側なので、時折自動車が右から左から通り過ぎ、ホールへの視界を遮(さえぎ)る。

その場所で、八木沢は仕事道具を一式拡(ひろ)げた。月刊誌に掲載する、ある作家のゲラのチェックをするのだ。店内はさすがに静かで、仕事に集中できる。外壁をドリルで削られないだけでも極楽だ。

そうやってしばらく紙の束をめくっては赤字を入れていた八木沢だったが、ちょっと肩が凝ってきたので背中を伸ばした。大きく伸びをする。ああ、目も少しくたびれたな。深呼吸しつつ、何気なく窓の外を見る。

と、コーヒーショップのすぐ前を一人の外国の人が通るのが目に入った。メガホンを取っている姿ではあ、クリント・イーストウッドに似てる、と八木沢は思った。メガホンを取っている姿ではなく、西部劇で銃を撃ちまくっていた若い頃のイメージだ。先週、たまたまBSの深夜洋画劇場で西部劇をやっているのを流し見して、その主人公を彼が演じていたのだった。だから印象に残っていたのだろう。

ただし本物よりも随分背が低いので、映画スターを寸詰まりにした感じである。年齢はちょっと判断がつかない。外国の人の年は、見た目だけでは判りづらいものだ。四十代か五十代だろうか、ネクタイをしておらずジャケットだけのラフな服装だった。

八木沢が何となく眺めていると、イーストウッドに似た人物は、ちょうど青になった横断歩道を渡って行くところだった。その軽快な足取りの後ろ姿を、ぼんやりと見送る。

アメリカの人かな、と思ったのは、さっき区民ホールのチラシでアメリカ副大使の名前を見たからだろうか。まあ、白人を見るとついアメリカ人だと思うのはよくあることだ。EU諸国でもオーストラリアでもカナダでも、来日する外国人の数は多いだろうし、この都心の場所ならばなおさら異邦人を見かけるのも珍しいことではないけれど、理由もなくアメリカ人を連想するのは我が国の人間の癖のようなものかもしれない。

そうこうするうちに、寸詰まりのイーストウッド氏は横断歩道を渡りきった。そして区民ホールの前まで来ると、そこで彼は思いがけない行動に出る。

乳白色の看板の前で立ち止まったかと思うと、ひょいとしゃがみ込んで看板の下に手を差し込んだのである。

何気ない動作だったが、八木沢は少し驚いた。あそこは、最前自分もしゃがんだ地点だったからだ。

慌てて八木沢は、仕事道具一式をバッグに突っ込んで店を飛び出した。お茶代は先払いのシステムなので、もたつかずにすんだ。

店を出ると、横断歩道の信号は赤だった。

道路の向こうに目をやると、イーストウッド似の異国の人はもう区民ホールから離れるところだ。

やっと青になった時には、イーストウッド氏の姿は見えなくなっていた。

しかし八木沢の目的は本人ではない。道を渡り、まっすぐに区民ホールの入り口に向かう。乳白色のプラスチックの看板の前でしゃがみ込む。

身をかがめて、看板の底を覗き込んだ。思った通り、さっき貼り直したはずのメモ用紙は、きれいさっぱりなくなっていた。

＊

その数日後。

正午を大きく回った時間。

八木沢はまたあのコーヒーショップで仕事をしていた。

ビルの外装工事がまだ終わらないのだ。

今日も例によって朝っぱらから、壁を叩き壊さんばかりの勢いで、外から殴りつける音が聞こえてきた。その音と振動がフロアじゅうに響き渡る。こいつはたまらんと会社から脱出し、午前中はファミレス、午後はこのカフェとハシゴをしているのだ。

例の窓側のカウンター席でいつものごとく、信号が何度も変わるのを、八木沢はガラス越しに眺めていた。

ただし今日は特別に、三人の男の背中がずっと視界に入り続けている。こちら側の歩道に、つまり店のガラス窓のすぐ外側に交通量調査員が座っているのだ。

道路を挟んだ正面にあの区民ホールが見通せる位置である。当然のことながら彼らは車道に視線を向けて走り抜ける車を注視しているので、八木沢からは三人の背中しか見えない。

揃いのグレーのブルゾンは、多分制服なのだろう。三人とも同じ服装で、そしてこれも同じように三人揃って、腕に空色の腕章。区の交通課の所属であることが記されている。

　彼らは小さな折り畳み椅子に腰かけ、親指で押すタイプのカウンターを両手に持っている。膝（ひざ）の上には記録用らしきクリップボード。それで車道を行き交う車をカウントしていた。三人いるのはそれぞれ担当する車の種類が違っているからなのだろうか。乗用車、トラック、タクシー、バン、商用車、軽トラなどなど、車種別に通行量を測ることに意味があるのだと思われる。

　八木沢が店に来た時にはもう始まっていた。

三人の中年男性は帽子を目深（まぶか）に被（かぶ）り真剣な様子で、無駄口を利（き）いたりしていない。色々なことが電子化されオートマチックで片付いてしまう世の中で、こういう調査は今でも地道な手作業なんだなあ、とちょっと感心してしまう。

　この季節だから寒くも暑くもないのだろうけれど、よく飽きないものだなあと思う。まあ仕事だから飽きるも退屈もないのだろうが、単調な作業に集中力を維持するのは大変だろう。かれこれ一時間ほど座っている。ご苦労なことだなあ、などと思いながら八木沢は、機器をカチャカチャ押し続ける男達の後ろ姿を眺めていた。何気なくぼんやりとそうしていると、見覚えのある人物がやって来るのが目に入った。

　歩道の左側から八木沢の視界に入ってきたのは、先日の外国人だった。クリント・イーストウッドを寸詰まりにしたようなあの男。過日、謎のメモを持ち去った人物である。

　あっと思い、八木沢はつい注視してしまう。

　イーストウッド似のその人物はこちらの視線に気づくこともなく、まっすぐに交通量調査員のほうへ近づいて行った。そうして躊躇することなく、まん中の調査員に何やら話しかけている。

ガラス越しなので声までは聞き取れない。ただ、イーストウッド氏が真剣な表情をしていることだけは判った。

二人は親しげでもなく、かといって事務的でもない感じで何やら言葉を交わす。調査員は車道から目を外さずに、前を向いたままだ。八木沢の位置からはイーストウッド氏の横顔だけが見える。

ほんの数十秒間、彼らは話をしていた。イーストウッド氏が得心したようにうなずいているところを見ると、何らかの報告を受けた様子にも感じられる。

何だ、あの人は、何の報告を受けたんだ？　八木沢は疑問に思う。

そうこうする間にイーストウッド氏は話を終え、立ち去ってしまった。窓の右側へと歩いて行き、八木沢の見える範囲から消える。調査員は何事もなかったかのように、仕事を続けている。

八木沢の頭に疑問符だけが残った。

何をしていたんだ？　あの男は？

数日前は、謎のメモを回収していた。おかしな場所に隠してあった暗号みたいなメモだ。

そして今日は、区の交通量調査員から何らかの報告をされていた。

両方の現場を八木沢が目撃したのは、もちろんただの偶然だ。このカフェで長っ尻をしていたから、どちらの場面にも遭遇したに過ぎない。

しかし、たまたま見かけてしまったふたつのシーンが気になることには変わりはない。

あの外国人、どういう人なのか？

区の交通課の関係者か何かか？

いや、それにしては服装がラフだし、謎のメモを取って行ったことに説明がつかない。そもそも区役所に外国の人は勤務できるんだっけか？

関係者でないのなら、何をやっていたのだろう。

あの謎のメモの意味も判らない。

交通量調査員と何の会話をしていたのか？

外へ行って調査員の人に聞いてみようか。

だが、三人の男の背中は真剣そのものの態度で、余計な穿鑿など拒絶しているように感じられた。何かを気軽に尋ねるムードではない。

不思議に思う八木沢だけが、ひとり取り残されたみたいな気分だった。

*

さらに数日後。

八木沢は例の区民ホールの前を通りかかった。

いつものように平日の昼である。しかし今日はコーヒーショップに避難するわけではない。工事は依然続いているが、会社から駅へと向かう途中だ。某作家の先生との打ち合わせがあるので、電車で出かけるのである。

区民ホールの正面を通り、ついでにその横をひょいと覗いてみた。ホールの右側は路地になっているのだ。ホールの白い壁と、隣のビルのグレーの壁に挟まれて、そこに細い道ができている。

今日はそこに測量チームがいた。お揃いのウインドブレーカーを着た三人組の男達だった。背中の紺地に白く〝東京都都市整備局〟と大きく染め抜かれている。

三人はそれぞれの役割を担っているようだった。一人が足の細い三脚の上の測量機器のスコープを覗き、もう一人は少し離れたところで指標となる棒を立てて支えている。三人目はペンを片手にバインダーを開き、測量士の横についていた。

何気なく足を止めて八木沢は、見るともなく測量の作業を眺める。ああ、何かの距離を測っているなあ、程度の感想しか持たないくらい、ぼんやりと見ているだけだ。

そんな八木沢の背後を、小学生の集団が五、六人、元気よく駆け抜けて行った。

「塾の前にコンビニ寄ってく？」

「うん、行く行く」

「だからあそこがさあ」

「けどセーブポイントの前に消えそうじゃん」

「それヤバいよな」
「抜刀(ばっとう)してからボタン連打だよ」
「でもガードされんじゃん」

などと、それぞれに別個の話題を大声で喋(しゃべ)り合いながら、走って行く。男子小学生は無駄に元気だ。全員同じ茶色の小洒落(こじゃれ)たデザインの革バッグを背負っている。このバッグの小学生達は、たまに近辺で見かける。区民ホールの前が通学路になっているのだろう。

最近の子はランドセルじゃなくてこんなカッコいいリュックで通学なのか、と八木沢は思う。ひょっとしたら、都心の小学校だから私大の付属校か何かで、それでこんなに垢抜(あかぬ)けたスタイルなのかもしれない。そんな私立校に通えるのだから、それなりに裕福なご家庭の子供達なのだろう。普通のランドセルと違ってこの洗練されたデザインのバッグが、お金持ちの保護者にとってはステイタスになっているのかもしれないな、などとどうでもいいことを考える八木沢だった。

そんな埒(らち)もないことを思って足を止めていると、路地の奥から見知った顔がやって来るのが目に飛び込んできた。

あの寸詰まりのイーストウッド氏だ。

また会った。

ちょっと息を呑んだ八木沢とは関係なくイーストウッド氏は、まっすぐに測量チームのほうへ向かって行った。そして、指標棒を立てている男に何やら話しかけ始める。都の整備局の中年男も、それに応じて何か返事をする。少し距離があるので会話の内容までは判らない。八木沢はその光景を、少しの驚きと共に見つめていた。

イーストウッド氏は男たちといくらか会話を交わすと、やがて満足そうにうなずいた。片手を上げて測量士達に挨拶をすると、路地をこちらへ向かって歩きだした。八木沢のほうへ近づいてくる。

測量士と喋っていたところを見ると日本語はできるのだろう。あのメモは何だったのか、思い切って聞いてみるか。八木沢はそう決意しかけたのだが、イーストウッド氏はジャケットの胸ポケットからスマホを取り出し、電話を始めてしまった。近づいて来ているので、それが英語であることは判った。陽気にまくし立てながら、イーストウッド氏は八木沢の横を通り過ぎる。声は本物のハリウッドスターとは似ておらず、どちらかといえば高い音質の女性的な声だった。

八木沢にはさっぱり意味の取れない早口の英語で喋りつつ、イーストウッド氏は八木沢に背中を見せて、横断歩道を渡り始めてしまう。英語に気後れして、八木沢は声をかけるタイミングを逸(いっ)してしまった。

そして道路を渡ったイーストウッド氏は、例のコーヒーショップの前を右に曲がる。そのまま明るい調子で電話機に喋りかけながら、道の向こうへと姿を消した。

声をかけそびれた八木沢はそれを見送ってから、路地のほうを振り返る。本人に聞けないのならば、せめて測量士に話を聞こうかと思ったのだ。しかし測量チームの三人は、すでにそこにはいなかった。路地の奥のほうへ三人揃って歩いて行くのが、遠くに見える。どうやらここでの計測を終えて、別のところへ移動するらしい。

ありゃ、これじゃ聞き込みもできやしない、と軽く失望しながら、八木沢はただその場に立ち尽くすしかなかった。

＊

魚の小骨が喉に刺さったような、という慣用表現がある。無論その意味は、すっきりしない腑(ふ)に落ちない何となく気にかかる、といった感じである。しかし八木沢は常々、これはちょっといかがなものだろうか、と疑問に思っているのだ。

魚の小骨。そんな物が喉に刺さっていたら、相当痛いのではあるまいか。ちょっとすっきりしない落ち着かない、どころでは済まないだろう、と思うのである。痛くて不快で、他のことなど何も手につかなくなるほど嫌な感じが継続して、仕方がないのではあるまいか。

だから、魚の小骨などを持ち出さずとも、もう少し穏当な表現にしてみてはどうだろう。

例えば、背中の手の届かない箇所がちょっとだけ痒(かゆ)い、とか。孫の手のような棒を探してきて掻くほどではないけれど、ほんの少し痒くて気になっている、といった程度に抑えておくのだ。言葉の面白味はまったくなくなってしまうが、こっちのほうがニュアンスとして近いのではなかろうか、と思うのだ。

今の八木沢は、正にそうした心境だった。

例のイーストウッドに似た外国の男。彼が何者なのか、そして何をやっていたのか、それがどうにも気になって、心のどこかに引っかかり落ち着かない。別にそのことに気を取られて日常生活に支障の出るほどではないけれど、何とはなしに気にかかる。これぞ、背中の手の届かない箇所がちょっとだけ痒いような、そんな心持ちだ。

彼は、区民ホールの看板の底に隠してあったメモを持ち去った。ひっそりと、さりげなく取って行った。つまり、あの場所にメモが貼ってあることを前もって知っていたことになる。あの時の仕草はそういう動作だった。それをそっと持ち去ったのだ。意味不明な暗号めいたメモを。

そして、イーストウッド氏は交通量調査員から何らかの報告を受けていた。あの光景もよく判らない。調査員が区の職員なのか、調査を委託された民間の業者なのかは判別がつかない。ただ、腕章をしていたことからして正規の調査なのは間違いはない。そんな調査員から報告をされるイーストウッド氏は、如何(いか)なる立場の人物なのだろうか。

さらに、都の測量士とも何やら会話を交わしていた。こっちはウインドブレーカーを着用していたから正式な都の職員なのかもしれない。ただし、交通量調査員とは管轄が違うのは明らかだろう。区と都とでは所属も違っている。どちらも公共機関ではあるものの、命令系統のまったく異なるふたつのグループ両者から共に報告を受けるイーストウッド氏。彼のポジションが不明である。

暗号メモ、区の調査員、そして都の測量士。それらを繋ぐあの異国の男。彼は何をしていたのか？　メモには何が書いてあったのか？

　それがどうにも、心に引っかかる八木沢だった。気になって夜も眠れぬほどではないにせよ、何となく落ち着かない。ふと、仕事の手を止めて考えてしまったりする。

　ちなみに、今八木沢が仕事の手を止めているのは会社の編集部の自分のデスクで、である。未整理の書類の山が机上のあちこちに堆く積み上がり、作業スペースを著しく圧迫するお馴染みの場所だ。

　ビルの外装補修工事が昨日終わった。

　防塵シートと鉄骨の足場はたった一日であっさり撤去され、何事もなかったかのように元通りになった。外装のタイルも元通りすぎて、本当に補修をしたのかどうか疑いたくなるくらい前と同じ薄汚れ具合である。見た目はまるで変わっていない。あれだけガンガンゴンゴンと派手な騒音を立てていたのは何だったのか、若干納得がいかない。まあ、タイルが剝落しないように内部が頑丈になったことを祈るしかないだろう。

　そうやって以前の静けさを取り戻し、いつものように散らかったデスクで、八木沢は仕事に追われていた。そして夕方近く、ちょっと腰を伸ばして一息入れ、メールチェックのためにパソコンをスリープモードから立ち上げる。ニュースサイトに速報が出ていた。何事だろうと目を通すと、中東南部のＰ国の山岳地帯にある国際的テロ組織の潜伏先にアメリカが空爆を始めた、というニュースだった。ああとうとう始めたか、と八木沢は思った。Ｐ国は現在の国際状況下の火薬庫とも呼ばれ、某宗教系テロ組織が山中のアジトで生物化学兵器の極秘開発を進めている、との情報が前々から流れていたのだ。アメリカをはじめ国連の度重なる投降の勧告にも従わず、テロ組織は山岳地帯のアジトに籠城を続けていた。痺れを切らしたアメリカがいつ空爆に踏み切ってもおかしくない、との噂も囁かれていたが、それがとうとう先ほど決行されたらしい。やれやれ、国際情勢はいつもながら物騒なことである。

眉を顰める八木沢だったが、物騒な火種はごく身近にも迫っていた。

斜め向かいのデスクから、アルバイトの折笠みゆきちゃんが声をかけてきたのだ。

「八木沢さん、外線一番です、烏川先生から」

「おっと、サンキュ」

八木沢は大急ぎで受話器を取ると、保留ボタンを解除した。烏川先生は八木沢が担当している作家の中でも群を抜いた売れっ子の大物なのである。

「お待たせしました、八木沢です、いつもお世話になっております」

『何だよ、お前さんもそんな愛想のいい声が出るんじゃないかよ、そういう丁寧な挨拶ができるなんて初めて知ったよ、僕は。いつもと随分対応が違うじゃないか、烏川先生の名前を騙っただけでこの態度の変わりようだもんな、普段僕の電話に出る時の愛想もへったくれもないあのぶすっとした声は何なんだよ、まったく』

傍若無人な大声が、耳元で弾けた。

「猫丸先輩——」

八木沢がつぶやくと、相手はさらに居丈高になって、

『そうだよ、僕だよ、悪いかよ。何だよ、その不満そうな対応は。読経の最中に肩を警策で思いっきりどつかれて邪魔された坊さんみたいな声出しやがって。お前さんの仏頂面が手に取るように判るぞ、そんなもの手に取りたくなんてないけどさ。愛想はタダだって云っただろ、そうやって邪険な声を出すもんじゃありません。お前さんも、もっとこう、それなりに嬉しそうにしなさいよ、せっかく気の置けない先輩がわざわざこうして電話してやってるんだから、もっと素直に喜びを表現してみてもバチは当たらないだろう。まったくもう、お前さんときたらいつまで経っても成長ってもんをしないんだから、難儀な男だね、どうにも』

陽気、というよりけたたましく喋りまくる猫丸先輩である。

学生の頃にふたつ上にいた人だ。背は極度に小さいけれど、態度は極めて大きい。

「判りました、すみません、愛想がないのは元からですから勘弁してください。あの、そんなことより用件は何でしょうか、これでも僕は一応、仕事中ですんで、どなたかと違って暇じゃないんです」

八木沢が精一杯皮肉を云ってみても、当の瓢箪鯰には通じない。

『何だ、一丁前に仕事中か、いや気にしなさんな、僕は今まるっきり忙しくはないんだからさ、時間ならたっぷりある。何だったら一席語ろうか。おお、そうだな、暇だから電話口で一席語ってやろう、楽しい噺をきけばお前さんだってちょっとは明るい気分になって多少なりとも愛想がよくなるかもしれないんだからさ。えー、親の心子知らずなんてえことを申しますが、こ

の世に人の親の情ほど深いものはないてえことを云いますな、いつの世も親の子を思う情てえのは、そりゃあもう強いものでございまして』

「判りました判りました、判ったから本当に一席語らないでください」

八木沢が慌てて押しとどめると、電話口の猫丸先輩は満足そうに、

『はははははは、そうか、判ったか、うん、判ればよろしい。でもな、本当に一席語ろうかってくらい暇なのは確かなんだよ、当てにしてたバイトがひとつ潰れちまってね。いや、だからって暇潰しにお前さんに電話したんじゃないぞ、ちゃんと用件があるんだから』

「はあ、用件ですか。それで、その用事ってのは？」

『いや、別に大したことでもないんだけどね、実は先月は僕も色々と忙しくってなかなかバイトをしている時間が取れなかったんだよ。それで今ちょいと手元不如意でね、いやまあそんなに困るほどの金欠ってわけでもないんだけど、あんまり大したものを食べてないんだよ、ここ二、三日。それでここらでひとつ滋養のつくもんでもたらふく喰らってみたいと思ってね、それで電話したってわけなんだ』

「で、僕にどうしろと？」

『あれ、察しの悪い男だね、お前さんも。サッシが悪いと雨が降り込んで困るぞ。あのな、僕が恥を忍んで腹が減ったと訴えてるんだよ、普通こういう時は、だったらご馳走しましょうか、ってな台詞くらい出るもんだろうに』

「出ますかね、普通」

『出るよ、出るともさ、普通は。特に相手は普段から世話になってる先輩じゃないか。通常の神経してたらそれくらいの気は回るもんだよ。それを八木沢ときたら、気が利かないにも程があるじゃないか。常識ってもんがハナっから欠けてやがるから始末に困る』

この人に常識がどうこう云われるのは大いに心外である。後輩にタカろうとするのは非常識ではないのだろうか。

しかし、この先輩を相手に正論を主張しても仕方がない。

三十すぎのいい年をして定職にも就かず、ふらふらとアルバイトでその日暮らしをしている変人なのだ。異様な好奇心で、珍しいことと興味のあることにしか目を向けず、何物にも縛られない自由気ままな生き方をしている。いっそ清々しいほどの放埒っぷりだ。

そんな野良猫みたいな先輩に、大の大人がバイト暮らしでは生計が厳しかろうと、八木沢は気を回してちょっとした実録記事風コラムなどを書く仕事を与えてやっている。色々と小器用なタイプなので文章を書ける能力もあるから、せっかく原稿料の発生する仕事を回してあげているのに、当の猫丸先輩ときたら感謝するどころか寄稿者面して大きな態度に出るから厄介である。もう少し殊勝に振る舞っていれば、可愛げもあるものの。ただ、その不満をこの人に云ったところで蛙の面に水だ。文句を云っても数十倍になって返ってくるから面倒くさい。

今回も、不平を口にするのを諦めて八木沢は、

「判りましたよ、仕方がないなあ、もう。何か奢ればいいんですね」

『そうだよ、そうすればいいんだ、最初っから素直に云いなさいよ、まったくもう。あと、仕

方ないとか云うんじゃありません。ホントにお前さんときたら社会人としての口の利き方すら知らないんだから困りものだよ。あ、それから、みゆきちゃんも誘っておくんだぞ。せっかくのご馳走でもお前さんのつまらない、平凡の国から凡庸を布教しに来たみたいな凡人面と顔付き合わせて二人っきりってのも辛気くさくていけないや。お通夜みたいになるのはこっちだって願い下げだからな。それからもうひとつ、さっきの鳥川先生の件でみゆきちゃんが嘘ついたの、叱るんじゃないぞ、ありゃ僕が無理やり云わせた台詞なんだからな』

「判ってますよ、そんなことで怒りません」

と、八木沢はため息混じりに云い、今晩の待ち合わせをする。店と時間の段取りをつけて、それでようやく電話を切った。

みゆきちゃんが斜め向かいの席から、興味津々の体でこちらを見ている。

「猫丸先輩、何の用事でしたか？」

大学生で編集部のアルバイトに入っているみゆきちゃんも、どちらかというと好奇心が強いほうだ。ここに出入りする猫丸先輩とも顔見知りである。

八木沢はわざとらしく肩をすくめて見せて、

「今夜、呑むことになった。っていうか、早い話がタカリだね。けど、みゆきちゃん、嘘は勘弁してよね、心臓に悪いから」

「ごめんなさい、脅されて仕方なく。云うこと聞かないとうちの猫の尻尾、引き抜きに来るって猫丸先輩が」

と、みゆきちゃんは大げさに泣き真似をする。これも多分、猫丸先輩の入れ知恵だ。

「もういいってば、別に怒っていないから。その代わり、呑み会付き合ってもらうよ。猫丸先輩のあのテンションに一人で対応すると消耗がひどいから」

「わあい、いいんですか。やったあ、会社の経費でご馳走だあ」

みゆきちゃんは両手を挙げて喜んでいる。リアクションがオーバーな子なのだ。

「それだけ感激してもらえば奢り甲斐もあるよ」

八木沢はため息混じりに首を振った。さて、今月の交際費の枠はあとどのくらい残っていたっけ、と少し心配しながら。

そして終業後、みゆきちゃんと連れ立って社を出た。

駅の方角へと歩き、駅前繁華街の居酒屋へと向かう。居酒屋といっても女性客も多いちょっと小洒落たイタリアンパブで、会社の新年会などでも利用させてもらっている店である。

店に到着すると、猫丸先輩はもう来ていた。

奥のテーブル席に一人で腰かけた猫丸先輩は、

「先に一杯やってるぞ。お前さんの名前で予約が取ってあったな、感心、感心。八木沢も僕が諭してやったお陰でちったあ気を回すことを覚えたみたいじゃないか、うん、大いに結構」

大きなジョッキを持ち上げて云うけれど、下戸なので中身は多分ウーロン茶か何かだ。

どうでもいいけど、居酒屋のテーブルに座っている姿が絶望的に似合っていない。

三十過ぎのおっさんがこういう店でジョッキ片手に落ち着いていれば、普通ならこの上なくしっくりくるはずなのに、この人の場合は完全に例外である。

小さくて童顔のせいだ。それも極端に。

背が低く、ちんまりとした仔猫（こねこ）みたいな顔立ちをしている。高校生に見誤るくらいの幼い顔つきで、大きなまん丸の目と、ふっさりと垂れた前髪が眉の下まで下がっているのが特徴的だ。だぶだぶの黒い上着をざっくりと羽織ったその姿は、華奢（きゃしゃ）な体格と相まって、これも黒いしなやかな猫を連想させる。

店の人もよく入れてくれたものだと感心するほど子供じみた外観なのに、仕草だけは年相応におっさんくさい。まるで、おっさんが高校生の着ぐるみを着ておっさんの地を丸出しにしているみたいな、ややこしい見た目なのである。

とにかく、その小柄で童顔のおっさんは、八木沢とみゆきちゃんに席を勧めてきて、

「まあとりあえず二人とも座りなさいよ、いつまでもそんなところに突っ立ってちゃ周りの邪魔になっていけないや。それで座ったらとにかく呑んでくれ、駆けつけ三杯っていうくらいだからね、遠慮しないでぐびぐびっといってくれ。僕は呑めないからこいつをいただいてるけど、気にすることはない」

猫丸先輩はよく喋る。しかも相当な早口だ。まくし立てるように喋るから、こちらは口を挟む余地すらない。

八木沢とみゆきちゃんは、猫丸先輩と向かい合わせの席に並んで座った。そして八木沢は生ビールを、みゆきちゃんはライチのなんとかというカクテルを注文する。みゆきちゃんもどち

らかといえば幼い系統の顔立ちだけど、れっきとした二十一歳。お酒を楽しめる年齢である。

　飲み物が揃ったところで改めて乾杯した。

「かんぱーい、さあ呑め、たんまり呑め、遠慮するこたない」

猫丸先輩はウーロン茶なのにテンションが高い。まるで酔っぱらいのごとくだが、この人はこれで常態だ。常に酔っぱらいと同等の陽気さを保っている。

「みゆきちゃんもあれだよ、会社の経費なんだからさ、普段の時給が低い分、こういうところで取り返しなさいよ」

「わあい、取り返します」

と、みゆきちゃんは両手を挙げてバンザイする。身振り手振りがひとつひとつ大きめな子なのである。

「人聞きの悪いこと云わないでください、時給はちゃんと出しているはずです」

八木沢が社を代表して異議を唱えても、猫丸先輩はしれっとして、

「いやいや、お前さんとこの経理の財布の紐が固いのは僕が身をもって知っている。原稿料が安い」

「勘弁してください、あれが相場の稿料ですってば」

「いいや、騙されんぞ、労働者を搾取するのが資本主義の原則だ。我々労働階級はただじゃ引き下がらんぞ、だから今日はがっつり喰らって元を取ってやる。この店の食材、食い尽くす勢いで喰う。僕は栄養を欲しているんだから」

八木沢が店の人を呼び、食べ物を適当に見繕(みつくろ)って注文し終えて振り向くと、猫丸先輩とみゆきちゃんが二人してきゃあきゃあはしゃいでいた。

「かわいいかわいい、これ、何やってるの、この子達」

「尻尾の追いかけっこですね」

「うひゃあ、お互いに尻尾を摑まえようとしてるんだ、かわいいねえ」

「このおバカなところがいいんですよねえ」

「うん、無邪気でかわいい、いいねえ」

みゆきちゃんの家の猫の動画を見ているらしい。二人は、みゆきちゃんが持ったスマホに夢中で見入っている。

「どっちが女の子なの、こっち?」

「そうです、名前はきなこ。それで、この子が男の子でぼたもち。家族はぼーちゃんって呼んでますね」

「かわいいねえ、ぼーちゃんはハチ割れちゃんなんだね、この額からお耳まで黒いのが何ともいえない模様だ」

「いいでしょう、こういう当たり前の白星がやっぱり一番かわいいんですよねえ」

「きなこちゃんはお手々が小さいんだねえ、肉球もこんなにちっちゃくてまあ。うひょお、尻尾、ふさふさだあ、かわいいかわいい」

猫丸先輩は歓声を上げる。まん丸の、本人が猫みたいな目を嬉しそうに見開いている。

それにしても、十歳も年下のバイト学生と同じテンションではしゃげる三十男というのはどうなのだろう。しかも素面で。いつものことながら、呆れるばかりである。

「うひゃあ、凄いジャンプ力だねえ、あらまあ、紐に飛びついちゃって、かわいいこと」

「動きが全部かわいいんですよねえ」

「うんうん、かわいいかわいい」

「それから、二匹とも人間の言葉が判るんですよ」

「おや、賢い子ちゃん」

「お母さんの〝ご飯〟って言葉にすぐ反応するんですよ、どこにいてもすっ飛んで来ます」

「へえ、そりゃヘタに〝ご飯〟って単語、云えないね」

「そうなんですよ、日常会話の中でご飯って出ただけで飛んで来るから困るんです。明日は遅くなるみたいだけどご飯要るの？　ってお母さんが聞いただけで、ぴゅーっと駆けて来ますから。誰もあんたのご飯の話はしてないっていうのに」

「かわいいねえ、猫ちゃんには区別つかないもんねえ。ありゃありゃ、こんなところでごろりんと寝ちゃうんだ、かわいいなあ」

「どこでも寝ますよ、ぽーちゃんは」

「この寝てるふかふかのお腹に顔を埋めてやりたいな、それでもって顔突っ込んだまま思いっきり息を吸い込んでね、猫成分を補充するわけさね」

「やりますね、猫成分補給」

「いいねえ、家に猫ちゃんがいるといつでも補充できて、羨ましいよ。たまには思いっきり猫成分を補給しないと、人はダメになるからね。ありゃ、猫パンチに猫キックだ、元気だねえ」

「じゃれ合うと激しいんですよ、この子達」

「一所懸命暴れてらあ、ひゃあ、こんなに飛び上がったりしちゃって、かわいいねえ」

動画を見て、二人できゃいきゃい喜んでいる。スマホの小さい画面では二人で眺めるのが精一杯なので、八木沢は蚊帳の外だ。物凄く手持ち無沙汰である。ちょっぴり淋しくもある。

そんな八木沢を慰めるようなタイミングで、料理が次々と運ばれてくる。多く頼んだので、テーブルの上はたちまち皿でいっぱいになった。途端に猫丸先輩の興味の対象が、ころりとそちらへ移る。

「おお、おいしそうだな、よし、食べるぞ、残すのは言語道断、バチが当たるからね。はいっ、いただきますっ、ほら、みゆきちゃんも心して食ってくれよ、たんまりあるんだから」

「はい、食べます」

「どのみち経費で落ちるんだし」

「はい、最高です」

箸を手に、猛然と料理に取りかかる猫丸先輩とみゆきちゃん。さしもの猫丸先輩も口はひとつしかない。食べるのに集中して、おとなしくなった。がっつきながらではお喋りは封じられる。口は悪いが行儀はいいのだ。にぎやかな猫丸先輩が黙ったので、今度は八木沢が口を開いた。

「そういえば、最近おかしなことがあったんですけどね」

例の、背中の手が届かない箇所がちょっとだけ痒い話を披露することにした。

つまみをつついてビールをちびちびやりながら、八木沢は話を始める。

クリント・イーストウッドを寸詰まりにしたようなあの男。その人物の謎の行動に関する一連の流れの話だ。

謎のメモと暗号らしき文字列。

交通量調査の区の職員から何らかの報告を受けるイーストウッド氏。

測量チームの都の職員とも何やら話をしていた。

あの男は何者で、一体何をしていたのか。

それが判らなくて、何となく落ち着かない。

まあ別に、八木沢としては答えを求めて語ったわけではない。ただ、今気になっていることとして話題に上げただけのつもりである。

そうやって一通り話し終えると、みゆきちゃんがグラスを片手に、

「そのメモ、内容は覚えていないんですよね」

と、確認してきた。八木沢はうなずいて、

「うん、全然。ちらっと見ただけだったし、アルファベットが意味なく並んでるようにしか見えなかったから」

「一見して文章になっていないって判断できたんですね」

「そう」

「うーん、せめて何が書いてあったか判れば、暗号を解読できたかもしれませんけど、残念ですねえ」

「そうそう、こいつはそういう残念な男なんだよ。前々からちっとも変わりゃしないんだから」

と、いきなり猫丸先輩が割って入ってきた。どうやら一通り料理を平らげたみたいで、箸を置きながら猫丸先輩は、

「本当にもう、気が利かないにも程があるじゃないか、まったく。せめて書き写すとか何とかしてくりゃよかったのによ、そうすりゃ、みゆきちゃんの云うようにちゃちゃっと解読できただろうに。そんなことすら気が回らないんだよ、この残念寝太郎は」

「でも猫丸先輩、八木沢さんだって咄嗟にそこまで考えられなかったんですよ、きっと」

　みゆきちゃんのフォローも猫丸先輩は蹴散らして、

「いいや、八木沢だからこそダメだったんだよ。みゆきちゃんは気持ちが優しいから咄嗟には考えないなんて云って擁護してあげてるけど、もしみゆきちゃんがその立場だったら、恐らく写真を撮ってくるくらいの気を利かせただろうよ。それくらいは普通は考えるだろう。大事な時に気が利かないったらありゃしないよ。肝心要の暗号の内容を記録してないんだから」

「けど、その時は、後でその男がこっそり持って行くなんて展開になるとは予想もつかなかったんですよ。おまけにその人が後々も不可解な行動するなんてことも、あの時点では知りもしなかったんですから」

八木沢は精一杯の弁明を試み、みゆきちゃんも加勢してくれて、

「そうそう、後でメモの内容が問題になるって、最初の時は八木沢さんも知らなかったんだし」

「いやいや、みゆきちゃん、甘やかしちゃいけない。そうやって甘やかしたらこの手合いは図に乗ったりするからね。この手のタイプは一度思い上がるとどこまでも増長するから近寄らない方が得策だ、その辺は覚えておくといい」

「勉強になります、猫丸先輩」

急に真顔でうなずくみゆきちゃん。裏切るなんてひどいと思う。

と、みゆきちゃんだけでなく猫丸先輩も、突然真剣な表情になったかと思うと、

「しかしな、八木沢、お前さん、ひょっとしたらとんでもないものを目撃しちまったのかもしれないぞ」

「とんでもないもの、って何です？」

いきなり真面目(まじめ)そのもののトーンになった猫丸先輩に、つい釣り込まれて八木沢が聞くと、

「そう、世界情勢がひっくり返るくらいの大ごとだ。こいつは途方もなく剣呑(けんのん)な事態の始まりかもしれない。世界各国の軍事バランスを根底から壊しかねない、バカデカい爆弾が炸裂する可能性がある。ヘタをしたら第三次世界大戦の引き金になるってケースすら考えられるぞ」

「そんな、まさかいくら何でも大げさな」

八木沢は笑い飛ばそうとしたが、猫丸先輩は真剣な表情を崩そうとはしなかった。そして、だぶだぶの黒い上着のポケットから煙草(たばこ)の箱を取り出して、一本口にくわえる。

「近頃はこういう店も禁煙だから、店内で吸うのもはばかられるからな」

と、火をつけずにくわえ煙草のまま、ふっさりと眉の下まで垂れた前髪の下から大真面目な目を向けてくる。

「ちっとも大げさなんかじゃないぞ、世界を揺るがす大事件の発端かもしれないって云ってるんだ、僕は。どうする、八木沢」

「どうするって云われても――」

八木沢は困惑するしかない。隣でみゆきちゃんが、まん丸の目をした猫丸先輩に向かって、

「それって、例のイーストウッドに似たおじさんが起こすんですか」

「もちろんそうだろうな。八木沢の云うところのその寸詰まりのイーストウッド氏が黒幕なのか、組織のエージェント的な役割なのか、そこまでは判らない。ただ、実行犯は彼自身だろうな、きっと」

「つまり、あの男が何か犯罪に関わってるってことでしょうか」

八木沢が尋ねると、猫丸先輩はもさもさした癖っ毛の頭を、片手で軽く掻きながら、

「まあ、そんなとこだろうな」

曖昧（あいまい）な口調で答えた。ただし、まん丸い仔猫じみた瞳はやはり真剣そのものの表情を湛（たた）えている。

この小柄で高校生みたいな外観の先輩は、変人だけあって頭の配線が常人とはいささか違っている。だから普通の人には解き明かせない謎を解いたりするのが得意なのだ。ひょっとした

ら今回も、その素っ頓狂な頭脳で何か思いついたのかもしれない、

八木沢は期待を込めて、

「どういうことですか、教えてください」

頼んだのだけれど、当の変人はすいっとその言葉の矛先を躱すように目を逸らし、火のついていない煙草を指先に持ち替える。そして、

「うん、教えてやるのはやぶさかではないんだけどな、けどその前にちょいと前段階がある。よし、こうしよう、パズルだ。ひとつ僕がクイズの問題を出してやる。八木沢とみゆきちゃんは二人がかりでそいつを解いてみてくれ」

ころりと、口調まで陽気なものに変えて云う。気分も、その名の通り猫の目のごとく気まぐれに変わる人なのだ。

「いいか、パズルだ。問題、いくぞ。ここに猫ちゃんが二十四いるとする、この店内にな。そして店の出入り口は窓を含めてぴったりと閉ざされている。二十四の猫ちゃんは店を出入りできない。ここまでが前提だ」

「この店の中に、ですか。飲食店に猫がいるのはどうかと思いますけど。店の人が嫌がりませんか、それ。しかも二十四もなんて」

「細かいことを気にするね、八木沢も。いいんだよ、これはパズルだ、あくまでも架空の話だ、ちょいとした思考の実験なんだから細かい設定はどうでもいいんだよ。ん？　いや、待てよ、よかねえか、うん、確かにこの店じゃダメか、なるほど八木沢もたまにはいいこと云うんだな。

本当にたまにだけど。よし、だったらこうしよう、舞台設定は猫カフェだ、場所はそこだと思ってくれ。猫カフェに猫が二十四いるところを想像してみてほしい。そこならそれだけの数の猫ちゃんがいても不自然じゃないし、想像しやすかろう。そのほうが後で色々と都合もいいしね」

と、少し意図不明な一言を付け加えてから、猫丸先輩は口調を改めて、

「猫カフェに猫ちゃんが二十四いる。白猫が十四、黒猫が十四、ちょうどよく十四ずつだ。それが合計二十四、猫カフェの店内にいるんだ。ここまではいいな」

「他の子はいないんですね、ブチ猫ちゃんとかトラジマちゃんとか」

みゆきちゃんが確認すると、猫丸先輩は火のついていない煙草をくわえ直して、

「うん、白と黒だけだ。パズルだからその辺はくっきり分かれてたほうが判りやすいだろう。別にサバ猫ちゃんでもサビ猫ちゃんでもいいんだけど、ここは白と黒、二種類しかいない猫カフェを想定してくれ」

「判りました、けど、かわいいですね、白猫ちゃんと黒猫ちゃんしかいない猫カフェって」

「うん、確かにかわいいな。猫じゃらしでたっぷりじゃらして遊ばせて、猫ちゃん達がくたびれてあちこちでころころ寝始めたのを見計らってさ、こう、そっと抱っこしてきて並べてみるといいかもしれないね、白黒白黒と順番に。二十四全部並べたら、こりゃかわいいだろうなあ、白黒白黒と寝ててね」

「いいですねえ、並んでるの、かわいいい」

猫丸先輩とみゆきちゃんが脱線し始めるのを、八木沢は軌道修正して、

「かわいいのは判りましたけど、パズルはどうしたんですか。白黒並べるのが目的じゃないんでしょう」

「あ、そうだ、忘れてた。八木沢が余計な口を挟むから話が逸れちまったじゃないか。要らんこと云うんじゃありませんよ、まったくもう、お前さんときたら無駄口ばっかり叩くんだから」

何も云っていないのに理不尽に責められる八木沢である。

「まあ、そんなこたどうでもいいや、パズルの続きだ。パズル参加者は一人。八木沢でもみゆきちゃんでも構わない。とにかく一人がその猫カフェの店のまん中に立つものとする。それで参加者の左右にひとつずつ、大きなケージがあるものと想定してくれ。ケージ、判るな。鉄の柵で、大きさは、そうさな、まあ大体二メートル四方としようか。下の方に出入り口が開いていて、猫ちゃん達も自由に行き来できるようになっている。ただし出入り口には扉がついているから、そいつを閉めると中に猫ちゃんを隔離することもできる仕組みだ。そんな猫ちゃんを仕切るための柵がふたつあると考えてほしい。さて、それで今からこのケージに二十匹の猫ちゃんを入れるわけなんだけど、ただし条件がある。片方のケージには白猫ちゃんだけ、もう片方には黒猫ちゃんだけ、十匹ずつ別々にまとめるんだ」

「それは別に難しくないんじゃないですか。猫カフェの猫なら人に慣れているでしょう。抱いてきて一匹ずつ入れればいいんでは？」

八木沢が云うと、猫丸先輩はまん丸の仔猫みたいな目を向けてきて、

「まあそう先走りなさんな、ここからがこのパズルのキモだ。もうひとつ条件があるんだよ。猫ちゃんの仕分けの前に、参加者はひとつ枷を掛けられる。目隠しだ。アイマスクでもタオルで縛るんでもいい、何でもいいからとにかく目が見えないように、きっちりと目隠しをしてもらう。参加者は完全に視覚を遮断された状態で、部屋のまん中に立ってもらってからゲームスタートとなるわけだ。さあ、どうだ、どうやって猫ちゃんをケージに入れる？」

「完全に目隠ししたら、何も見えないですよねえ」

みゆきちゃんが半ば独り言で云うのに、猫丸先輩は律儀に答えて、

「そう、そんな中で白猫ちゃんを十四、片方のケージに集める。そしてもう一方のケージには黒猫ちゃんだけを十四、ちゃんと間違いなく入れてもらいたい。これはそういうゲームだ」

「私一人でやるんですよね」

「もちろん一人だ。誰かに手伝いを求めるのは当然ダメ。ゲームの参加者は一人ずつ、それがルールだ」

「見えないのにどうすればいいんでしょう」

と、みゆきちゃんは困惑顔だ。

八木沢も考えてみることにする。

猫カフェの中央に、目隠しされた状態で一人で立っているところを思い浮かべた。

部屋のあちこちで猫達が動く気配がする。鳴いている猫もいる。しかし、その姿は見ることはできない。距離感も摑めない。そんな状況で、さて、どうしたものか——。

考えながら、グラスが空（から）になっているのに気がついた。八木沢は改めてビールを注文し、再度考えに集中する。

とりあえず、手探りで一歩前へ出てみるか。猫を捕まえるために、しゃがんだ姿勢になる。そして手を伸ばして左右を探ってみよう。そうすれば、二十四匹もいるのだ、一匹くらい手の届く範囲にいるかもしれない。

そうして一匹、猫を捕らえてみる。抱っこしても、どっちが頭かお尻がよく判らない。何せ目隠しをしているのだから。とにかく床に座り、その猫を膝の上に乗せる。手探りで撫でているうちに、猫の体勢が判ってくる。こっちが頭か。とすると喉はこの辺だな。喉の下を撫でてやると喜ぶから撫でてやろう。にゃあにゃあと鳴くかもしれない。

問題なのは、この猫が白猫か黒猫かである。見えないから、このままでは区別がつかない。どちらのケージに入れればいいのか。どうやって判断しよう。毛並みか、手触りか？

「ねえ、みゆきちゃん、白猫と黒猫って毛の感触が違うものなのかな」

新しく運ばれてきたビールに口をつけながら、八木沢は聞いてみた。みゆきちゃんは首を傾（かし）げて、自分のカクテルを口に運びつつ、

「個体によっては違うと思いますけど、白と黒ではっきり違いが判るってことは、まずないでしょうねえ。白猫ちゃんだけ長毛種を揃えてるとかいう話だったら、判りやすいと思うんですけど。ノルウェージャンフォレストとかなら毛が長くて、首回りなんか特にふさふさしてるから触っただけで判りますよね。それで黒猫ちゃんが短毛種だけだったら、ふたつの種類は見え

なくても触って区別がつくと思いますけど」

しかし、みゆきちゃんの言葉は猫丸先輩によって即座に否定される。

「それはない。猫ちゃん達はそういう純血種でも血統書付きでもないんだ。その辺の道っ端にいくらでもころころ寝っ転がってるごく普通の猫ちゃんだな。まあ目安としては、大体二歳くらいの若猫ちゃんと考えてもらっていい。発育具合もみんなほぼ同じだから、体の大きさも似たり寄ったりだ。ついでに云えばオスメスも入り混じっていて、どちらかに偏っているってこともない。そういう条件と考えてゲームを進めてくれ」

「じゃあ、毛並みでは区別はつきませんよねえ」

と、みゆきちゃんは眉を八の字にして考え込んでしまった。

八木沢もビールを呑みつつ、考えを巡らせる。

さっきの想像の続きを頭に思い描く。

膝の上に猫が一匹。そして目隠しのせいで視覚は奪われている。さて、どうする。

膝の上の猫は白猫か黒猫か。

判断するのは五感のいずれかだ。

視覚は封じられているから使えない。見て判断するのは不可能と考えていい。

次は触覚だ。

手探りで区別がつくだろうか。しかし、毛並みは同じようなものだと設定されている。どこにでもいるような普通の猫なのだ。撫でても区別はつかないだろう。

八木沢は、想像の中の猫をあちこち撫で回してみる。

猫の頭、背中、お腹、前足、後ろ足、肉球。うーん、やはり触っても区別はできない。白か黒か、ヒントすら摑めそうにない。白猫と黒猫は肉球のぷにぷに感が違います、なんてことはないだろうし。あとは尻尾か。

と、八木沢はふと思いつき、

「白猫の尻尾が長くて、黒猫は十匹とも全部短い。これでどうですか、それなら触って判りますよ」

「ダメ、そういうのは無し」

しかし猫丸先輩はにべもなく云い切る。

「設定を勝手にいじるんじゃありません。猫ちゃんは二十匹とも、どれも似たような体格だって云ったはずだぞ。もちろん尻尾も同じだ。長い短いの個性くらいは多少あるだろうけど、それは毛の色とは関係ない。八木沢はそういう考え方してたらいつまで経っても正解に辿(たど)り着(つ)けないな。思考が硬直してるのがいけないんだよ。ちょいと発想を変えてみろや。もっと柔軟に考えなさいよ、柔軟に」

からかうような口調で云われて、八木沢は再び考え込む。

うーん、柔軟な発想か。視覚が使えない、触覚がダメときたら、次は味覚か？　白猫と黒猫とでは舐(な)めてみると味が違うとか？　いや、猫を舐めたことはないけれど、味が違うなんて話は聞いたこともないな。ひょっとしたら、猫はビターチョコとホワイトチョコで出来たお菓子の猫で、舐めてみれば味は明々白々、なあんてことはないよなあ。設定をいじるなって云われたばかりだし、こんな解答案を出したら猫丸先輩にけちょんけちょんに罵倒されそうだ。

となると、味覚も使えないか。味がダメなら、残りは嗅覚か？

と、みゆきちゃんも似たようなことを考えていたらしく、隣で口を開いた。

「匂いで区別するっていうのはどうでしょうか。あらかじめ白猫ちゃんには香水か何か振りかけておくんです。そうすれば一匹ずつ匂いを嗅いで、香水の香りのするほうが白猫ちゃん、しないほうが黒猫ちゃんって判ります。そうやって区別してケージに入れればいいんですよ」

そうだ、それだ、いいぞみゆきちゃんナイスアイディア、と八木沢は納得しかけたけれど、猫丸先輩はにんまりと人の悪そうな笑顔になって、

「うーん、そりゃダメだ。ただしみゆきちゃんは発想の上でいいところを掠った。でもな、香水はいただけない。いいか、こいつはパズルだ、なるたけスマートに解答したほうがカッコいいじゃないか。その点、猫ちゃんに無理やり香水なんぞ振りかけるのはスマートじゃないな。家に猫ちゃんがいるみゆきちゃんなら判るだろう。猫ちゃんは匂いに敏感だ。特に自分の体におかしな匂いがつくのは極度に嫌がる。しょっちゅう毛繕いして体を舐めてるのは、ありゃ匂いが気になってそれを拭う意味合いもあるそうだからね。猫ちゃんは馴染みのある匂い以外は、大抵嫌がるものなんだ。そういう習性の生き物だからな。狩りをするのに余計な匂いが体から発してたら、獲物に気取られちまうだろう。そんな野生の狩人の本能が今でも受け継がれているから、匂いを嫌うらしいね、猫ちゃんは。だから香水みたいな人間でさえ嗅ぎ分けられる強

烈な匂いとなるとなおさらだ。かわいい猫ちゃんが嫌う方法は無粋（ぶすい）ってもんだろう。スマートじゃない。だからそいつは不正解だ」

と、猫丸先輩は指を一本立てて、それと火のついていない煙草とをクロスさせてバツ印を作った。さらに、お得意の早口で続けて、

「それに香水なんか振りかけたとしても、白猫ちゃんと黒猫ちゃんが仲良くじゃれ合って二匹で体をこすりつけ合ったらどうなるよ。香水をかけてないはずの黒猫ちゃんの体にも匂いが移るぞ。そうなったら人の鼻じゃどっちがどっちかもう判らない。香りがするから白猫ちゃんだと判別したら、実は匂いが移った黒猫ちゃんだった、なんてこともあり得るわけだ。そうなったら間違ったケージに入れちまう。だから香水の手口はダメ、使えないね」

「なるほど、確かにそうですね。ダメでした。この提案は引っ込めます」

みゆきちゃんが自説に執着せず云うのを、八木沢は引き取って、

「だったら香水じゃなくて、猫が嫌がらない匂いならどうでしょう。猫が喜ぶ、いい匂いのするもの、判らないですけど例えばマタタビの香りとか」

「それもダメだってば、八木沢は融通（ゆうずう）が利かないね、まったく。白ちゃんと黒ちゃんがじゃれ合う可能性があるって云ったばっかりじゃないか。体をこすりつけ合って匂いが移ったら、お前さん区別がつくのか。そいつは無理ってもんだろうが」

鼻で笑って、猫丸先輩は云う。

云われてみればもっともだ。猫が嫌がらない匂いでも、こちらが判別できないのでは意味が

ない。それに、匂いが移る可能性がある限り、こうした方法は根本的に成り立たなくなってしまう。

ということは、嗅覚も使えないか。

八木沢は頭を捻る。

「それじゃ、ここでひとつヒントを出してやろう、こいつは特別サービスだぞ」

と、猫丸先輩は機嫌よさそうにそう云った。

「今、香水の件でみゆきちゃんがいいとこ掠ったって僕は云ったよな。これは、あらかじめ香水を振りかけておいたと考えた点を評価したんだ。判るか、僕は問題編で下準備をしちゃいけないとは一言も云っていない。そこがポイントだ。そいつを考えてみてくれ」

満足そうに云う猫丸先輩の言葉に、八木沢とみゆきちゃんは顔を見合わせてうなずき合った。

五感のうち視覚は封じられており、触覚もダメで味覚は論外、そして嗅覚も今、却下された。となると、残りはひとつ。

「だとすると、耳、ですね。聞こえるもので区別するしかありません」

みゆきちゃんが確信ありげに主張する。どうやら八木沢と同じ思考過程を辿っているようだ。

そう、残りは聴覚。それしかない。

「ねえ、みゆきちゃん、白猫と黒猫で鳴き方が違う、なんてことは、さすがにないよねえ」

自信がないので語尾が消えかける八木沢の発言に、みゆきちゃんは当然と云いたげに首を振って、

「ないですねえ。鳴き声は確かに一匹一匹猫ちゃんによって違ってたりしますけど、毛の色で区別できるなんてことはないでしょうね」

「そりゃそうだよね。でも、一匹一匹は違うんだよね」

「個体差というか、個性はまあありますね」

「だったらその個性を聞き分けるってのはどうだろう。あらかじめ何かをしておくのはオーケーだって猫丸先輩からヒントがあった。だったら一匹ずつ、鳴き声の違いを覚えておく、これでどうだろう。鳴いてる声で個体を区別すればいけるんじゃないかな」

そこそこ自信があった上での八木沢の発言だったが、猫丸先輩はまん丸い目をにやにやさせて、

「あのな、二十四分、全部記憶しておくっていうのか、お前さんは。それを聞き分けられる確証はあるのかよ。個性ったって猫ちゃんの鳴き方が一匹一匹そこまで違うもんかね。二十四も聞いてたら、こんがらがらないわけはないと思うんだけど、お前さん、それをみんな聞き分けられるっていうんだな。普通に考えりゃ、そんなもの全部区別して覚えられるわけないだろ、このスカポンタンが」

「だから録音しておくんですよ、僕だって全部記憶できるとは思ってません。そこは機械に頼るんです。スマホの録音機能か何か使って、白猫の一番の声はこれ、黒猫の八番の声はこれ、ときちんとデータ化して記録しておく」

「あのな、猫ちゃんがいつもいつもまったく同じ調子で鳴くわきゃないだろうが。その時その

時の機嫌や体調の具合次第で、鳴き方なんてガラリと変わるんだぞ。お前さんのご自慢のデータとやらには、ころころ変わる猫ちゃんのご機嫌の全部に対応した音声を網羅できる仕組みがあるのかよ。どれだけ膨大になるんだ、その音声データは。それに鳴かなかった時のことも考えてみなさいよ。猫ちゃんが部屋の隅でずっとくうくうと寝てたら、鳴き声なんぞ判るはずもないだろ、そうなったらどうするよ。区別はおろか捕獲すらできないじゃないか。ついでに云えば、あんまり鳴かない無口なのが個性の猫ちゃんだっているんだぞ。そんな子が白グループと黒グループに一匹ずついたりしたら、その子達をどうやって区別するっていうんだ、お前さんは」

「えーと、それじゃ、鳴き声で判別する方法は」

「使えないに決まってるだろ、この考え足らずめが。もうちょっと頭を捻ってまともなアイディア出せよ、本当にもう、八木沢の頭のおめでたさは底なしだな」

楽しそうに罵声を浴びせてくれる猫丸先輩とは対照的に、考え深げな口調でみゆきちゃんが口を挟んできて、

「だったら同じ聞くでも、絶対に鳴る音ならばどうでしょうか」

「絶対に鳴る音?」

八木沢がオウム返しに聞くと、みゆきちゃんは大きくうなずいて、

「そうです、例えば、首輪に鈴をつけるのはどうですか。あらかじめ下準備をしておくのが正解への道筋なんですよね、それなら、白猫ちゃんには高い音の出る鈴を、黒猫ちゃんには低い

音の出る鈴を、前もって首輪につけておくんです。それで、ゲームスタートで目隠しされたら、鈴の音を頼りに猫ちゃんを探します。で、一匹一匹捕まえて、高音の鈴が鳴ったら白猫ちゃんのケージに、低音の鈴だったらもう一方へ。これを二十四分やればいいわけです」

おお、みゆきちゃん賢い、それだ、それしかない、と八木沢は感心したが、しかし猫丸先輩は、火のついていない煙草の先端を左右にゆっくり振って、

「残念、いい線いってるけど、それも正解じゃない。スマートに解決してほしいって云っただろう。猫ちゃんによっては首輪を極度に嫌う子もいる。二十匹もいるんだから、一匹や二匹はそういう子が混じってるかもしれないだろう。嫌がる猫ちゃんに無理くり首輪を巻くなんて、どうにもスマートじゃないな。猫ちゃんに無駄なストレスをかけるのは無粋だよ。従って首輪はダメ、だから鈴も無し。正解とは云えない」

「あ、そういえばうちのぼーちゃんも首輪はダメなタイプです。嫌がって暴れて、絶対につけさせてくれません」

「ほら、そうだろう、中にはそういう猫ちゃんだっているんだ、だから首輪の案はアウト。スマートじゃないからね。それに、これもさっき云ったけど、部屋の隅っこで寝ていたらどうする。猫ちゃんは動いてないから鈴の音も鳴らないぞ。そもそも、隅で寝ている猫ちゃんをどうやって捕獲する？　プレイヤーは目隠しされているんだぞ、云ってみれば鼻をつままれても判らない暗闇の中にいるのと同じだ。そんな中でどうやって二十四もの猫ちゃんを見つけるんだ。猫ちゃんはどこにいるのかまるっきり判らない。隅で寝ていることすら見えやしないんだぞ。

そんな猫ちゃんをどう捕まえるつもりなんだ？」

猫丸先輩は楽しそうに疑問を投げかけてくる。

八木沢は首を傾げるしかない。絶対に鈴でいけると思ったのに、それを否定されたら八方塞がりだ。これで五感は全部潰されてしまった。視覚、触覚、味覚、嗅覚、そして聴覚も使えない。こんな状況で、あとは何ができる？

頭を悩ます八木沢に、猫丸先輩はウーロン茶で口を湿してから追い打ちをかけてきて、

「この、隅で寝ている猫ちゃんをどうするかって点も、このパズルの面白いところだな。さて、八木沢、こいつをどう解消するよ」

「見えないんだから、手探りしかないでしょうね、部屋の隅を一箇所ずつ」

「壁の途中の半端な位置で寝てたらどうする」

「壁沿いに、ずっと歩いてみます。虱潰し（しらみつぶ）しに」

「キャットタワーの上で寝てる場合もあるかもしれない」

「それも手探りでどうにかしますよ」

「ソファの下にでも潜り込んでたら？」

「手を突っ込んで探ってみるしかないですね」

「じゃ、猫ちゃんが移動したらどう対応するんだ。さっき手探りで調べた部屋の隅に、いつの間にか猫ちゃんが音もなく移動して来て、その場でころんと寝ちまったら」

「それは、うーん、困りますね。二度三度と、同じところも探すように心掛けるしかないでし

ょう」

「何だそりゃ、物凄く手間がかかるぞ、それじゃ。同じところを何度も何度も手探りして歩いたら、どれだけ手間がかかるか判ったもんじゃない。八木沢はこのパズルに一体何時間かけるつもりなんだ」

「いや、そうは云われても、仕方ないですね」

八木沢は顔をしかめた。そうか、時間の問題もあるのか。虱潰しは時間がかかりすぎるのが難点だ。あまり手をかけずに二十四、ちゃんと捕まえないといけない。場所は猫カフェだから、体育館みたいにだだっ広いわけではないだろうが、何しろ目隠しされている状態だ。何も見えていない。だのに、どこに猫がいるのか、あまり時間をかけないで見つけないといけない。手探りでは限界がある。

「人懐(ひとなつ)っこい猫ちゃんなら、寄って来てくれるかもしれませんね」

みゆきちゃんが猫を抱くような仕草で云うと、猫丸先輩はうなずいて、

「まあな、愛想のいい子なら自分からすりすりしに来てくれることもあるだろう。けどね、二十四全部がその時ご機嫌がいいとも限らない。中には警戒心の強い猫ちゃんもいるだろう。そういう子だったら向こうからすり寄ってきてくれるのは期待できないね」

「追いかけますよ、一所懸命」

八木沢が云うと、猫丸先輩は苦笑して、

「逃げられるよ、追いかけたりしたら。不機嫌な猫ちゃんを無理に追いつめたりしたら、ヘタ

すりゃ思いっきり引っかかれて痛い目見るぞ」

そう、相手もおとなしく捕まってくれる保証はない。どうにかしてうまく捕獲したところで、今度は白猫か黒猫か見分けないとならない。

五感が全部頼れないのに、どうやって猫達を捕まえ、そして白と黒を区別する？

参ったな、これは手詰まりだ。

八木沢が感じたことをみゆきちゃんも思ったようで、軽く首を振りながら、

「ちょっとこれはどうにもなりそうもないですねえ」

諦め顔で云う。それを見て猫丸先輩は、ますます愉快そうにまん丸の目を輝かせて、

「降参するのはまだ早い、次のヒントを出してやろう。みゆきちゃんのお母さんの話がヒントになる」

「うちの母、ですか」

と、みゆきちゃんはきょとんとして、

「何かありましたっけ」

それには直接答えずに猫丸先輩は、眉の下までふっさりと垂れた前髪を軽く掻き上げると、

「ピンとこないようだったらもっと大きいヒントを出そうか、こいつは特別大サービスだぞ、いいか、逆転の発想だ。八木沢もみゆきちゃんも、自分で判断しようと考えてばかりいるみたいだな。けれど、ここはひとつ反対に考えてみようや。人の五感ではなく猫ちゃんの五感を頼るんだ。こっちは何もしなくてもいい。猫ちゃんのほうから勝手に寄って来てくれる方法を使

えばいいんだよ。ここまで云えばもう判るだろう。ヒントどころかほとんど答えを云ったも同然だからな」

いや、そんなことを云われてもまるっきり判らない。

猫の五感を頼るって、どうやって？

勝手に寄って来てくれるって、今さっき機嫌が悪いと逃げると云ったばかりではないか。

猫の五感がどうやったらこっちに伝わるというんだろう。

猫は人間の思い通り行動してくれない動物なのだ。

そもそも寄って来てくれたとしても、白猫黒猫の区別がつかないのに変わりはない。

何をどうすればいいんだ、そのヒントは。

余計に混乱してきた。

煩悶（はんもん）する八木沢の隣で、みゆきちゃんも困惑したように、

「うちの母の話っていえば、今日ここで云ったのは、〝ご飯〟って言葉がうちの猫達に判るって話しかしてませんけど」

「そう、それで正解、みゆきちゃん合格」

「えっ？」

合格をもらったみゆきちゃんが一番驚いている。

猫丸先輩はその様子を楽しそうに眺めながら、

「その顔じゃ八木沢はまだ判ってないな。だったら八木沢は不合格。色々と不合格。人として

不合格、人生が不合格」

「いや、不合格でいいですからそろそろ種を明かしてください。みゆきちゃんのお母さんがどうしたんですか」

「種を明かすも何も、手品じゃないんだからそんなものはないよ。これはパズルだ、だからスマートに解いてほしいだけだよ」

と、猫丸先輩はまん丸い目でまっすぐにこっちを見てきて、

「まあ、これ以上引っぱってもヤボだしな、ここら辺で答えを出してやるか。いいか、答えは簡単だ。ゲームスタートと同時に、ポケットから猫缶を取り出す。あの猫のイラストのついた猫ちゃん用の缶詰だな。そしてそいつをパカッと開ける。猫ちゃんは猫缶を開ける音に敏感だぞ。どこにいてもすぐにすっ飛んで来る。ちょうどみゆきちゃんのお母さんの口にする〝ご飯〟って言葉みたいに」

「あ——」

みゆきちゃんが息を呑む。何か一瞬で理解したような顔つきだったが、八木沢には何がなんだかまだちんぷんかんぷんだ。

「そう、みゆきちゃんの家のきなこちゃんとぼたもちちゃんはお母上の〝ご飯〟という言葉を聞くと、どこにいても駆けつけて来るんだったな。それと同じ理屈だ。そうやって猫缶を開ける音で集まってきた猫ちゃん達を、ひとつ残らずケージに入れるわけだが、これも簡単だ。缶詰のエサを皿に盛って、ケージの中に置くだけ。そうすりゃそれに群がって、猫ちゃん達は自

主的にケージの中に入ってくれるって寸法さね。どうだ、スマートだろ。こっちは一歩たりとも動かない。ほとんど行動もしない。手間といえば猫缶を開けるだけ。これくらいなら見えなくっても手探りでできるだろう。目隠しされた状態で猫ちゃんを求めてうろうろ歩き回る必要もない。猫ちゃんを一匹ずつ抱っこして、集めるなんてこともしなくていい。なにしろ猫ちゃんのほうから勝手にケージに入ってくれるんだからな。これほどスマートな方法はなかろう」

と、猫丸先輩は自慢そうに胸を張って云う。そして、仔猫じみた目をきゅっと細めてにやりと笑うと、

「こうして猫缶で白猫ちゃんを十匹集める。次に乾燥タイプのエサの袋を開ける。俗にカリカリと呼ばれる猫ちゃん用のドライフードだな。こいつを皿の上に、カラカラカラってんで音を立てて盛るわけだ。すると今度は黒猫ちゃんが十匹集まってくる。早くご飯をよこせ、にゃあにゃあにゃあと鳴きながらな。かわいいったらないだろう。そのカリカリを盛った皿をもう片方のケージに入れれば、黒猫ちゃんはこれも自発的に中へ入ってくれる。食べ始めた頃合いを見計らってケージの扉を閉めたら、それでおしまい。労せずに白猫ちゃんと黒猫ちゃんを十匹ずつ、それぞれのケージに入れ終わるって寸法だ。大いにスマートだろう。もちろん猫ちゃんがお腹を空かせている時間帯を狙う必要があるけれど、そんなものは猫ちゃん達のいつもの食事時間に合わせりゃいいだけのことだ。ポイントはパズルのプレイヤーの五感にはまったく頼らない点だな。面白いだろう。人間の感覚を当てにせず、猫ちゃんのほうの食欲だけを利用するのが値打ちだ。パズルの問題の相手がただの駒でなくて、ちゃんと自分の意志を持った生き

物だってことを理解していれば、すぐに解けるってところも気が利いているじゃないか。動物だって立派に生きてるって、慈しみの気持ちを忘れちゃいけない。そんな戒めも込めたいいパズルだったろ。以上、これにて猫ちゃんパズルの解答編は終わりだ」

「いやいやいや、ちょっと待ってくださいよ、何なんですか、それは。どうして白猫と黒猫が別々のケージに入ってくるんですか。エサ目当てだったら交じっちゃいますよ、白黒が。おかしいでしょう」

八木沢が異議を申し立てたけれど、隣のみゆきちゃんは心得顔で、

「ああ、だからあらかじめ下準備をしておいてもオーケーって前提だったんですね」

何やら納得している。猫丸先輩もうなずいて、

「その通り、設定が猫カフェのほうが好都合って云ったのも同じ理由だよ。そのほうが仕込みがやりやすいから」

「本当だ、確かに猫カフェならそうですね。店の人が全面バックアップすればいいんですから」

みゆきちゃんは大いに得心したようだったが、八木沢にはさっぱり呑み込めていない。二人の云っていることが皆目理解できないでいる。もどかしい。

「八木沢のその顔はまだ判ってないみたいだな、大入道が栃麵棒を喰らったみたいなぬうぼうっとした面してやがる。本当にニブチンなんだからな」

と、猫丸先輩は、まん丸な目を楽しげに細めてこちらを見てきて、

「ほら、みゆきちゃん、説明してやってくれ。この察しの悪い周回遅れの男に」

「はい、つまりは下準備なんですよ、八木沢さん」

と、みゆきちゃんはグラスをテーブルに置いて語りかけてくる。

「猫丸先輩は最初の説明の時に、パズルに出てくるのは二歳くらいの大人の猫だって云ってましたよね。だから二年かけて下準備をしたんですよ。白い猫ちゃんのグループには毎日ずっと猫缶のご飯をあげて、黒猫ちゃんグループにはずっとカリカリをあげる。そうやって二年間、育てるんです。猫は大概、自分のもらえないご飯には興味を示しません。うちのぼたもちもきなこも、人間の食卓には一切関心を持ってませんから。母がそう躾けたからです。人間のご飯の皿に興味を示す素振りを見せたら、こらって叱るんですね。仔猫の頃からそうやって育てると、人間の食卓に載った物はどんなにおいしそうな匂いがしても自分は食べられない、無関係なものだと学習するんです。自分と関係ないものに対しては、猫って冷淡なほど無関心ですよ。見向きもしません。だから私の家では私達がテーブルで食事をしてても、ぼーちゃんもきなこも全然気にしないで寝ていますもん。逆に、知り合いの家の猫ちゃんは、人間が食事を始めるとダッシュで寄って来ます。その家では猫ちゃんにお裾分けして、おかずをちょっとあげてるんですね。だから猫ちゃんも、ちゃんとおいしい物をもらえるって判ってるんです。うちの母は目を吊り上げて怒りそうですけど」

みゆきちゃんは熱心に説明してくれる。

「そこでパズルの猫ちゃんですけど、猫缶で育てられた白い猫ちゃん十四にとっては、缶詰を開けるパカって音が、毎日のご飯の合図になっているんですね。だからパカって音に反応して、大喜びで集合してくるんです。けど、カリカリで育った黒猫ちゃん達にとっては、自分には何の関係もない、無意味な雑音でしかないんです。だから寄っても来ないんですね。反対に、カリカリをお皿に出すカラカラって音は、黒猫ちゃん達にはお楽しみのお食事タイムを告げる嬉しい音なんです。それでこぞって食べに来るわけです。このパズルはそういう下準備の上に成り立ってるって話なんですよ」

なるほど、ようやく理解が追いついた。みゆきちゃんの説明は丁寧で判りやすい。わざとややこしい云い回しをして人を混乱させて喜ぶどこかの先輩とは大違いだ。八木沢にも充分に納得できる内容だった。

そこへ、ややこしい云い回しを好む面倒な先輩が、ふっさりと垂れた長い前髪の下から丸い目を向けてきて、

「みゆきちゃんの解説にちょいと補足するならば、猫ちゃんの個性の話だね。猫ちゃんにも色々な子がいるから、ご飯の区別の決まりを守れない食いしん坊も出てくるだろう。どっちのエサにも反応するような食い意地の張った猫ちゃんがね。そんな子は里親さんを探して引き取ってもらえばいい。パズル要員には向かないから、他のおうちで幸せに飼ってもらえばいいんだよ。そうやって選別していけば、ちゃんとエサの区分のつく白猫ちゃんと黒猫ちゃんだけが店に残るって寸法だ」

と、火のついていない煙草をくわえ直して云う。

「さあ、どうだ、これで理解の遅いニブチンのお前さんも得心がいっただろう。そう、このパ

ズルからは下準備が肝要だって教訓が得られるわけだ。あらかじめ時間と手間をかけて、じっくり仕込みをしておくことでパズルが成立する。そこに思い至らないと八木沢みたいに尻尾の長さだの鳴き声を録音だのと、明後日(あさって)のほうを向いた見当違いのトンチキなことを云い出すってわけだな。つまりは、仕込みは大切だって話さ。ところが、もし事情をよく知らない人がこの仕込みをしている現場を見たら、きっと変に思うだろうな。まあ、こんな手のかかるパズルを本当に実演する猫カフェも現実にはないだろうから、そんな現場を目撃することもないだろうけど、もし実際に見たと仮定すると、随分奇妙な光景に映ることだろうね。なにしろ白猫ちゃんグループには毎日缶詰のご飯をあげて、黒猫ちゃん達にはカリカリだけをあげてるんだから、これはハタから見れば、どうしてそんな面倒なことをしてエサの区別をしているんだろう、って不思議に感じるに違いない」

と、ここで猫丸先輩は火のついていない煙草の先端をこちらに突きつけてきて、

「判るか、八木沢、要は仕込みの過程だけを見せられても人はそれが何の意味を持つのか理解できないって話だ。八木沢の見た寸詰まりのイーストウッド氏の一連の行動と同じにな」

「えっ、これってさっきの話の続きだったんですか。繋がってたなんて思いませんでしたよ」

びっくりして八木沢は云った。あんまり長いからてっきり別の話かと思っていた。

いや、それにしても脱線が長すぎる。猫丸先輩の話が逸れると長くなるのは毎度のことだけど、まさかここまで込み入ったパズルを丸々ひとつ入れ込んでくるとは思いもよらなかった。

心底驚いた八木沢に、猫丸先輩は、さも当然といいたげな口振りで、

「僕は最初からそのつもりだぞ、誰が別の話だなんて云ったよ。話を変えるなんて一言も云ってないんだから、地続きの話題に決まってるだろ」

わざととぼけているのか、こっちをからかって面白がっているのか、それとも本気で云っているのかよく判らない顔つきで云う。

いやしかし、あれだけ長々とパズルに付き合わされたら普通は別々の話だと思うだろう。とはいえ、その普通が通用しない人でもあるのだ、この猫丸先輩は。本当に面倒な人である。

面倒な先輩は、さっきから弄(もてあそ)んでいる一本の煙草を器用に指先で一回転させると、話を続ける。

「でだ、八木沢の目撃した外国のおじさんの一連の行動も、このパズルと同じなんじゃないかと僕は思うんだ。つまり、目隠ししたプレイヤーがまだ猫缶を開ける前の段階だな。云ってみれば仕込みの最中だ。白猫ちゃんと黒猫ちゃんに別々のご飯をあげてせっせと育てているのを横からたまたま見たら、その行動の持つ意味に気がつかないってわけだ。では、その問題のイーストウッド氏の行動の内容を追ってみるとするぞ」

とうとう話が本題に入った。

「まず、イーストウッド氏は区民ホールの看板の底面から謎の暗号らしきメモを回収した」

「八木沢さんが内容を忘れちゃったから謎のままのメモですね」

みゆきちゃんが何に感化されたのか、余計なことを云う。それを聞いた猫丸先輩は、楽しそうににんまりと笑って、

「そうそう、ぼんくらのうっかり野郎が控えるのを怠ったせいで中身が不明の暗号メモだ。判っているのはアルファベット十数文字が三行くらい並んでたってこと程度だったな。これじゃ解読もできやしない。しかしあれだよ、これがもし推理小説か何かだったら、読者から総スカン喰らうね、何せ肝心の暗号の中身が判らないときてるんだから。多分、前代未聞なんじゃないかな、暗号をメインのモチーフに据えてるのに、その暗号の内容を登場人物が忘れちまったから判りません、なんて間の抜けたミステリは。まあ、そんなことはどうでもいいんだけど、とにかく暗号に関しては諦めよう。中身が判らないんじゃ考える取っかかりにもなりゃしない。仕方ないから内容はひとまず脇へ置いておいて、イーストウッド氏がこれを持ち去ったという事実だけに注目してみようや」

まん丸い仔猫みたいな目で、八木沢とみゆきちゃんを交互に見てから、猫丸先輩は、

「彼はメモを回収した。それはたまたまあったのを偶然見つけたって感じではなかったんだな、八木沢」

「ええ、さっきも説明しましたけど、メモは看板の底面に貼ってありましたから、普通に歩いていたんじゃ見つけるのは無理ですね」

「そう、だからイーストウッド氏はそこにメモがあることを最初から知っていた、ということになる。ちゃんとそこにあるのを判っていて回収したんだ」

「はい、そういう動作でしたね。探している様子もなく、すんなりしゃがんで回収していました」

八木沢はそう云って、あの時の情景を思い出す。あれは間違いなく知っていた上での行動だった。メモがそこにあるのを前もって知っていて、通りすがりにさりげなく、ひょいっと取って行ったのだ。だから奇妙な行動に見えて、印象に残っている。

「イーストウッド氏はそこにメモが隠してあったのを知っていた。人目につかない看板の底に貼ってあったということは、隠してあったと云い換えても構わんだろう。やっぱり八木沢が感じたように、秘密のメモだったわけだな。八木沢が発見したのはそれこそたまたまだ。靴紐が解けるというハプニングがあったから、偶然見つけたにすぎない」

「そうです、あれは偶然でしたね」

「それじゃ、そいつを貼ったのはどこの何者だ？　イーストウッド氏本人か」

猫丸先輩の半ば自問のような言葉に、みゆきちゃんが応じて、

「それはないでしょうね。自分のメモならば持っていればいいだけで、わざわざそんなおかしなところに貼る必要はありませんから」

「そう、みゆきちゃんの云う通り、そう考えるのが自然だ。だからメモを貼ったのはイーストウッド氏以外の誰かに決まりだ。その人物はイーストウッド氏に何らかの連絡をしようとした。メモを貼る場所はあらかじめ打ち合わせておいて、そこに貼っておいて受け渡しをしたわけだ。ここまではいいな」

「いいです」

みゆきちゃんが答え、八木沢も無言でうなずく。誰が考えても、猫丸先輩の云う段取りで間

違いないだろう。

「そこでポイントになるのがその方法だ。どうして往来のまん中にある看板の底になんぞ貼っておいたのか。もし何かを伝達したいんなら、現代はいくらでも方法があるはずだろ、便利な機械を使ってさ、ほら、みんな電車の中なんかで申し合わせたみたいにいじくってる携帯の端末の」

「メールとか」

八木沢が云うと、みゆきちゃんも、

「ラインとか」

「そうそう、そういうやつだ。僕も聞いたことはある」

と、猫丸先輩は手にした火のついていない煙草を振り回して、

「僕はその手の高度な電子機器には詳しくないからよく判らんけど、今はそういう便利なもので連絡が取り合えるんだろ。アルファベットの十数文字くらい、簡単に受け送りできそうなもんじゃないかよ」

八木沢とみゆきちゃんは顔を見合わせて、揃ってうなずいた。それくらいの短文、メールなら一瞬だ。

「ところがイーストウッド氏とそのお仲間は連絡するのにそういう便利な手段を使わなかった。わざわざメモを隠してやり取りするという迂遠な方法でやったんだ。電子的な機械を使えば、はるかに楽に連絡できただろうに」

そうだ、あの外国人はスマホを持っていたっけ、と八木沢は思い出した。測量士の一行と何やら打ち合わせをした後、彼はスマホで話しながら歩いていたのだ。それで八木沢は声をかけそびれたのだった。スマホを持っているのなら、当然メールも使えるだろう。まさか猫丸先輩のように、根っからの機械音痴ということもあるまい。蛍光灯を取り替えることすらできない猫丸先輩にとっては、スマホなどは未来人のガジェットみたいなものだ。かろうじて使えるのは、せいぜいが高齢者向けの通話機能しかついていない簡易携帯電話程度である。そこまでの機械音痴は、現代ではそうはいないだろう。なのにイーストウッド氏はメールもラインも使わなかった。スマホを持っているのだから、当然普通に使いこなせているはず。確かにこれは不自然である。

「さらに云うなら、直接顔を合わせて手渡ししてもいいはずだ」

と、猫丸先輩は続ける。

「看板の底に貼っておくなんて手間のかかる方法より、手渡しのほうがずっと確実だろう。だが、彼らはその確実な方法すら採用しなかった。これはなぜか。その理由は、絶対に秘密にしたかったからだ、とそう考える他はない。直接会っているところを人に見られたくないからだな。それにほら、電子機器のやり取りは記録が残るんじゃなかったっけ、僕はよく判らんが、通信会社の大元の電子頭脳か何かに」

それで八木沢は思い出した。この一月に身の回りで起きた電報騒動の時のことだ。あの時NTTの窓口のお姉さんは「警察などが裁判所の正式な令状を持ってこなければ個人情報は開示できない」という意味のことを云っていたはず。これは逆にいえば、正式な令状が出さえすればサーバーに残ったメールの通信記録は閲覧可能ということになる。

　そのことを八木沢が伝えると、猫丸先輩は我が意を得たりとばかりに勢い込んで、

「そうそう、僕もそれを云いたかったんだよ。つまりイーストウッド氏とその連絡相手は、警察や司法組織に後々調べられるのを恐れたわけだな。だからメールとやらの通信手段を使わなかったと考えられる。いや、使わない理由はそれしかないだろう。一般個人には閲覧不可の記録を調査できるのは公的捜査機関だけなんだから、その目を憚ったと考えるより他にない。直接手渡しでメモをやり取りできなかったのも、そうした捜査機関の監視の目を恐れたからなんだろうな。要は、イーストウッド氏とそのお仲間は、警察には絶対に知られたくない、足のつかない方法で情報のやり取りをしたくて、苦肉の策としてメモを街のまん中の看板に貼りつけるという原始的な手段を取ったわけだ。八木沢の見た暗号は、そうした大っぴらにすると手が後ろに回る類いの内容だったと推察できる」

「手が後ろに回る、というと、犯罪絡みか何かってことでしょうか」

「そうとしか考えられないだろう。手渡しもできない、メールなんかの電子的手段も使えない、ときたらどう考えても足がつかないように行動していると見る他はない。こいつは怪しい。警察の目を恐れてるんだ、これは犯罪に関わっている者の行動としか思えないじゃないか。だからメモの内容も、後で調べられたら身元を割り出されて逮捕される危険のある後ろ暗い文面だったと考えるしかない。ぱっと見には理解不能な暗号文にしたのも、その証拠だな。どうだ、

判ったか。八木沢が目撃したイーストウッド氏は、犯罪に手を染めているか、もしくはこれからやらかそうと計画を立てている不埒な人物だったんだよ」

何とまあ、これは驚いた。あの外国の中年男性がそんな悪人だったなんて、思いもよらなかった。人当たりのよさそうな顔をしていたけれど、悪事を企てていたとは。仰天して八木沢は、言葉を失う。

「そして、その悪者のイーストウッド氏が接触したんだ、問題の交通量調査の連中と測量チームの面々、こいつらも胡乱な輩だと考えたほうがいいな。警察の目を恐れる悪い外国人とこっそり密談を交わすような連中だ、そんな奴ばらがまっとうな公務員のわけがなかろう。つまり連中はニセモノだったんだよ。本物の区や都の職員だったら、犯罪を企てる悪い外国人に何かを報告するなんてことはない、それが道理だろう。だからそいつらもニセモノで、犯罪組織の一味と判断するしかない」

断言する猫丸先輩の言葉に、みゆきちゃんが唖然としたように、

「調査員の人達も悪者だったんですか」

「そう、制服だの腕章だのはいくらでも偽造できる。そういうのを身につけていれば、通りかかった人に怪しまれることもなくなるからね。ついでに云っておくと、区や都の本物の職員が通りかかったところで怪しまれる可能性も極めて低いだろうな。お役所ってところは徹底した縦割り社会だからね、他のセクションの連中が何をやっているのか把握していないのが常識だ。戸籍課や福祉課の職員が通りかかって交通量調査をしているのを見ても、ああ交通課の連中が

何か仕事をしているなあ、と思う程度で素通りするだけだ。それ以上追求するなんてことはありゃしない。都市迷彩としてはこの公共機関の人に化けるってのはなかなか優秀なカモフラージュでね、何せお役所の連中が街の中で何をやっていようと、大抵の人は怪しんだりしないだろうからな」

きっぱりと云う猫丸先輩に、八木沢は疑問に感じたことを問いかけて、

「けど、あの人達は本物の交通量調査員と道路の測量技師にしか見えませんでしたよ。彼らは何をしていたんですか、僕の見たところ不自然な感じは全然しませんでしたけど」

「そりゃそうだろうよ、多分、実際に交通量を調べたり道路の距離を計るのが一味の目的だったんだろうから。それに、警察を相手取って悪事を働いてる組織なんだぞ、事件の捜査なんかには無縁な素人の八木沢の目くらい欺けなくってどうするよ。そのために、それぞれ役割に応じた公共機関の人に変装したんだしな。いいか、考えてもみろよ。もし犯罪組織の一味がある道路の交通量を調査したかったら何に化けるのが一番手っ取り早い？　そりゃもちろん、区か都の交通量調査員に変装するのが最も効果的だわな。揃いの制服を着て偽造した腕章を着ける。これでどこからどう見ても区の調査員だ。その姿なら堂々と、大手を振って交通量を測れるって按配さ。誰にも怪しまれない。実際、八木沢だって怪しいとは思わなかったんだしな」

「ええ、完全に騙されました」

八木沢がうなずくと、みゆきちゃんが小首を傾げ、

「でも、それを測って、その組織の人達は何をしたかったんでしょうか」

「それなんだがな、そこがちょいと剣呑なんじゃないかと僕は思うんだ」

と、猫丸先輩は高校生並の童顔のくせにやけにおっさんじみた表情で眉を寄せると、

「八木沢はイーストウッド氏がアメリカ人じゃないかと思ったんだよな。その一味が区民ホールの周辺に出没しているんだ。看板を連絡手段に使ったりしてな。連中は警察の捜査を警戒しながら暗号メモをやり取りする一団なんだぞ。ひょっとしたら、暗号メモを書いて看板の底に貼ったのも、区民ホールに潜入している組織のメンバーなのかもしれないな。清掃員か何かとして紛れ込んでいて、仕事中に長時間いなくなると不審に思われるから、すぐ外にある看板をメモの受け渡しに使用したとも考えられる。内容は恐らく、警報装置の位置や警備員の交代時間とその配置、といった警備状況に関してってところかもな。そいつを暗号にしてメモに書いたんだろう」

「区民ホールの警備状況なんか調べて、その組織は何をしようとしているんですか」

みゆきちゃんの問いに、猫丸先輩は一層深刻な顔つきになって、

「その点なんだけどな、僕はちょいとカンニングしてるんだ。実は今日、この店に来る前に僕も、件の区民ホールの前をたまたま通っているんだ。駅からここに来るまでの途中にあるからね。その時に一枚のチラシが貼ってあるのを見た。そこには来月初めに催される、あるパネルディスカッションの予定が書いてあったよ。そしてそのイベントにはアメリカの副大使が特別ゲストとして招かれることも」

「あ、それなら僕も見ました」

八木沢は思わず口を挟んだ。そのチラシならば最初に見かけている。例のメモを発見した日だ。靴紐が解けかけているのに気がつく直前、そのチラシを見た覚えがある。

「そうか、お前さんも見てるんなら話は早い。いいか、八木沢はイーストウッド氏をアメリカ人だと思った。そしてそのアメリカ人と思われるイーストウッド氏こそが、今回の諸々の怪しい動きの中心人物らしい行動をしている。そしてイーストウッド氏の所属する組織は、各種制服を揃えたり腕章を偽造したり、区や都の職員に変装したり、区民ホールにメンバーを潜入させたり、と割と大規模な組織と思われる。変装用の衣装を誂(あつら)えたりもできるんだから、それなりに資金力もありそうだ。そんな大規模組織がアメリカ人らしきイーストウッド氏の指揮で動いている。そして今回の舞台は恐らく区民ホールなんだろうな、怪しい出来事はすべて区民ホールの周辺で起きているんだから。さらに、その区民ホールには来月、アメリカの副大使がやって来る。結構大きな犯罪組織が暗躍しているとなると、そのターゲットも大物だろう。な、判るだろう。アメリカ絡みの組織が狙う大物となると、やはりゲストとして招かれるアメリカ副大使がターゲットだと考えるのが自然だ。大使館にいるところを狙うより、区民ホールへ出かけた時を襲うほうがはるかに簡単だろうからな。大使館と区民ホールとじゃ、警備のレベルも段違いだろうしね。それから、ほら、昼間、アメリカがP国のテロ組織の潜伏地帯に空爆を始めたってニュースがあったじゃないか。アメリカは前々からテロ組織を一網打尽にする機会をねらっていたからな。だから空爆されたテロ組織が報復処置に出るのも当然の流れだろう。もしイーストウッド氏の組織があの国際的テロ組織の下部組織と考えたらどうだろうか。そしてターゲットがアメリカ副大使なんだから、ちょっとやそっとの暴力沙汰じゃ済まないと思うぞ。狙いはアメリカ副大使を人質に取っての立て籠もりか、誘拐か、はたまた副大使暗殺か。どっちにせよ、ろくなもんじゃないだろうね」

副大使暗殺！

とんでもない大ごとになってきた。これはとんだ瓢箪から駒である。

「た、大変じゃないですか、猫丸先輩。暗殺なんて、国際問題になりますよ」

八木沢が慌てながら云うと、猫丸先輩も苛立ったように、

「だから最初に云っただろ、世界を揺るがす大事件の発端になるかもしれないって。アメリカ副大使をテロ組織が暗殺したとなれば、こいつは途方もなく厄介な事態を引き起こすに決まっている。副大使を暗殺されてアメリカの強硬派が黙っているはずがない。空爆が激化するのは必至、そうなれば報復テロも拡大の一途を辿る。繰り返され規模が大きくなる報復合戦の始まりだ。戦渦はやがて世界じゅうを巻き込む泥沼へと発展していくことだろう。そうしてあらゆる国がこの混乱の渦に引き込まれて、世界が争いのただ中へと突き進んで行くことになる」

本当に大ごとだ。猫丸先輩の云う第三次世界大戦もあながちオーバーではないかもしれない。世界的な大厄災が始まろうとしている。

「話を戻すぞ」

混乱する八木沢をよそに、猫丸先輩は大真面目な顔つきで云う。

「組織が交通量を調べていたのは、ホールの前の車の流れを把握しておくためだろう。テロ組

織の実行部隊が車でホールに突入する時、そして逃走経路を確保するにも、現場の交通量を前もって知っておくのが肝要だ。測量していたのも、ターゲットの建物の構造を事前に調査していたんだろうな。立て籠もるにしても暗殺するにしても、建物のサイズをあらかじめ知っておくのに越したことはない。交通量調査員や測量チームに化けた組織のメンバーは、それらを調べていたわけだ。イーストウッド氏は、部下達からその進捗状況の報告を受けていたんだな。その場面をたまたま八木沢は目撃したってわけだ」

猫丸先輩は、火のついていない煙草の先端を、ちょっとこっちに向けてきて云う。

「ほら、白猫ちゃんと黒猫ちゃんのパズルと同じだろう。仕込みをしている時には、ハタから見ると何をやっているのかよく判らない。八木沢に奴らの目的が判らなかったのもそれが理由だよ。パズルで云えば、まだ猫缶とカリカリを食べさせているだけの段階だからね。テロ組織にとっての本番は、副大使が来る催し物の当日だ。その日こそが満を持して、目隠しをして猫缶をパカっと開ける瞬間になるわけだ」

「それ、来月の初めですよ。もう十日もありません」

八木沢がわたわたしながら云うと、猫丸先輩は仔猫じみた目に厳しい表情を湛えてじっと見てきて、

「そう、それでどうするよ、八木沢。お前さんは世界を揺るがしかねない謀略の一端を目撃したんだぞ。暗殺計画を垣間見た唯一の目撃者なんだ」

ぐいっと、小さな顔を近づけてくる。

「そして、云ってみれば知りすぎてしまった男だとも云えるな。お前さんは見てしまった。あのイーストウッド氏は組織の中でも大物、実行犯のボス格だろう。その危険人物の秘密を全部見ちまったんだ。ひょっとしたら八木沢、お前さん、狙われるぞ。ああいう犯罪組織は秘密の漏洩(ろうえい)に敏感だ。ボス格の周辺を意図せずともうろちょろ嗅ぎ回っている形になっているお前さんは、もうあちらにも気取られてるかもしれない。もしかすると、組織の尾行がついているかもしれんな。ほら、あっちのテーブルにいるさっき入って来たサラリーマン風の三人組、あれは交通量調査員に化けてた連中じゃないのか。どうせ八木沢のこったから、交通量調査チームや測量チームの顔なんて満足に観察していなかっただろう。あの三人がチームの連中でないと断言できるか。あの連中は血も涙もないからな。奴らの世界の鉄則のひとつは、目撃者は消せ、だ」

「いや、そんな、僕が狙われているっていうんですか」

「うん、あくまでも可能性の話だけどな。しかし、あっちが本気出してきたらお前さん、命に関わる事態になるぞ。何せ国際的テロ組織だ、人間一人の命なんざ羽毛一本の軽さしかないと考えるような奴らなんだし」

そんな、まさか、いくらなんでも、いや、だけど、本当だったらどうしよう——。

猫丸先輩の鬼気迫った口調に、八木沢はパニックに陥りそうになっていた。

狙われる？　テロ組織に？　さっき入って来たサラリーマン風の三人組。そういえば、あの交通量調査員の顔など覚えていない。あの三人連れがあの時の連中なのか、見分けなどつかない。あれが本当に尾行者なのか。そして本当に狙われているのか？　命の危険があるなんて、そんなことがあるものだろうか。目撃者は消せ、が組織の非情なルールならば、僕は消されてしまうのか？

八木沢はおたおたと、

「ど、どうしよう、みゆきちゃん、僕は一介の編集者なのに、そんな国際的陰謀に巻き込まれるなんて」

「落ち着いてください、八木沢さん。けど、映画のサスペンス物なんかでも、平凡な主人公が偶然何かを目撃したばっかりに国際的テロ組織に狙われる、なんてストーリーは山ほどありますよね」

「怖いこと云わないでくれよ。映画の主人公は憧れるけど、サスペンス物だけはご免だ。僕は一体、どうすればいいんだろう」

「とりあえず、警察にでも行きますか」

「警察、ああ、うん、そうだね、交番に行くのか、それとも警視庁にでも行ったらいいのかな。いや、こういうのは公安の担当なの？」

「私も判りませんよ、そういうことは。とにかく、八木沢さんの身の安全の確保を最優先で考えましょう。今夜は帰らないほうがいいですよ。ご自宅は見張られてるかもしれないし。どこかへ身を潜めたほうが。当てはありますか」

「身を隠す当て？　いや、そんなのないけど」

「彼女のところとか」

「いないから、そういうのは」

「何だ、いないんですか。つまらないですねえ」

「つまらないとか面白いとかって話じゃないんだよ。命を狙われてるんなら、やっぱり国家権力に頼ったほうがいいかもしれない」

「だったら警察ですね、やっぱり」

「うん。猫丸先輩も一緒に行ってくれますよね、それでさっきの話をもう一度警察の人の前で」

「嫌だよ、僕は、警察なんて面倒な」

八木沢の必死の懇願にも、猫丸先輩はやけに冷淡だった。

「そんな冷たいことを」

「いいからそうあたふたしないでちゃんと座りなさいよ、見苦しい、巣穴を燻り出されたハリモグラじゃないんだから。だいたいお前さん、そんなホロ酔いの顔で警察に駆け込んでテロ組織がどうこうって訴え出るつもりなのかい。ダメだよ、説得力ってもんがまるっきりないじゃないか。ただの酔っぱらいの戯れ言にしか聞こえないよ、それじゃ。よしときなさいって、先様にご迷惑だから」

と、猫丸先輩は、無闇と若く見える童顔をにんまりと綻ばせて、

「みゆきちゃんも、もうその辺でいいから。八木沢で遊ぶのはおよしなさいな。まあ、八木沢おちょくるのは楽しいから気持ちは判るけどさ、映画だの警察だの彼女だのって、ほどほどにし

ときなさい」

「はあい」

　みゆきちゃんも笑顔になって、いいお返事をする。

「そんなことより二人とも、グラスが空っぽじゃないかよ。呑まないで長っ尻するのはお店の人に失礼だぞ、呑みなさい呑みなさい、ほら、何か頼んで。僕もウーロン茶のお代わりもらうから」

「じゃ私、このマスカット酒の炭酸割りにしようかなあ。八木沢さんは何にしますか」

　酒のメニューを開きながら店員さんを呼ぶみゆきちゃんを、押しとどめて八木沢は、

「猫丸先輩もみゆきちゃんも何云ってるんですか、呑気(のんき)に呑んでる場合じゃないでしょう。僕の命に関わる問題なんですよ」

「どうでもいいけど八木沢はそうやって興奮してると雄鶏(おんどり)が鬨(とき)の声を上げてるみたいに見えるね。あ、呑気に呑んでるって韻を踏んでるじゃないか。何だ、八木沢、ラップか、ラッパーなのか、つまらない平均的な男が三十近くしてラッパーキャラ開眼か、これからの人生ノリノリのラッパーとして生きていくのか。うひゃあ、大胆な方向転換を打ち出してきたもんだね、こりゃ」

「ラッパーじゃありません、韻を踏んだみたいになったのはたまたまです。っていうかそんなことはどうでもいいです」

「まあそんなに騒ぎ立てるんじゃありませんって、選挙運動じゃないんだから。もういいんだ

よ、どうせ全部デタラメなんだから」

猫丸先輩はいきなり、とんでもないことを云いだす。八木沢は呆気に取られて、

「デタラメ?」

思わず大きな声を出してしまう。何の話になっているのか、頭がついていっていない。

猫丸先輩はそんなこちらの反応を楽しそうに見ながら、にんまりと人の悪そうな笑みで、

「そう、デタラメのデッチ上げ。全部適当に作ったホラ話だよ。酒の席の座興に、ちょいと愉快な作り話をしてやっただけさね」

「作り話って、どこから?」

「最初から」

「最初って、イーストウッド氏がテロ組織の一員だってところもですか」

八木沢が呆れて云うと、猫丸先輩はしれっとした態度で、

「いやいや、もっとずっと前からだって」

「どの辺ですか」

「えーと、とんでもないものを目撃しちまったっていうその辺から」

「それじゃ本当に最初じゃないですか」

「うん、だから云ってるだろ、最初っからデタラメだって。まあ、お前さんはその嘘八百に最後まで気がつかなかったんだからお目出度(めでた)いやな。みゆきちゃんはとっくに勘づいてたみたいなのにな」

「えっ、本当に？　どこから気がついていたの？　猫丸先輩の口八丁（くちはっちょう）だって」

八木沢がほとほと呆れ返りながら聞くと、みゆきちゃんはごく当たり前のような顔つきで、

「そうですねえ、メールを警察に調べられたら困る、とかいう辺りからですね。その辺から猫丸先輩のお話がどうも嘘っぽくなってきたなって思いました。あと、交通量調査の人達もテロリストの仲間だってくだり、あれで完全に作り話だなって確信しました」

「そんなに早く――」

八木沢は絶句してしまう。騙されていたのは自分一人だったというわけか。みゆきちゃんは割と早い段階で気がついていたのに、猫丸先輩の悪乗りに付き合っていたのだ。多分、八木沢がからかわれているのを見るのが楽しくて。

あまりのことに、がっくりと気落ちしてしまう。何だか妙に気疲れした。

そんな八木沢に構わず、みゆきちゃんが猫丸先輩に聞いている。

「テロ組織がどうとかはもうどうでもいいですけど、さっきの猫ちゃんのパズル、あれって出典とかってあるんですか」

「出典？　いや、そんなものないよ。僕が即興で作ったんだ、八木沢で遊ぶために」

「へえ、凄い、よく考えつきますね。咄嗟にあんなこと思いつくって、凄いですよ。やっぱり猫丸先輩のお話はいつも面白いです」

「まあそうだね、僕の話は大抵面白くて役に立つからな、世のため人のためになることも多いと、よく云われる」

うんです」

「私もマネしていいですか、猫ちゃんパズル。学校で出題したら、きっと友達も面白がると思

「もちろん構わないよ、どんどん出題してやりなさい、アイディア料は取らないから。その代わり、考案者は粋でイナセなお兄さんだって付け加えることを忘れずにね」

「判りました、忘れません」

と、みゆきちゃんは笑って、店員さんの運んできた新しいグラスを受け取っている。

猫丸先輩もウーロン茶のお代わりを手にしながらこっちを向いてきて、

「お前さんもいつまでもそうやってヘコんでるんじゃありませんよ、滑り止めまで落ちて浪人が確定した受験生みたいに。暗い顔してたらせっかくの酒席が陰気になるだろうが」

「暗くもなりますよ、僕だけ騙されてたなんて、ひどいですよ」

八木沢が不平を云うと、猫丸先輩はからりと笑って、

「そう恨みがましい上目遣いで見るんじゃありません、お化け屋敷に雇われてる年季の入った幽霊役じゃあるまいし。それに騙したなんて人聞きの悪い云い方もやめとくれ、ちょっとおちょくってみただけなんだから。八木沢はすぐに人の話を鵜呑(うの)みにして、ころっと手玉に取れるから面白いしな」

傷口に塩を塗り込むようなことを平気で云う。

またぞろヘコみそうになる八木沢とは無関係に、みゆきちゃんが口を開いて、

「ところで結局、イーストウッドさんは何だったんでしょうか。八木沢さんが目撃した一連の

行動。あれはどういう意味があったんでしょうね」

するとと猫丸先輩は、火のついていない煙草をひょいと口の端にくわえて、

「まあ、大したこっちゃないだろうな。彼の正体は大方、外国から来た気のいいおじさんってところだろう。ほら、誰彼構わず街で話しかけてくる外国の人はよくいるだろう、やたらとフレンドリーでさ。来日して半年くらいで、日本語の会話が少しできるようになって、見るものが何でも新鮮で物珍しくて、色々と話しかけてくるわけだよ。

『失礼シマス、チョト、オ尋ネシマス。ソレ、何デスカ』

『ん？　これ？　これはね、腕章。いや、腕章くらい見て判るか。ああ、漢字が知りたいの？』

『ハイ、漢字、何ト書イテアリマスカ』

『えーと、英語だと何ていうのかな、トラフィックのセクションだね、交通課』

『オー、アイシー。ソノ機械デ、何ヲシテイマスカ』

『トラフィックのクオンティティをカウントしてるんだ。交通量調査っていってね、判る？』

『イエス、判リマス。ドモアリガト』

とか何とか、そんな会話をしていたんだろうな。そんな何気ないやり取りなのに、例のメモのせいで怪しげな外国人だと思い込んで目の曇っていた八木沢には、何かの報告をしていたふうに見えたってとこだろう。測量チームもきっと、似たような会話をしていたんだろうね。その測量班や交通課のおじさん達が本物っぽく見えたのも当然だな、実際にただの本物だったんだから」

「そっちはそれでいいとして、あのメモはどうなるんですか。あの暗号メモ。あれが秘密の通信文みたいに見えたから、僕はてっきり何か裏があると思っちゃったんですよ」

八木沢の主張も、猫丸先輩は片手でさらりと払いのけるみたいな仕草で、

「まあ多分、子供のやったことなんじゃないかな。大人ならそれこそメールや電話を使うだろう。子供はああいう秘密めいたスパイごっこじみたことが大好きだろう。イーストウッド氏はこの近辺でよく見かけるってとこから、この近所に住んでいると推量できる。八木沢が何度も目撃したのは、近くに住居か勤務先があるだけのことだろうよ。彼の本業が何かは知らないけど、恐らく近くの小学校の英語教育のボランティアか何かで、子供達と接する機会があったってとこじゃないかな。ご近所さんの誼で学校の校長先生に頼まれたとかでさ、私立の小学校ならその辺のカリキュラムもある程度融通が利くだろう。児童にネイティブの発音に触れさせたいから英語の授業時間に来てくれと請われて、そこで子供達と仲良くなったわけだ。区民ホールの看板にテープでメモを貼りつけるってのが、いかにも小学生がやりそうなことだろう」

猫丸先輩の言葉で、八木沢はある場面を思い出していた。ランドセルではなく小洒落た革リュックを背負って、駆けて行く子供達の姿。小学校は確かに近くにある。あの区民ホールの前の道はその通学路だ。彼らには馴染みのある場所である。そして区民ホールの看板も、毎日目にする馴染みのものだから、スパイごっこに利用するにはちょうどよかったことだろう。

「小学生のグループと気のいい外国のおじさんとの内緒の暗号のやり取り。楽しそうな遊びじゃないか。文字が金釘流で崩れていたのも、小学生が慣れないアルファベットを一所懸命に書

いたからだろうな。内容は、まあ他愛もないものだろうし、暗号もきっと簡素な仕掛けだろう。アルファベットを一文字ずつズラすとか、そんな程度の難易度だろうさ。根拠は何ひとつないただの当てずっぽうだけど、真相はそんな感じだろうね、多分」

猫丸先輩が幾分投げやりに云うと、みゆきちゃんも、

「納得です。そのくらいの真相が妥当なところだと私も思います。現実はそうそう面白いものじゃないですから」

と、やけに醒めた口振りで云った。普段は幼い印象のみゆきちゃんが、その口調のせいでやけに大人っぽく見える。猫丸先輩もつまらなそうに、

「そう、現実は得てして散文的なものさね。国際的謀略だのテロ組織だの目撃者として命を狙われるだの、そんなサスペンス小説まがいの特別なことがそうそう身近にあるもんじゃないわな。そんな興味深い事象にひょいひょい遭遇できるんなら苦労は要らん、それだけで人生にめり張りがつくってもんだ。そういう楽しい事件に簡単に巡り会えるわけでもない僕らにできるのは、せいぜい猫ちゃんのパズルを智慧を出し合って解いて、それで楽しむくらいのものさ。まあ八木沢みたいに僕の即興の与太話をするっと信じちまうくらいシンプルな頭の造りをしていたら、生きていて色々と楽しいんだろうけどね」

「勘弁してくださいよ、騙されるのなんてこっちも願い下げですから」

と、迷惑した顔を装いながらも八木沢は、心の中ではほっとしているのも確かだった。テロリストの犯罪集団に狙われているのでなくて、本当によかった。まあ、猫丸先輩のデマカセの

ホラ話を丸呑みしてしまったのは、大失敗だったけれど。

そんな駄ボラを吹きまくった猫丸先輩は、眉の下まで垂れたふっさりとした前髪の下から、まん丸い仔猫じみた目でこっちを見てきて、

「ってなわけで、八木沢が目撃したイーストウッドに似たおじさんの話はここまで、これで終幕だ。白猫ちゃんと黒猫ちゃんが入り混じったパズルが出てきた話だけに、真相も白黒はっきりしませんでしたってオチで、ここはひとつ手を打ってもらおうじゃないか」

と、くだらないことを云って、煙草をくわえ、にんまりと笑う猫丸先輩だった。

恐怖の一枚

写真には一人の人物が写っている。

中年の男だ。

正面を向いた全身像だった。

特に何かのポーズを取っているわけではなく、ただ立っているだけだ。

その姿が大きく写っているので、画面の八割方は彼一人で占められている。

背景には木々が茂っている。これは森か、山の中だろうか。

よくよく目を凝らして見ても、バックに人の顔などが写っているふうには見えない。おかしなものは何も見つからない。霊の姿など、どこにもない。

はて、これのどこが心霊写真なのだろうか。

＊

デスクの上に領収書をバラ撒く。

その数は二十枚ほど。

大きさも書式もまちまちなのは、もちろん発行元が別々だからだ。

ただ、宛名はだいたい二種類だった。〝太平洋書房様〟か〝月刊オカルト月報様〟か。

藤田譲(ふじたゆずる)は領収書を物色し始めた。

一枚一枚手に取り、矯(た)めつ眇(すが)めつする。

やがてお誂(あつら)え向きの一枚を発見した。

三千六十二円。地方のさびれたガソリンスタンドの領収書だった。取材に行く途中、社用車で使ったものである。店員のお兄ちゃんの手書きの文字は乱雑で、百の位の0がやや上のほうにズレていた。藤田はボールペンを手に取ると何度か試し書きをしてから、慎重な手つきで0の右横に縦棒を一本書き足す。0が9になった。

藤田は、ほっと息をつき、紙を手にしてまじまじと眺める。我ながら満足のいく出来映えだ。どこから見ても三千九百六十二円の領収書にしか見えない。

そして藤田は二十数枚の領収書をまとめると、電卓を片手に合計金額を算出する。必要経費精算書にその額を記入し、ホチキスですべてを束ねた。

よし、これを経理に提出すれば、この合計金額を出してもらえるはずだ。本来より九百円多い額が。

藤田のやっていることは、つまり経費のちょろまかしである。悪事ではあるけれど、これくらいのことはサラリーマンならば誰でもやっている。

藤田は書類を手に立ち上がった。

「あれ？　どっか出かけるんですか」

ひとつ離れたデスクで、編集部の後輩の山根がこちらを向いて聞いてきた。山根は藤田より五つばかり年下だから三十歳くらいか。黒々とした眉が太い、やや軽薄なところのある男だ。

「いや、下のおばちゃんのとこ」

藤田は山根の問いに、指を一本下向きにして答えた。

「ああ、精算っすか」

「お前も早めに出しておけよ、おばちゃん怖いぞ」

「うへえ、判ってますって、あの無言のプレッシャーには敵いませんからね」

山根は、へらへらと笑って云った。

編集部の部屋を出ると、藤田は二階から一階まで階段を駆け下りた。エレベーターはあるにはあるのだが、なめくじの歩みより遅いオンボロなので、自分の足で降りたほうが早い。

太平洋書房は、そんな古いビルの一階と二階に入っている。もちろん自社ビルなどではなく、賃貸だ。

新宿の繁華街の外れのそのまた裏通り。ごちゃごちゃと猥雑な街並みの一角に窮屈に建つ雑居ビルである。三階から上は、他の雑多な職種の事務所が借りている。

二階に編集部、一階が事務室と倉庫。その二フロアが太平洋書房のすべてだった。零細雑誌社にはこれで充分なのだ。

一階の事務室に入ると、ここの主が無言で睨みつけてきた。藤田は若干たじろぎながらも愛想笑いを浮かべた。それでも一言も発せず睨み続けてくるのが、太平洋書房の事務方を一人で切り盛りする人物である。総務、庶務、経理などを一手に取り仕切る、裏のボスとも呼ぶべき年配の婦人だ。

笑原という珍しい姓だが、ただし名前と違ってその笑顔を見た者は誰一人として存在しない。表情筋を一切動かすことなく、黙って睨んでくるのが常であった。

〝一階のおばちゃん〟と呼び習わされているこの人物が、一体いつから社に在籍しているのか、不詳の年齢が六十代なのか七十代なのか、機嫌のいい時というものが存在するのか、太平洋書房の七不思議のひとつである。天地開闢以来、とにかくこの一階にずっと座っているような存在感を醸し出している。

藤田は手にした書類を、その伝説の裏ボスに差し出した。

「どうも、これ、今月分の精算です、お願いします」

それを引ったくるように受け取って〝一階のおばちゃん〟は、ざっと内容を確認すると、鼻を鳴らしてデスクの上のトレイに放り込んだ。セーフ。改竄はバレなかった。七不思議の主だからといって、別に特段有能なわけではないのだ。

「あの、それから、先月の経費をまだいただいていないんですが」

藤田ができるだけ低姿勢で伝えると、伝説の主はもう一度鼻を鳴らし、デスクの引き出しから封筒を一通取り出した。そして無言のまま大儀そうに、こちらへ突き出してきた。これらの動作の間ずっと、藤田を睨み続けるという芸当のおまけつきだ。

「どうも」

藤田は封筒を受け取り、その場で開封して中を覗き込む。

実は、先月も一枚やったのだ。百の位の3を8に改竄した。我ながら芸術的な美しさだった。あれがバレているはずがない。

金額をざっと確かめる。大丈夫、全額入っている。露見はしていない。

「確かに、受領しました」

藤田は殊勝な口振りで云い、ついでに、

「そういえば、数字の3と8って似てますよね」

と、軽口を叩いた。

別に大した意味はない。経費ちょろまかしがあまりにうまくいったので気分が高揚していただけである。完璧な悪事を自分一人の胸に秘めておくのが、何となくもったいないような気がした、ただそれだけのことだ。ちょっとした露悪趣味といったところか。

ついほのめかしてしまったが〝一階のおばちゃん〟にはその意味するところが通じなかったらしい。無言で鼻を鳴らし、睨んできただけだった。その蔑んだような目つきからは、ほとんど感情が読み取れない。そして睨むついでに、一通の封筒をこっちに突き出してくる。郵便物の管理も、この伝説の裏ボスの業務のひとつである。多分、編集部宛のものだろう。

「ああ、どうも」

と、藤田はそれを受け取った。

これ以上、何も喋らないおばちゃんの部屋にいる必要はない。藤田はそそくさと事務室を退出して階段に向かった。

階段を上がりながら経費の封筒をひっくり返し、現金を財布にしまう。元々は自腹で立て替えていた金とはいえ、こうしてまとまって戻ってくると急に懐が温かくなったみたいだ。いい気分である。

二階の編集部へと戻った。

相変わらず雑然とした部屋だ。

紙の束があちこちに堆積し、全体的に埃っぽくて散らかっている。意味のない段ボールの箱が山積みになり、何だか判らない書類があちこちに散乱し、誰の所有物とも知れぬ大きな紙袋が床に重ねられ、出自不明の古びたボストンバッグが壁際におしつけられている。ひどいカオス状態だが、雑誌の編集部などどこもこんなものだろう。

物は多いけれど、室内は閑散としている。

一昨日、校了をすべてクリアしたばかりなのだ。

つい二日前までは、ここにはピリつく空気が充満し、怒声と熱気と慌ただしさで大パニックが繰り広げられていた。少数精鋭を旨とする編集部では全五名の編集部員が全員目を吊り上げ、印刷所のデッドラインに向けて死にもの狂いのやっつけ作業に全身全霊をかけていた。

しかし、今は呑気なものだ。

昼だというのに編集長を始め、出社している者は少ない。顔を出しているのは、先ほどの眉の太い山根と、藤田自身のみ。その山根も重役出勤の挙げ句、今は椅子からずり落ちそうな自堕落な姿勢で、ノートパソコンの画像を眺めている。いや、パソコン画面は見ているというよりただ開いているだけのようだ。膝の上に開いたパチンコ雑誌を熟読しているから、仕事用の画像に目をやるのはほんの片手間であろう。

藤田はさっき〝一階のおばちゃん〟から受け取った封筒を自分のデスクに放り投げてから、山根のほうへ近寄った。手近な椅子に座りながら、尋ねる。

「投稿の写真か?」

「そうです」

山根はディスプレイには目も向けずに、雑誌に熱中しつつ、熱の籠もらない調子で答える。

「いいのある?」

「いやあ、厳しいっすねえ」

「どれ、ちょっと見せてくれ」

藤田は首を伸ばし、山根のデスクの上のノートパソコンを覗き込んだ。

「数はぼちぼち集まりだしてます。けど、どれもイマイチっすね」

と、山根はだらけきった姿勢を崩さずに、雑誌に気を取られたまま、それでも手元のマウスで画像を次々と切り替えて見せてくれる。

写真が、ディスプレイ上に続けざまに映っては消える。

日常の風景が多かった。

若い女の子が三人、遊園地らしい場所で横並びでポーズを取っている。

少年が、自室と思しき部屋でギターを抱えている。

ファミリーレストランらしき席で、ピースサインを掲げる中学生くらいの少女達。

コンビニの店先でアイスを食べている男子高校生のグループ。

月刊『オカルト月報』では夏の心霊写真特集を企画していた。次の八月発売号のために前々号から募集をかけている。

『背筋も凍るような心霊写真を募集します。あなたの撮った恐怖の一枚を求めています』

今月になって少しずつ反応が出始め、読者から写真が送られてくるようになった。購読者層が若いので、ほとんどがメール添付画像である。手軽に送れるから読者にとっても応募しやすい。雑誌に掲載されたら月刊『オカルト月報』特製の記念品ももらえる。

「あんまりいいのはないでしょう」

画面を切り替えながら山根が、太い眉をひそめて愚痴っぽい口調で云う。

「例によってシミュラクラとパレイドリアばっかりですからねえ」

「ああ、確かにそうみたいだな」

「ダメダメっしょ。これじゃ誌面がつまらなくなっちゃいますよ。読者も納得してくれないっすね」

「うーん、まあそうかな」

藤田もつい、顔をしかめてしまう。

山根の云うシミュラクラ現象は、心霊写真業界ではお馴染みの単語である。三つの点が逆三角形の位置に並んでいると、それが顔のようなものと脳が認識してしまう現象。それがシミュラクラだ。恐らく、洞穴で暮らしていた頃の名残なのだろうといわれている。野生の猛獣などをいち早く発見するための防衛本能が、遺伝子に刻まれているわけだ。

一方、パレイドリア現象もこの業界ではよく知られている。これは視覚や聴覚で感じたものを、自分の知っているパターンに当て嵌めて誤って認識してしまう心理現象をいう。本来そこにないもの、または本来とは異なるものを、脳が既知のパターンに当て嵌めて錯覚してしまうのだ。ヒトは意味のないものに意味付けをしたがる性質がある。だからつい、何かを見たり聞いたりした時、別のものを頭に思い浮かべてしまう。例えば、ただの木のコブのデコボコを、人の顔として見てしまったりするケースだ。意味のないものに、脳が勝手に意味付けをしてしまっているわけである。誰もが経験したことがあるだろう。

読者投稿の心霊写真も、たいていこのふたつのどちらかに当て嵌まるものだった。特に若い人はそういう勘違いをしやすい。ちょっとしたことで霊が写っていると信じ込み、大騒ぎをするのだ。そして自信満々に月刊『オカルト月報』編集部へと送ってくる。

山根が太い眉をへの字にして、ディスプレイを指さした。

「ほら、これなんか完全に木漏れ日が三つの点になっているだけっすよね」

写真を送ってきた読者のコメント欄には『木の枝の中から男の人がじっとこちらを睨んでい

ます。これは決定的な心霊写真だと思います。怖いです』とあるが、慣れた藤田の目には典型的なシミュラクラ現象にしか見えない。

「完全に思い込みっすね」

「だな」

「これも、ただコンビニか何かのビニール袋がくしゃっとなってるだけでしょ」

と、山根が示す画像にも投稿者のコメントがある。『地面に生首が転がっています。生首は私の背中を見ています。私は呪われているのでしょうか。お祓いとかしたほうがいいのでしょうか』単なるパレイドリア現象に、本気になって怯えているのが微笑ましい。

「気のせい、だな」

「でしょ」

藤田の言葉に、山根がうなずく。まあ、読者投稿の心霊写真はだいたいこんなレベルだ。若い読者の、若さゆえの自意識過剰が生み出す幻想。そういうのが続々と送られてくる。見慣れてくると怖くも何ともない。ただ苦笑して受け流すだけだ。

「どれもパンチに欠けるっていうか、インパクトがないっていうか、読者も巻き込んで勘違いできる次元まで行ってないんですよねえ」

と、山根がボヤく。

「今のところ使えそうなのは一枚もないっす」

「ダメか」

「ダメっすねえ、全然」

読者が厚意で投稿してきてくれるものに対して失礼な言い草といえば失礼だが、こっちだって商売だ。質の高い〝恐怖の一枚〟でないと意味がない。

「まあ、〆切までにはまだ日がある。気長に待てよ」

藤田は椅子から立ち上がり、山根を慰めた。

「だといいんですけどねえ。あーあ、一目で霊っぽく見えるはっきりした写真、来ないかなあ」

と、山根はなおもボヤきながら雑誌をデスクの上に投げ出すと、パソコンをシャットダウンして腰を上げた。

「帰るのか？」

「いえ、ちょっとひと儲け」

山根は太い眉と目尻を下げ、右手で何かを摑むような手つきをしてから、手首を捻ってみせた。パチンコのハンドルを握る仕草だ。

「ほどほどにしとけよ」

「大丈夫っすよ、校了明けの俺、いつもラッキーデイなんですから」

「そんなこと云って、先月一週間カップラーメンだったの誰だっけ？」

「へへへ、キツいっすねえ、藤田さん、厳しい突っ込みは勘弁っす。じゃ、お疲れさまっした」

お気楽な調子で云い、山根は編集部から出て行った。

それを見送ってから、藤田は自分のデスクに戻った。デスクの上には見覚えのない封筒が一通。何だこれ、と思ったがすぐに思い出す。ああ、そうだ、忘れていた。さっき〝一階のおばちゃん〟から受け取った郵便物だ。これも読者からの心霊写真の投稿だろうか。メールでの投稿が圧倒的に多いとはいえ、昔ながらの郵送が今でも皆無というわけではない。

藤田は、これといって特徴のない封筒を手に取り、封を切った。

封筒から、写真が一葉滑り出てくる。やっぱり投稿写真のようだ。

写真を手に取ってみる。一見、何ということもない一枚だった。

男が一人、写っている。正面を向いた全身像だ。年齢は四十代半ばくらいだろうか。冴えない容姿の中年男。それが一人で、写真のまん中に立っている。

何をしている場面というわけでもなく、男はただ突っ立っている。両手をだらりと下げ、手には何も持っていない。体格もごくありきたりで、太ってもおらず痩せてもいない標準型。身長も普通くらいだろう。

服装も極めて平凡だった。紺のポロシャツに同系色のブルゾン。グレーのスラックスに靴はスニーカーだった。靴とズボンの裾が、泥らしいもので汚れている。よく見ると、上着もあちこち湿った泥で汚れているようだ。転びでもしたのだろうか。

顔立ちも、やはりぱっとしない感じで、どこにでもいるおっさんという風情である。少し俯き加減に、上目遣いで写真に収まっている。平凡な顔立ちに、表情は乏しい。

ただし、その上目遣いの目つきだけは少し独特に感じられた。それがちょっと気になるといえば気になる。何というか、陰気で湿っぽい目つきなのだ。無気力というか無感動というか、どことなくぼんやりとした目をしている。こういう目つきを何と表現したらいいのだろうか。首を捻ったけれど、藤田はちょっと適切な言葉が思い浮かばなかった。

とはいえ、目つき以外は至って特徴のない中年男である。どうということのない顔立ちは、夜の十一時くらいに新橋駅前辺りに行けば、水族館で回遊する鰯（いわし）の群れのごとく、いくらでも見ることのできるタイプだ。敢（あ）えて目立つところを探せば、顎（あご）の裏側、喉の上の辺りに小豆（あずき）ほどの大きさのホクロがあることくらいか。そんな中年男の全身の姿が、画面いっぱいに大きく写っている。とにかく面白味も何もなく、ただおっさんが一人で突っ立っているだけのつまらない写真だった。

おっさんの立つ背景は、これは森か山の中腹だろうか、木々が写っている。枝が伸び放題の荒れた森林で、木漏れ日が木々の間に光っているから昼間に撮影したものらしいけれど、木の影が鬱蒼（うっそう）としているから全体的に薄暗い。その中でおっさん自身の影が、本人の背後に伸びていた。

その影の伸びたほうをよく見ると、地面に傾斜がある。おっさんの立つスニーカーの足元から、後ろへ行くほど高くなっている感じだろうか。どうやら、緩やかな斜面の途中に、このおっさんは立っているらしい。勾配（こうばい）は角度こそないものの、奥へ向かうにつれて延々と、少しずつ高くなっているようだった。その傾斜の具合から見ると、やはりここは山か丘の途中らしい。どこの山か丘なのか示唆（しさ）するものは、何も写っていない。案内板や石碑の類（たぐ）いが立っているのでもないので、撮影場所がどこなのかはまったく判断がつかない。男の足元を見ても遊歩道などがあるわけでもなく、ただ雑草で荒れた地面が拡がっているだけだ。こんな何もない中途半端なところで記念写真よろしく突っ立って写真を撮って、このおっさんは何のつもりなのだろう。それもよく判らない。

ただ、それだけの写真だった。

これが心霊写真だというのか。一体どこが〝恐怖の一枚〟なのだろう。

藤田は目を凝らして、よくよく観察する。

背景の木々の陰に何か写っているのだろうか。

シミュラクラでもいいから、人の顔のように見える部分はないか。人物の全身像みたいに見えるものはないのか。舐めるように眺めても、それらしいものは何も発見できなかった。

おっさんの足元に何か落ちているが、これはただの泥で汚れて丸まった軍手だ。人の生首などに見間違えるような陰影があるわけでは、まったくない。

霊らしき姿は影も形も見つからない。

これが心霊写真なのか？

どこがだ？

藤田は思わず、首を傾げてしまう。写真の上下を逆さまにして見ても、もちろん何も見つけられない。裏返しても、そこはただ白い無地の紙があるのみ。

これは何かの間違いではなかろうか、と藤田は封筒のほうを手に取ってみた。

ごく普通の事務用封筒、そして珍しくもない切手。中はカラっぽで、手紙はおろかメモの一枚すら同封されていない。
宛先には、紙を切り抜いた物が丸々一枚、貼りつけられているだけだった。

東京都新宿区裏町2－54－4
落触ビル2F
太平洋書房　月刊『オカルト月報』内
〝恐怖の一枚〟係

この活字のフォントには見覚えがある。これはあれだ、先月号の『オカルト月報』の募集要項のページを切り抜いたものだ。つまり本誌の一部を切り抜いて、そのまま封筒に貼っただけなのだ。本来ならばこの住所の下に、もっと大きな太ゴチでメールアドレスが印刷されているのだが、これはその上で切り取られている。どうやら差出人は面倒くさがりで、住所を書き写す手間さえ惜しんだようだった。それにしても〝御中〟くらい書き足せよ、と藤田は思う。

封筒を裏返しても、差出人は書いていない。住所も名前も何もない。送ってきたのは写真のおっさんなのかもしれないが、これでは採用されても記念品のボールペンを送れないではないか。もっとも、この写真で採用されることなどあるとは思えないが。

しかし、誤配送や間違いなどではないことだけは判った。この写真は確かに月刊『オカルト月報』の〝恐怖の一枚〟コーナーへの投稿だ。こちらの宛先を切り抜いているのだから、それは間違いないだろう。となると、やはり心霊写真と確信して送ってきたとしか考えられない。

藤田はもう一度写真を手に取り、まじまじと眺めた。

何度見ても、つまらない写真だ。何ということもない。

おっさんが一人、山の中で突っ立っているだけ。

面白くも何ともない。

心霊写真と呼べる要素は欠片もない。

何を勘違いしてこんなものを送りつけてきたのだろう。こっちは背筋も凍る〝恐怖の一枚〟が欲しいのに。それとも、このおっさんの目だけには霊の姿か何かが写って見えているのだろうか。他の誰にもそうは見えないのに。うん、それはそれでオカルト現象だ。いや、オカルトというより、おっさんの頭の具合の問題か。どっちにせよ、誌面に採用できるとは思えない。

藤田は興味を失い、写真をデスクに放り出した。

そしてノートパソコンをスリープ状態から起動させる。読者投稿のフォルダを開いた。さっき後輩の山根が見ていたものだ。投稿写真は編集部内すべてのパソコンで共有し、閲覧可能になっている。

読者からの写真添付メールには、投稿者からの一言も添えられていた。

『後ろの窓ガラスに子供の顔のようなものが写り込んでいます。もしかしたらこれは霊の姿でしょうか』

『ドアの隙間のところを見てください。男が覗いているのが見えるはずです。しかしこのドアの先は行き止まりで、誰も入れないようになっています。これは霊が写っているのだと思います』

『学校で撮った集合写真です。後ろにいるはずのない髪の長い女が写っています。これ、絶対に幽霊ですよね。チョー怖いです』

本人達は大真面目なのだろうが、藤田に云わせればどれもこれも気のせいというレベルだ。

子供の顔はお馴染みのシミュラクラだし、隙間から覗く男の顔も灯りの陰影でそんなふうに見えるという程度だ。髪の長い女に至っては、どう贔屓目に見ても横に立っている木の影である。

いいのがないなあ——。

投稿写真を次々と眺めて、藤田はため息をついた。山根が脱力していた気分がよく判る。これでは読者が面白がってくれないだろう。

もっとインパクトのある〝恐怖の一枚〟、使える素材が欲しい。

誰もが携帯端末を持つ時代になり、昨今は写真を撮る機会が飛躍的に増えている。携帯のカメラ機能も日々、向上している。それを持ち歩いているのだから、皆、どこでも気軽に写真を撮る。

外食の席で、登校中に、お茶をしながら、街の散策途中に、授業の合間の教室で、ふとした空き時間に——あちこちで、こぞって撮影する。

この業界の古株、当編集部編集長に云わせると、そうしたデジタルへの移行で心霊写真に

〝味わい〟がなくなってしまったそうな。

昔は、写真を撮る機会は限られていたという。携帯電話やデジタルカメラが普及する前の話だ。カメラはわざわざ単体として持ち出す必要があり、フィルム枚数にも限りがあった。だから現代のように携帯端末で、のべつ幕なしパシャパシャ撮れる環境になかったらしい。それだけに撮影する一枚一枚に愛着が湧き、たまたま何か奇妙なものが写っていると、これは珍奇なものが写った、すわ心霊写真だと大騒ぎになった。そういう厳選された一枚が全国から集められたので、雑誌の心霊写真特集もバラエティに富んだ面白いページになったという。

さらに編集長曰く、昔のカメラの質が良くなかったのも面白さの原因だそうな。

二重露光や手ブレ、撮影時のミスや異物の写り込み、そしてレンズの前を虫か何かが飛んで横切るといったアクシデント。デジタルではない昔の質の低いフィルムには、そうしたものが正体不明の不気味な存在として写ってしまうのだ。こうした偶然が〝味のある〟心霊写真になるのだという。または、現像もデジタルとは違って手作業なので、そこで起きる現像ムラなどがモヤモヤした霊の姿を作り出すケースもあったらしい。

現代の進歩したデジタル技術では、そのような曖昧な部分がなく、すべてが機械的にくっきり写ってしまう。だから怪しげな夾雑物が写り込む余地が失われてしまったのだという。そして、今は写真も大量消費される時代なので、一枚一枚の写真をじっくり鑑賞して霊が写り込んでいるのを発見することも少ない。また、デジタルは画像が平坦になりがちで、昔のフィルム写真特有のムードと雰囲気に欠けるのだ、と編集長は主張する。解像度の低いフィルム写真は、ちょっとした影などのデコボコが、それこそパレイドリア現象の恰好の舞台となり、霊の姿と錯覚できる懐の深さがあったそうな。不完全なアナログだからこそ、味わいとロマンが入り込む余裕があった。そんな時代が懐かしいよ――。

というのが、オカルト雑誌編集歴三十五年の編集長による昔話の数々である。

酒の席などで聞かされるそんな話を、何とはなしに思い出しながら、藤田はディスプレイに映る心霊写真をスクロールする。味わいとやらがないのかなあ、などと考えたりする。藤田自身もデジタル世代だから、昔のことはよく判らない。

しかし、現代には現代に即したやり方があるだろう、と藤田は思っている。

例えば、今、ディスプレイに映っているこの写真などはどうだろう。

制服姿の女子高生が、街角でピースサインで立っている。写真の投稿者は『私の後ろの電柱の横から、男の人の上半身だけが出ているのが写っています。男の人は私をじっと見つめています。これは霊の姿なのだろうと思います』と書いているが、藤田には奥の中華料理店の街頭看板が突き出しているようにしか見えない。電柱の陰になっているから、人間の上半身のような形に見えるだけだ。しかし、看板の輪郭はなるほど、人の肩や頭部のラインみたいに見えないでもない。面白い偶然だ。ここに丸印を描いて強調し、女子高生の顔の目の部分に黒線を入れる。『電信柱の横から男性の上半身がのぞいているのがお判りいただけるだろうか。男性の半身がはっきり写っている。霊能者に鑑定してもらったところ、この道で交通事故で亡くなり地縛霊(じばくれい)として現世に残っている霊体だと判明した。霊障はないものの編集部では手厚く供養し、男性の成仏を祈った』とキャプションを入れればそれらしく見えるだろう。

要は情報だ。心霊写真に味わいなどが必要なのかどうか、藤田には判らない。だが、情報を付加することで読者を怖がらせることができるなら、それが早道だとは思う。読者に恐怖を提供するためには、色々な手を使えばいいのではないだろうか。そんなふうに考える藤田だった。

画像をさらにスクロールする。流れる画像はどれも凡庸で、あまり面白い写真は見つからなかった。まあ、〆切にはまだ間がある。この〝電柱の陰の男〟のように、使える心霊写真もこれから集まってくるだろう。

「うははははははははははははははは」

と、突然、高笑いの声が編集部の部屋に響き渡った。

何事か、と藤田は腰を浮かせかけた。

しかしすぐに思い当たって、椅子に座り直す。

山根がパチンコに出かけて編集部内は藤田一人になったと思っていたのだが、そういえば違った。

もう一人いたのだ。

今までずっとおとなしかったから、存在をすっかり忘れていた。

藤田は改めて立ち上がり、空席のデスクが並んでいるのを迂回して、編集部の奥へと向かった。奥の壁際には大型のキャビネットがいくつも、パーティションで隠されて立っている。

藤田は、パーティションの裏側に回った。

キャビネットが壁際にずらりと並び、そのすべてにぎっしりと、古雑誌や書類や未整理の資料などが詰まっている。何が入っているのか判然としない大判封筒などがはみ出しているキャビネットは、雑然を通り越してもはや混沌（こんとん）としている。見映えがあまりにも悪いので、パーティションで仕切って隠しているのだ。

その仕切りの下、床の上に小柄な男がぺたりと座り込んでいた。後ろ姿だから、ぶかぶかの黒い上着をぞろっと着ている背中しか見えない。それでも極端に華奢（きゃしゃ）で小さいのはよく判る。小さな男は床に何冊も雑誌を散らかし、児童が絵本を読み耽（よみふけ）るみたいな姿勢でぺったりとしゃがんでいた。

一冊の雑誌を開き、小男は高笑いを続けている。

「はははははははははは」

高笑いというか、バカ笑いだ。大きな声である。

「何を笑っているんだ、きみは」

藤田は苦々しい口調で聞く。

このバイトくんにはキャビネットの整頓（せいとん）を命じていたはずだ。なのにこんなに散らかして何をやっているのだろう。あまつさえ一人でバカ笑いとは、頭のネジが二、三本抜けているとしか思えない。

ネジの抜けたバイトくんは、藤田の呼びかけにひょいっとこちらを振り返った。まだ笑いの残ったにまにました顔をしていた。

童顔に小造りな顔、まん丸い大きな目と、眉の下まで垂れたふっさりとした前髪。どこかしら仔猫（こねこ）を思わせる顔立ちの男である。

「あ、これは藤田さん、いやあ、ここには面白い雑誌がたんまりとあるんですねえ。興味深くてつい読み耽っちゃいましたよ」

満足そうに、猫みたいな顔の小男は云う。

「あのね、猫丸（ねこまる）くん、俺は整頓しといてくれと云ったはずだろう。散らかせとは云ってないぞ」

「ああ、こいつは失礼しました、ついつい面白くってあれこれつまみ食いみたいに読んでたら散らかっちゃって、いや、迂闊（うかつ）でした。けど、こういうのはどうしてなんでしょうね、ほら、よくあるでしょう、整理しようとしてるのにうっかり色々と拡げて見ちゃう現象。大掃除の時なんかでも古い新聞を思わず熱中して読んじゃうこれ、何ていう現象なんでしょうね」

「知らないよ、そんなことは」

急にべらべら喋りだしたバイトくんに辟易（へきえき）しながら、藤田はぶっきらぼうに答える。やけに静かだと思ったら、昔の雑誌を引っぱり出して読むのに夢中になっていたわけか。まったくこの代理バイトはもう。

いつもは、ライター志望の若いバイトくんに来てもらっている。レギュラーバイトの彼は、将来的にライターとして独立する目標を持っているから、真面目に働いてくれて、編集部一同大いに重宝（ちょうほう）している。しかし田舎のおじいちゃんが急なぎっくり腰で入院したとかで、その看病のために現在帰省中だ。それで代打で急遽（きゅうきょ）入ってもらったのが、この猫丸というバイトくんだった。同業の編集者の紹介である。

「で、何をそんなに笑ってたんだ？」

ちょっと好奇心に駆られて藤田が尋ねると、猫丸はひょいっと立ち上がった。立っても小さい。黒い上着をぞろっと着ているが、その軽い身のこなしもどことなくしなやかな黒猫を連想させる。

まん丸い目をしたバイトくんは、にこにこと愛嬌たっぷりに答え、

「これを見てたんですよ。いやあ、あまりにも面白いんでね、ついつい笑っちゃいました」

手にしているのは月刊『オカルト月報』だった。一年ほど前のバックナンバーだ。

「ほらほら、これですよこれ、見てくださいよこの記事、ケッサクなんですから。髪の伸びる市松人形ですって。『江戸時代から伝わる呪いの人形でその出所は定かではない。現在では群馬県のとある古刹にて厳重に封印して保管されているものである。本紙特別取材班は今回特例として写真撮影を許可されたのである』だそうです。ご丁寧なことにビフォーとアフターの写真まで載っているんですけど、ほら、これ、髪が伸びる前と一晩経って伸びた後の写真が、こんなに大きく」

よく回る舌で、猫丸は軽快に喋る。

「でもねえ、これ、ぱっと見で僕、笑っちゃいましたよ。この人形の髪、確かにサイドは十センチ以上伸びてるんですけど、前髪だけは一ミリたりとも変わってないんですよね。ほら、一晩経つ前と後のどっちも、前髪は眉のところでぱっつんとしてるでしょ、まるっきり伸びてる

様子がないんですから。これはあれですかね、女の人って前髪の長さを割と気にするでしょう、ほんの一ミリ二ミリでも印象が変わるからって、凄く気を遣ってるじゃないですか。その伝でこの呪いの人形とやらもお年頃だから、前髪だけは気を遣って気合いと根性で伸びないようにしているんですかね。いや、それよりですね、この写真、順序が逆なんじゃないかって僕は思うんですよね。ビフォーとアフター、これ実は反対で、こっちの伸びているほうが前で、ざっくりとサイドの髪を短くしたほうが後の写真じゃないかって思うんですけど。ね、どう見たってそうでしょう。そのほうがすっきりします。つまりこれ、ただの人形の髪を切った前と後の写真ってだけの話なんですよ。それが本文によると『なんと驚くべきことにたった一晩でこれだけ髪が伸びているではないか。お判りいただけただろうか。呪いの髪伸び人形は実在したのである。本誌特別取材班も戦慄を隠しきれずその恐怖に戦くばかりなのである』ですって。いやあ、こんなにバレバレなのに、よくもまあいけしゃあしゃあとここまで書きますよね、図太い神経というか大した厚かましさというか、もうおかしくって、笑っちゃいますよ、うはははははははは」

また高笑いしている。呑気なバイトだ。

しかし藤田は、自身の顔がまっ赤になるのを自覚していた。

なぜなら一年前にそのページを担当したのが藤田本人だったからだ。人形を古道具屋で値切り倒して格安で買ったのも、この近所の寺の境内に無断で入り込んで背景がそれらしく写るように二枚の写真を撮ったのも、仰々しく大げさな文章を書いたのも、そしてもちろん、鋏を使って人形の髪をばっさり切ったのも。

「余計なことをしなくていいってば、きみは片付けをしてればいいんだ」

恥ずかしさの八つ当たりで、藤田はキツい口調で命じた。そもそも使えないダメバイトのくせに、要らんことをほじくり返すなよ、とも思う。そう思うのも半分は八つ当たりなのだが。いや、このバイトくんがダメダメなのは実際のことなのだ。それはもう本当に、びっくりするほど役に立たない。

今日来てもらって早速パソコンの前に座らせたら、きょとんとしていた。まるで、世にも珍しい物を見るみたいな驚ききった顔で。

「このページのフォントを変更してもらいたいだけだ、仕様はこのメモを見て。簡単だろう」

と指示しても、この猫丸とかいう小男は阿呆のごとくにこにこしているのみである。果てはマウスのコードをぶらぶらさせて、

「あの、何の話でしょうか、それ」

と、不思議そうに聞いてくる始末だ。

「きみ、画像サイズの修正はできるよな、レイアウトの変更は？　レイヤーは？」

尋ねても、相手はにこにこしながらマウスのコードをぶらぶらさせるばかり。

「だったら、エクセルはさすがに使えるよね」

「あ、それはおいしそうですね」

と、とんちきな返事が返ってくる。

「もしかして、パソコン使えないのか、きみは」

「はあ、こういうこんぴゅうたあの電子頭脳の類いはとんと」

自慢でもするかのような口振りで云う。こんぴゅうたあという発音がまるで、テクノロジーに無縁の明治時代の人のようだった。

今時、雑誌編集の仕事でパソコンは必需品だ。いや、編集だけではなく、どこだってそうだろう。それが使いこなせないのでは無能そのものではないか。

しかし当人は、しれっとした態度で、

「このひとつひとつに文字が書いてあるイボイボのボタンが並んでる平ったい板、ありますよね。このボタンの隙間から緑色の粘液状の物質が染みだしてきたら大変じゃないですか。そんなことになったら処理しきれないから、危なっかしくてとてもじゃないけど触れませんよ。こんな得体の知れない電子頭脳の機械を無闇にいじって、こっちの脳にまで電気の何かが伝染したらエラいことでしょう。そうでなくても僕は、機械やら電気関係は元々弱いんですから」

当たり前のような顔をして云う。

なんという役立たずを紹介してくれたんだ、と藤田は天を仰ぎたくなった。紹介者に不平不満をぶつけたくなってくる。紹介してきたのは同業他社の編集者で、あちらはミステリ系の専門誌をやっている八木沢くんという人物だ。彼がどんなしがらみがあってこの小男を仲介したのか事情は知らねど、恨み言のひとつも云いたくなるのが当然だ。あっちの雑誌でライターの真似事をしているというからすっかり信用してしまったけれど、こいつはとんだ食わせ者だ。

思いっきりハズレを引いた。しかし紹介者の八木沢氏の手前、即日クビというわけにもいかないだろう。しょうことなしにキャビネットの雑誌や資料の整頓くらいなら任せられるだろうと放っておいたら、余計な昔の記事を引っぱり出して喜んでいる始末。ふざけた小男である。だいたい、この外見なのにいい年をしているのもおかしい。履歴書では三十過ぎとなっているのだが、どこからどう見ても高校生くらいにしか見えない。さらに、そんな子供のごとき容貌のくせして、動作だけはいちいちおっさんくさい。このギャップが、見ていて落ち着かない。童顔と小さな体軀（たいく）、仔猫みたいなまん丸の目。これで藤田自身とそれほど変わらない年齢なのだから、それこそヘタをしたらオカルトの部類である。

藤田は、そのオカルトじみたバイトくんに、床に散らばった雑誌を示して、

「とにかくこれはすぐに片付けておくように」

命じると、

「はあい」

と、やけに良いお返事が返ってくる。愛想だけはいい。

そして意外にも、てきぱきと手際よく片付けを始める。要領もいい。ダメならダメでとことん無能のほうが判りやすくてすっきりするのに、いざ動くとなると動作は素早いしキリキリと働く。どっちつかずなのも見ていて落ち着かない。まったくもう、面倒なバイトくんだ。うんざりしながらも、藤田は自分のデスクに戻った。

そしてノートパソコンで読者投稿の心霊写真の品定めを再開する。

とはいえ、やはり地味なものばかりである。

うーん、使えそうなのはなかなかないものだな、と思いながらクリックを繰り返す。次々と画像が変わる。一目ではっとするような〝恐怖の一枚〟にはそうそうお目にかかれそうにない。

と、出し抜けに後ろから、

「これ、ひょっとしたら心霊写真ってやつですか」

いつの間にかバイトの猫丸が、藤田の肩ごしにディスプレイを覗き込んでいた。

一体いつ近づいて来たのか、気配すら感じなかった。びっくりした。心臓に悪いからやめてほしい。

驚いている藤田にお構いなしに猫丸は画面に顔を近づけ、まん丸な目を爛々（らんらん）とさせている。どうやら好奇心が旺盛なタチらしい。こんなところも仔猫のようだ。

「どこに霊が写っているんでしょうか」

猫丸が前のめりになって聞いてくるので、仕方なしに藤田は相手をしてやり、

「ここだよ、この木の脇」

「えっ、このふわふわっとしたのが？　全然霊には見えませんけどねえ。ただの光の加減じゃないんですか、これ」

一丁前に正確な指摘をしてくる。そして、別の画像を示し、

「こっちはどこにいるんですか、霊は」

「ここ。ほら、よく見ろ、ここの女の子達の後ろから顔が覗いてるだろう」

「顔ですか、これが？　どっちかっていうと後ろのテーブルの脚の影にしか見えませんけど」

「いいんだよ、それで。霊なんてそうそうはっきりと写るものじゃないんだから」

藤田が決めつけるように云うと、猫丸は勝手に隣の席の椅子にちょこんと座り、

「藤田さんの今の一言で思い出したんですけど、僕、前から思ってたことがあるんですよ。心霊写真に写る霊って、どうしてああも揃いも揃ってみんな奥ゆかしいんでしょうね」

「奥ゆかしい？」

藤田が首を傾げると、猫丸は身を乗り出してきて、

「だってそうじゃないですか、心霊写真の霊って大概後ろのほうにこそこそ写っているんですよね。奥ゆかしいっていうか引っ込み思案っていうか、なんで後ろや隙間に小さく写るんでしょうか。紛(まぎ)らわしくて判りにくいですよ」

「そりゃ霊だからだろう。そういうもんなんだよ」

我ながらいい加減な解答だと藤田は思ったが、猫丸は食いついてきて、

「どうしてそう決まってるんですか、もっとこう、自己主張の激しい霊がいたっていいじゃないですか。ご陽気にアップでバーンと手前に大きく写って、ついでにイエエエーイってノリで両手でサムズアップしてくれりゃ、判りやすくていいのに」

「そんな陽気な霊はいないんだよ、きっと。霊なんだからみんな陰気なんだろうな。そもそも陽気な霊ならとっくに成仏か何かしているんだろう。この世に恨みや未練があるから、現世に留まって霊になっているんだろうし。そういう恨みを抱えた霊が写真に写るんだから、おどろ

おどろしくなって当然だろう」

「でも、恨みがあるんなら、もっと積極的にそれを主張していけばいいとは思いませんか」

まっすぐな瞳で妙なことを云いだす猫丸に、藤田は眉を寄せて、

「主張って、何をするの、霊が」

「だから恨みの内容を主張するんですよ。せっかくカメラに写って心霊写真になるんだから、ヒッチハイカーが行き先を告げるプラカード掲げる要領で、こう、ボードか何かにデカデカと書いて『私は山田太三郎という男に殺されました。どうかこの無念を晴らしてください。そうしないと恨みが募って成仏できません。警察に通報して山田太三郎が逮捕されるように訴えかけてください。どうぞよろしくお願いします』とか何とかドーンとアップで、ぐいぐいに写ってくるとか。恨みや未練があるんなら、それをガンガン出していきましょうよ。ほら、もっと自信を持って、幽霊だからって隅っこにいないで、もっと自己主張をちゃんとする。いつまでも端っこでいじいじしてるようじゃこのグローバル社会についていけないよ、ヘイヘイ、幽霊だからって萎縮(いしゅく)しないっ、遠慮もなしっ。もっと自己アピール、ほら、ガンガン来いっ、ドカンとアップで写ってみろ、やればできるよ、ほらほら、自信持って自己主張っ、さあ、はっきりするっ、ドーンと来いっ」

なぜだかいきなり応援を始めている。藤田は呆れて、

「あのねえ、猫丸くん、そんなに主張が強い霊なんて情緒がないだろう。我々は恐怖を求めているんだ。読者を怖がらせてナンボなんだから。募集しているのだって〝恐怖の一枚〟だし、

ちゃんと陰々滅々としていてくれないと困るの」

「いやあ、幽霊もこれからの時代、情緒だけでやっていけるほど世の中甘くないと思いますけどねえ」

と、わけのわからないことを云って猫丸は、

「その写真は何ですか、それも公募の写真？」

目聡く藤田のデスクの上の写真を見つける。

「ああ、これか。これは全然怖くないよ」

例の郵送されてきた、おっさんが一人佇んでいるだけの写真だ。デスクに放りっぱなしで忘れていた。

それを手渡すと、猫丸は目の前で猫じゃらしを振られた仔猫みたいに、期待に満ちたまん丸の目で写真をしげしげと見つめた。

しかしすぐにしかめっ面になると、その一枚を突っ返してくる。つい反射的に受け取った藤田だったが、猫丸の鼻に皺を寄せた顔がこれまた猫が不快な匂いを嗅いだ時とそっくりだったので、ちょっと面白いと思った。

だが当人は面白くもなさそうに、硬い口調になって、

「藤田さん、そんなおぞましい写真、よく平気で持ってられますね」

呆れたみたいに云ってくる。意外に感じ、藤田は、

「おぞましい？　これが？」

手元の写真に視線を落とす。ただの、おっさんが突っ立っているだけの写真だ。これのどこがおぞましいというのだろうか。霊の姿など、どこにも写っていない。

「何を云ってるんだ、猫丸くん、こんなのただのスナップ写真じゃないか。心霊写真でも何でもない」

「霊の話なんてしていませんよ。それより、よく使われる云い回しがあるでしょう『幽霊なんかより生きている人間のほうがよっぽど怖い』って、あれですよ。手垢がつきすぎてもう陳腐になっちゃってるフレーズだから、僕はあんまり好きじゃないんですけど、奇しくもそれを地で行っているでしょ。ありきたりだけど、やっぱり真理を突いてるもんなんですね、ありがちなフレーズも」

と、猫丸はやけに神妙な表情になって云う。

藤田には意味が判らない。

何を云っているんだこいつは、妙な小男だなあ、くらいしか感想はない。

そんなこちらの反応をどう捉えたのか、猫丸は、

「判ってないみたいですね。仕方ありません、だったら少し話しましょうか」

椅子の上で座り直して、居ずまいを正す。足が短いから床に靴が届かず、爪先をぶらぶらさせたままである。

そして、ぶかぶかの上着のポケットから煙草の箱を取り出して、一本口にくわえる。

「編集部内は禁煙だよ」

藤田が咎めると、猫丸はちょっと肩をすくめて、

「判ってますって、火はつけたりしません。持ってるだけにしときます。どうもこれがないと調子が出なくって」

何の調子なのか判らないが、照れ笑いのような表情で云う。そして、いきなり顔つきを真剣なものに改めると、猫丸は、

「では、解決編といきましょうか」

独り言みたいにつぶやいてから、藤田の手にある写真に視線を移す。

「さて、藤田さん、その写真から何が判りますか」

突然の質問に、藤田もつられて写真を見直した。改めて見ても、おっさんが一人で写っているだけだ。場所は森か山の中。どう見ても心霊写真とは思えない。面白味のない一枚。ただそれだけだ。

だから藤田は率直にそう答えた。

すると猫丸は、火のついていない煙草の先端をこちらの顔の前に突きつけてきて、

「ほら、写っているものしか見ていない、思考が偏っている証拠ですよ。こういう時は写っていないものもちゃんと見なくちゃダメなんです」

「写っていないもの？」

藤田は思わず問い返してしまう。何だ、それ。写っていないものなんて、どうやって見ればいいんだ？

こちらの戸惑いとはまったく関係なしに、猫丸は、眉の下までふっさりと垂れた前髪を揺らしながら、

「いいですか、考えてもみてください。こうして写真が存在するということは、誰かが撮ったということなんです。ここにいるのは被写体の人物だけではありません。撮影者がいるんです。藤田さんは、おっさんが一人で佇んでいるだけで面白くも何ともない、という感想を持ったと云いますけど、それだけを考えてちゃいけないんです。被写体の人物は撮影者と向かい合っている。つまりここには一人ではなく二人の人物がいるんですよ。写っていないけれどもう一人いる。我々はその二人の関係性も写真から読み取らなくてはならないんです」

ああ、そうか、うっかりしていたが云われてみれば確かにそうだ。セルフタイマーでもない限り、誰かが撮影したのは当たり前だ。藤田はちょっと虚を突かれたように感じた。

「この写真の写っていない部分を補うと、二人の人物が山の中にいることが判ります。被写体の人物は観光地なんかでみんなが持っている自撮り用の棒なども持っていないし、人物がきっちり中央に写っている点からセルフタイマーを使ったとも思えません。タイマーか何かだったら、こんなふうに人物がぴったりまん中に写っている構図にはならないでしょうからね。左右どちらかに少しはズレが出るのが普通です。だから被写体の人物が一人で撮ったとは考えられない。そしてさらに読み取れるのは、被写体と撮影者の距離がごく近くだということです。もし距離が離れていて、望遠レンズか何かを使って遠くから撮ったとしたらどうなるでしょう。ほら、周囲はこの鬱蒼とした森の中ですからね、そんな場合はレンズと被写体との間に、必ず

木や枝が写り込んでしまうことでしょうね。これだけ枝が伸び放題の木々がたくさん立っているんですから、被写体と撮影位置の二点間だけがすっからかんで見通しがいいはずもないですから。絶対に邪魔な枝が間に入り込んでくるはずです。けれどその写真にはそういった遮蔽物はひとつも写り込んでいません。ということは、被写体と撮影者の位置関係は比較的近かったと考えるのが妥当です。だからこそ被写体の人物はそんなに大きく写っているんですし」

と、猫丸は歯切れの良い口調で一気呵成に喋る。そしてさらに続けて、

「ではこの二人は何をしているのでしょうか。よく見てくださいよ。とっくりと見ると変なところが判ってきますから。特に足元に注目してください」

「足元?」

云われて藤田は、手にした写真をじっくりと観察する。足元。おっさんの靴が写っている。スニーカーだ。靴は泥で汚れている。ズボンの裾も泥だらけだ。そして地面。なだらかな斜面がおっさんの背後へと続いている。これのどこがおかしいのだろうか。

首を傾げる藤田に、猫丸は仔猫みたいなまん丸な目を向けてきて、

「ほら、よく見てください。被写体の人物の足が靴先までしっかり写っているでしょう。それに足元の地面も。比較的近いところから、被写体の全身を真正面から撮っているんです。普通ならば、もっと違った構図になるとは思いませんか。人物の膝から上だけ写っているとか、上半身だけとか。そう見ると、人物の角度がおかしいのも判りますね。その写真、妙な角度から撮っているでしょう」

「妙な角度？　どこかおかしいのか？」

「ほら、人物は上目遣いで少し俯いています。だのに、顎の裏のホクロまでちゃんと写っているじゃないですか。もし正面から撮影したんなら、俯いている人物はこうして顎を引いていますからその裏側なんて見えるはずがないんですよ。でもその写真は違います。顎の裏のホクロまできっちり写っている。これはどう考えても、下の角度から撮っていますよね。いわゆる〝アオリ〟の絵面です。こう撮るには、カメラの位置を地面に近づけなくてはなりません。要は、この写真は下から仰ぎ見るみたいな形で撮影しているんですね。カメラが地面に近いからこそ、靴も地面も写っているんです。つまりこれは、下から見上げている構図なんですよ」

なるほど、そう云われればそうか。確かにそう見えるな。と、藤田は半ば納得しながらも、

「しかし、だからといって、それがどうしたんだ？　特段おかしなことなんかないじゃないか」

すると猫丸は、幾分大げさな仕草で首を振って、

「いやいや、充分に奇妙ですって。カメラの位置が地面すれすれなんですよ。そこから見上げて撮っているんです。この場合、撮影者はどういう姿勢でいるんでしょうか。ほら、ちゃんと写っていないものも見なくちゃいけませんよ。さあ、撮影者はどんなところにいるんでしょうね。地面に這いつくばっている、とでも思いますか。いや、わざわざそんな恰好をする必要があるとも考えられませんよね。この被写体の人物を撮りたいんなら、ごく当たり前に正面に立てばいいだけなんですから」

「いや、そうとも云えないだろう。撮影した奴は何か意図があって、そういう角度で撮りたか

ったのかもしれないぞ」

と、藤田が云うと、今度はややゆっくりとした動作で首を振って猫丸は、

「いえいえ、それはないんですよ。いいですか、もう一度地面に注目してください。ほら、この地面の影です。被写体の人物の影は本人の後ろに伸びています。つまりこれ、光源となる太陽が被写体の人物の正面にあるわけですね。となると、被写体にカメラを向ける撮影者は、太陽を背負った向きになるはずです。その位置でカメラを地面近くに置いて撮影したわけですから、這いつくばるかしゃがみ込むかの姿勢を取っているはずですね。けれど、よく見てください、この写真にはその撮影者の影が写っていないんです。被写体と撮影者の距離は比較的近かったはずだとさっき云いましたよね。だから本来なら、しゃがんだり這いつくばったりした撮影者の頭の影が、この人物の足元辺りに写り込んでいなくちゃおかしい道理でしょう。でも見てくださいよ、そんな影なんかどこにも写っていないんです。これはどう考えても不合理ですよ」

云われてみてようやく気がついた。そう指摘されれば、確かにこれは奇妙だ。写っているべきはずの撮影者の影が、地面にはまったく見当たらない。猫丸の云うように、不合理で不自然だ。これはどういうことだろう。

考え込んでつい無言になってしまった藤田に、猫丸は続けて云う。

「写っているのが当然の撮影者の影がどこにもない、そして写真の角度からしてこの一枚はとても低い位置から撮影されたのは明らかです。影が写っていないんですから、撮影者は被写体

の人の前で跪(ひざまず)いたりしゃがみ込んでいるわけでもないんです。それらを総合してみるとこれはもう、撮影者と被写体の人物は同じ平面には立っていないのではないかと考えるのが妥当ではないでしょうか」

と、猫丸は、火のついていない煙草を唇(くちびる)の端に横ぐわえして、

「では、同じ平面にいないとするのなら、撮影者はどこに立っているんでしょう。どこに立っていれば、こんな見上げる角度のアオリの写真になるのか、そこがポイントになってくると僕は思います。撮影現場は全体的に緩やかな傾斜のついた地面ですから、いきなり一段低くなっているような起伏のある地形にも見えません。だとすると考えられるのはただひとつ、人為的に段差を作ったと考える他はなさそうです。人為的な段差、判りますね。つまり地面に穴を掘ったんですよ。それ以外には考えられない。撮影者の影が写っていない理由は、そうとでも考える他はないんですね。賭けてもいいですよ、その写真の写っていないフレームの外には、スコップか何か地面を掘るための道具が転がっているはずです。しかも泥まみれになって。ほら、泥まみれの軍手が落ちているのがちゃんと写っているでしょう。ちょうどそれと同じように。被写体の人物の靴やズボンの裾が泥で汚れているのとも、よく似ていますね」

穴？　そんなものがあるというのか。藤田は少しばかり驚いて、改めて写真を見つめてしまう。

「この角度で撮っていることを考えると、そう解釈する他はないんです。つまり、この被写体の人物の目の前には穴が掘ってあるんですね。穴のヘリなどは写っていませんけど、撮影者は

その穴の底に立って、そこから見上げる形でシャッターを押したんですよ。そうでもしなくては、この角度の写真にはなりませんからね。撮影者の頭部の影が写り込んでいないのにもこれで説明がつきます。頭が穴のへりの下にあるんですから、地面に影が伸びることもないわけです」

と、猫丸は、華奢な指先で藤田の持つ写真を指さして続ける。

「角度から見て、穴の深さは一メートルくらいでしょうか。穴を掘ったのが二人がかりだったのか、それとも一人で掘ったのか、そこまでは判りません。ただ、被写体の人物が穴掘りの主体的な役割を担ったのは間違いないでしょうね」

「靴とズボンが泥で汚れているからか」

藤田は自然と、相槌(あいづち)を打っていた。おっさんの上着にも湿った泥の汚れが付着しているのも、穴掘り作業のせいなのか。

猫丸もうなずいて、

「そうです。一メートルを掘るのはなかなか重労働ですけど、どうにかやりきったんだと思います。そして撮影者はその穴の底に立ち、半ばしゃがんだ体勢でそこから写真を撮ったわけです」

「なるほど、云われてみればそう見えるな。これは下から撮った写真だ。穴があると仮定すると自然な角度だな」

藤田が云うと、猫丸はまん丸な目に真剣な色を浮かべて、椅子に浅く座り直す。

「そこでひとつ疑問が発生します。この穴、一体何の穴なんでしょうね」

「何の穴？」

問われても藤田には咄嗟に答えることができなかった。改めて聞かれると確かに疑問だ。このおっさんと撮影者の二人は、何のために穴なんぞ掘ったのだろうか。こんな山の中に。

「そいつが次のポイントになります。藤田さん、何のための穴だと思いますか」

「うーん、落とし穴、とか？　誰かを落としてびっくりさせるための」

苦し紛れに捻り出した藤田の言葉を、猫丸はあっさりと否定して、

「こんな山の中でイタズラですか。誰も来ないような山の中で？　そいつはナンセンスですよ。よく見てください。写真の地面には道なんか写っていなくて、雑草で荒れ果てているでしょう。木だって枝が伸び放題で人の手が入っているようには見えません。どう見たって人の通るようなところじゃないでしょう。そんな場所に落とし穴なんか作っても無意味ですよ。たまたま誰かが通りかかって落ちるのを待ってたら、何十年も待ちぼうけを喰らうハメになりそうです」

「いや、だったら人じゃなくて動物ならどうだ。獲物を捕らえるんだ。野生のイノシシとかシカとか。今はジビエも一般化してるから、野生の獣の肉は貴重な食材になるだろう。高級レストランでも出すくらいだから高く売れる。そのための罠の穴だ。だから人の通らないような道のない場所に掘ったんだな」

「動物を捕るならトラバサミとかくくり罠とか、そういう専用の捕獲器を使うんじゃないでしょうか。落とし穴なんて判りやすい原始的な罠に引っかかってくれるほど、野生の獣は間抜け

でしょうかね。僕には到底そうは思えませんが」

「じゃ罠はなしだ。うん、だったら不法投棄だな、ゴミの。不要物を捨てるための穴なんだよ、きっと」

「そのために穴をわざわざ掘るんですか。捨てるんなら適当に放り出しておけば充分でしょう。どうせこんな人も通りそうにない山の中なんですから、穴なんぞ掘る手間をかける必要もないですよ」

猫丸はあっさりと、藤田の意見を切って捨ててくれる。

まあ確かに、ご説ごもっともである。ゴミを不法投棄するのなら都会の街角の空き地でも何でも構わないだろうし、いちいち山中まで運ぶ必然性もないだろう。

だったら何かを埋めるためということか？　穴を掘るのだから、そうした手段としては最適だ。では何を埋める？　価値のある物か。現金、金塊、貴金属。そういった金目の物を隠すのには、人気(ひとけ)のない山中はちょうどいいのではないだろうか。

と、藤田がそんな内容のことを主張しても、猫丸は、のほほんとした顔つきで否定して、

「わざわざ山の中にですか？　戦国時代の埋蔵金じゃあるまいし。そんな山の中に埋めるくらいなら、自宅の金庫にでもしまっとけばいいでしょうに」

「だから人に知られたくない金なんだよ。脱税とか盗品とか、マネーロンダリングが必要な表に出せない現ナマとか。人に見られたらマズい札束か何かで」

「それならなおさら都市に隠しますよ。税務署や警察に山の場所を摑まれたら簡単に掘り返さ

れちゃうでしょ。経済犯ならもっと狡猾に頭を使いますよ、きっと。山の中に穴なんか掘るくらいなら、銀行の貸金庫を他人名義で借りるとか何とか、もっと気の利いた工夫はいくらでもできると思いますが」

ぐうの音も出ないほどの反論である。なるほど、猫丸の云うことのほうに一理ある。現金や金塊を隠すのには無理がありそうだ。しかし、他に何か可能性はあるのか。何か山中に隠すのに適した物は。うーん、他には考えつかんぞ、と藤田が頭を捻っていると、くわえ煙草の猫丸は、

「藤田さん、惜しかったです、いい線まではいったんですけどねえ。埋めて隠すというのは王道で、悪くない方向性だと僕も思いますよ。写真のバックの木を見ると、枝の剪定もしていないし手入れをしている様子がありませんからね。木々が荒れ放題の山の中です。多分、地元の人もめったに足を踏み入れたりしないような深い山なんでしょう。ここならば何かを埋めて隠すのには持って来いです。完全に埋めてしまえば、そうそう見つかることもないでしょう」

火のついていない煙草を、あたかも吸っているかのような仕草で唇から離しながら云う。そして、

「ただし埋めるのは小さな物ではないでしょうね。ある程度の嵩があって大きな物です」

「どうして大きい物だと判る？」

藤田が尋ねると、猫丸はさも当然といった顔つきで、

「さっき云ったでしょう、穴は一メートルくらいの深さだと推定されるって。カメラの目線の

高さから考えて、底まではそれくらいの余裕があるはずなんです。もし隠す物がティッシュの箱くらいの小さい物だったら、そこまでの深さは必要ありません。もっと浅い穴で済ませるでしょう」

「ああ、そうか、だから穴の深さに見合った大きさの物だって話なのか。で、このおっさん達はそいつを運んで山に入ったわけだ」

「いえいえ、運んではいないと思いますよ。だって割と嵩張る大きな物なんですよ。担いで行くにせよ背負って運ぶにせよ、はたまた台車や猫車に乗っけて移動するにせよ、その姿は山に入る時に相当目立つとは思いませんか。写真を見ると木漏れ日が見えますね。だから時間は昼間です。まさか夜陰に紛れて山を登る危険を冒したわけでもあるまいし、まっ昼間にそんな大きな物を運んで山に入ろうとしたら、ヘタをしたら山の麓の里人にでも目撃されてしまいます。それに山の入りっ端はまだ道もあるだろうから、地元の人とすれ違う恐れだってあるわけです。そんな人にもし目撃されてしまったら、隠すという本来の目的が達成できなくなります。車で山裾の近くまで運んだとしても、田舎だと見慣れない車は人目を引きますからね、たちまち不審な車として里の人達の記憶に残ってしまうでしょうしね。だから、大きな荷物を抱えて山に入ったという意見には、僕は賛同しません」

「それだと何かを埋めて隠したって話と矛盾しないか。何も運んでいないなら、埋める物もない理屈になってしまうじゃないか」

「だからね、現地調達ですよ。多分、この撮影した場所、ここにあった物を埋めたんじゃないでしょうか」

「現地にある物？」

藤田は再び首を傾げた。何だそれは。こんな山の中に何があるというんだ？　木とか岩とか、そんな物くらいしかないだろう。岩などわざわざ埋めに行く酔狂な奴がいるとも思えないし、しかし他には埋める物など何もなさそうだ。打ち捨てられたお地蔵様か何かあって、それを封印するために埋めるという話にでもなるのか。いや、いかんいかん、つい職業病が出てしまった。オカルト話をデッチ上げる癖がついてしまっている。

しかし真面目に考えて、現地調達というのはどういうことだろう。山の中にはそうそう大した物があるとは思えない。それこそ庚申塚くらいだろう。猫丸の云わんとすることがさっぱり判らない。猫を抱き上げようとすると、するりと身を捩って抜けて逃げられるような感覚である。本当に摑み所のない小男だ。

藤田はお手上げの気分だったが、当の摑み所のない猫みたいな目をした小柄な男は、

「あるじゃないですか、割と大きめの物が。降参するなんて情けないですよ、藤田さん、大きなものを見落としています」

「何を。俺、何を見落としてる？　何がある？」

「あるって云うか、いる、ですね。さっき云ったばかりでしょう、山の中には二人の人物がいたって。被写体の人物と撮影者の二人が」

「ちょっと待て、ということは——」

「そうです、人です、人を埋めるための穴なんです、そのためだけに穴を掘ったんですよ。人気のない山中に埋めて隠してしまうのに、それほど相応しいものも他にないでしょう。この穴はね、人を埋めるための穴、つまりは墓穴なんです」

墓穴——。

藤田は返す言葉を失ってしまった。

そういう恐ろしい話だったのか、これは。

背筋がひやりとするのを感じたが、しかしそんな藤田と対照的に猫丸は淡々と、

「では埋められたのはどちらでしょうか。被写体の人物か、それとも撮影者か。第三の人物がいた可能性はこの際除外して構わないでしょう。写真からはそんな人がいた痕跡は一切読み取れませんから。問題は二択です。となると、答えは簡単ですね。これから埋められる人物が呑気に写真なんぞ撮っている余裕があるはずもありません。撮影者は、穴の出来具合を確認するために穴の底に下りた時、ちょちょいと写真を撮ったんでしょう。余裕のある行動です。すなわち考えられる筋立ては、余裕のある撮影者は埋める側、埋められるのは被写体、つまりその写真に写っている人物ということになります」

大きな丸い目の表情を深刻なものにして、猫丸は続ける。

「二人とも自分の足で歩いて山に入ったのですから、山里の人達の目を盗んでこっそり登るのも可能だったんでしょう。大荷物を運び上げるのとは違って、こっそりと忍び込めば人目にも立たないですから。そうやって埋める側と埋められる側とが、一緒に歩いて山へ入ったんです

ね。そしてその写真は、埋められる三分前だか一分前だかの姿を写したものなのでしょう。穴は完成してるんだから、あとはもう他にすることはありません、埋めるだけです。恐らく、手足をその辺の植物の蔓か何かで縛って、一メートルの穴の底に転がして上から土をかけて処分する、ってな手口だったんじゃないかと想像します。生き埋めですよ。人を一人この世から消してしまうのには、なかなか効率的な手段だとは思いませんか。何しろ殺害したり遺体を処分する手間が大いに省けるんですから。自分の手を汚さないで殺害できる方法。なおかつ被害者自身が自ら処理のための穴を掘ってくれるんですから、これは手間要らずです。実に楽ちんなやり方ですね、生き埋めは。ですからその写真は、生き埋め直前の姿を撮影したものなんですよ」

つまりこれが生涯最期の一枚というわけだ。

そう考えると、藤田は急に空恐ろしくなってきた。

猫丸がさっき、おぞましい写真だと云った意味がやっと腑に落ちた。

生き埋めにされる数分前の写真。

この人物はもうこの世にいない。写真を撮られた直後に死んでいる。しかも、人の手によって穴の底に横たえられ、大量の土をかけられて窒息するという死に方で。

そういえば猫丸は、最初から一貫して写真のおっさんを〝被写体の人物〟と呼んでいたことに、藤田は今さらながら気がついた。おっさんとか冴えない中年とか、貶めるような呼称は一切使っていなかった。ひょっとしたらそれは、もうこの世にいない人物に一応の敬意を払ったつもりなのかもしれない。何といってもこの人物は死んでいるのだ。もうこの世には存在しない。冷たい土の下に埋まっている。土の中で呼吸もせずに、ひっそりと横たわっている。

この写真は、そうなる直前の姿を写したものだ。ヘタな心霊写真より、こっちのほうがよっぽど怖い。なるほど、これは充分に〝恐怖の一枚〟である。それも究極の。

そう考えた瞬間、藤田はようやく気がついた。初めから気になっていた、写真の人物の目の表情。無気力とも投げやりとも見えるこの目は何だろうか、とずっと引っかかっていたのだ。

それが何か、ようやく悟った。

これは、絶望だ。

死を覚悟し、すべてを諦めてしまった者の目。

これから生きたまま埋められる人間の目――。

「い、いや、しかし、抵抗はできなかったのかな、この人物は」

冷や汗で湿った額を拭いながら、藤田は声を絞り出した。

「スコップが手近にあるはずだと、猫丸くんも云っていただろう、穴を掘る道具があるはずだと。撮影者は穴の底から呑気に写真撮影をしてるんだ、でもこの殺される側の人物はまだ手足を拘束されているわけでもない。だから咄嗟にスコップを手に取って、撮影者の頭を狙ってガツンと返り討ちにできなかったんだろうか。ちょうど位置関係は頭を殴りやすい穴の上と下だっただろうし」

「それができない状況だったんじゃないか、と僕は想像します」

と、猫丸は、声を低くして答え、

「多分、反撃は封じられていたんでしょう。例えば、撮影者は常時、銃を突きつけていたとかで。そうでもなければ、こんなにお気楽に写真なんか撮ってられなかったでしょうからね」

「銃？　そんなものを持っていたのか」

「ええ、ピストルか何かですね。それでずっと脅していたんですよ、きっと。だから逃げる機会もなく山の中へ連れて来られて、おまけに唯々(いい)諾々(だくだく)と自分の墓穴まで掘らされたわけです。銃と暴力でずっと抑えつけられていたから、抵抗も反撃もできなかったんでしょうね」

「しかし、銃なんかそんなに簡単に手に入るものではないだろう」

「はい、ですからそんな物騒な物が持てるような立場の人物なんでしょうね、撮影者は。反社会的組織の構成員か何かで。人を山中に埋めるなんて、いかにもその道の悪者がやりそうな手口じゃないですか」

「なるほどそれは判る。しかしだね、猫丸くん、そのヤクザ者はどうしてこんな写真を撮ったんだろう。理由がわからないぞ。こんな、生き埋め三分前なんて悪趣味な写真を撮って、どういうつもりだったんだ？」

藤田の疑問に、猫丸はちょっと小首を傾げて、

「そいつは僕にも断言できませんけど、可能性だけなら思いつきますよ。例えば、後で見せしめに使うとか、ですね。ありがちなストーリーを組み立てるのなら、借金で首の回らなくなった人達を集めて劣悪な環境で重労働をさせて搾取(さくしゅ)していて、逃亡を図った人をこうして埋めて

処分している、とか。他の労働者に、お前らも逃げようとしたらこいつと同じように埋めるぞ、と脅すわけです。写真はその時に誇示するんですね。もしかしたら、他の写真もあるのかもしれません。穴を掘らせている途中の場面や、穴に埋めて土を半分被せているモロに殺人実況の場面や、埋めた後の土饅頭や、一連の流れのある写真が撮られているとも考えられますね。藤田さんに送られてきたその一枚は、中でも比較的穏当な一枚だっただけかもしれません」

恐ろしいことを云って猫丸は、こちらの反応を窺うような目つきでじっと見てくる。

「そういうどん底の境遇で虐待されているうちに、被写体の人物は人間としての尊厳を奪われ抵抗する気力も失い、山の中へ埋められるために連れて行かれても反抗不可能なほど気持ちが弱った状態になってしまっていたんじゃないでしょうか。暴力と脅迫でがんじがらめにされ、精神的に完全に支配されて命令に従うがままになっていた。そういう状況だったのかもしれませんね」

首をゆっくりと左右に振って、猫丸は云う。そして、

「まあ、これらはあくまでも僕の想像ですから、そんな事実はなかったとも考えられます。だから、写真を撮った理由は本当にただの悪趣味で、変態的な嗜虐心が嵩じて自分が埋める人物を撮っておきたかっただけかもしれませんけどね。ただのちょいとした記念写真のつもりで。ほら、最近は誰でも携帯式の電話の機械を持っていて、お手軽にバシャバシャ写真を撮りますからねえ」

そう、そのせいで心霊写真に味わいがなくなったと編集長などは嘆くが、誰もが気軽に写真

を撮影する時代だ。若い女性がSNSにアップするため洒落たケーキやクレープを撮る感覚で、殺人者も鼻歌混じりにパシャっと一枚、というわけか。どっちの理由にしても恐ろしいことには変わりはない。

怖気を震う藤田に構わず、猫丸は声のトーンを落としたまま、まん丸の目で見つめてきて、

「さて、どうしましょうね、藤田さん。その写真をそのまま放っぽらかしとくのに気が咎めるのなら、警察に行ってみますかね。気休めにしかならないでしょうけど、もしかしたら行方不明者のリストにこの被写体の人物が登録されているかもしれませんよ。そうすれば少なくとも身元は判って、供養のひとつもできるってもんです。もちろん身内の誰かが捜索願を出していればの話ですが」

あまり期待はできないでしょうが、と云いたげな雰囲気で猫丸は、

「さっき組み立てたストーリーのように拉致監禁されているケースや、独り身でドヤ街のようなところでその日暮らしをしている場合は、ふらっと消えてしまっても周囲の人も気にしやしないだろうから、そんな人物だったら警察のリストにも載っていないでしょうけどね。まあ、可能性は半々といったところかな。それでも藤田さんの気が済むんなら、警察に届けるのも手かもしれませんよ」

「そうしたほうがいい、のかな?」

藤田は少し逡巡していた。どうしたものだろうか、猫丸のアドバイスに従ったほうがいいのか。うーん、生き埋め三分前の写真なんて持っていても寝覚めが悪いから、できれば手放し

てしまいたい。それに、身元なりでも判明すれば亡くなった人も浮かばれるかもしれない。まあ、藤田は浮かばれるだの成仏だのという話はまったく信じていないタチなので、ただこちらの気分の問題である。どうするのか迷うところではあるけれど、素直に警察に任せたほうがいいのかもしれない。

　そんなふうに思いながらも、藤田はもうひとつ気になっていた疑問点を口に出してみる。

「しかし猫丸くん、それにしてもこの写真はどうしてうちに送られてきたんだ？　ただの三流オカルト雑誌が心霊写真を募集しただけなのに、こんなガチなのを送ってくるなんて意味が判らないじゃないか」

　すると猫丸は、眉の下まで垂れた柔らかそうな前髪をふっさりと一度、掻き上げて、

「そこは犯罪者の特殊な心理ってやつじゃないでしょうかね。歪(ゆが)んだ自己顕示欲というか何というか。どうせ埋めた地点は写真からは割り出せないのは判りきってますからね。道案内の標識や石碑なんかの手掛かりが一切写っていないからには、この場所の特定なんざできるはずもありません。国土の七割近くが山林のこの国じゃ、探そうったっておいそれとこの位置は見つかりそうにないですから。埋められた場所は闇に葬られることになるでしょう。そんな中、犯人は残虐に弱者を生き埋めにして殺した嗜虐心といびつな優越感を持って、バレっこない犯罪を誇示したいというひずんだ承認欲求にかられたんじゃないでしょうか。そんな醜い欲望を満たすために、写真をまったく無関係の第三者の目に曝(さら)したいと思ったわけです。かといってさすがに警察相手に写真を送りつける度胸まではなかった。封筒も筆跡を隠そうと雑誌から切り

抜いた活字を貼っているし、自分の正体が露見するのは避けたかったんでしょうね。だからこの三流オカルト雑誌、あ、失礼、ついうっかり、この関係ない雑誌の読者投稿コーナー程度がバレなくていいやと送りつけてきたわけです。要は捜査機関と直接の関わりがなければどこでもよかったんでしょう。それがたまたま、ここの編集部だっただけで。ほら、悪事はバレないと確信が持てたら、ちょっとほのめかしたいなんて思うのも人情でしょう。完全犯罪をやってのけたのを、自分一人の胸にしまっておくのが何となくもったいない、ちょっと見せびらかしてみたい、というような心理が働いて」

ああ、領収書の改竄だ——と、藤田は思い当たった。藤田もついさっき〝一階のおばちゃん〟を相手に「数字の3と8って似てますよね」などと、云う必要のない軽口を叩いてきたばかりではないか。ちょっとしたスリルと優越感。あの露悪趣味の心理とまったく同じだ。バレないと確信した悪事をついほのめかしてみたくなる暗い自己顕示欲。知らないうちに殺人者と同じ言動をしていたわけである。

それにしても、と藤田は唖然としていた。

面白くも何ともない写真と決めつけていた一枚に、まさかこんな意味があったとは。気づきもしなかったし、考えもしなかった。よもやこれほど思いも寄らない真実が掘り起こされるなんて、意外も意外の予想外だった。

こんなことに頭が回る猫丸という小男、よほど素っ頓狂な頭脳の持ち主だといえるだろう。普通はたった一枚の写真から、これほどの事実を読み取ることなどできやしない。読み取ろうともしないだろう。

役立たずのダメバイトだとばかり思っていたけれど、ひょっとしたらこの小さい男、なかなかの傑物なのかもしれない。人は見かけによらないものである。

藤田がしみじみとそんなことを思っていると、当の素っ頓狂な頭脳の持ち主は、突然ひょいっと椅子から飛び降りると、その場でひらりと一回転してこっちに向き直る。座っていても立っていても、やっぱり小さい。そして、にんまりと愛嬌たっぷりの笑顔になると、

「とまあ、こんな解釈もできるんじゃないかという、僕の考えを云ってみただけなんですがね。この説が本当に真実かどうかなんて、僕は一切保証なんぞしませんよ。オカルト雑誌の編集部のお手伝いなんて珍しいバイトに入ったんだから、せっかくなんでちょいと怖い話っぽくまとめてみただけで。あくまでも、そういう角度からのものの見方もありますよって話であって、まあ、ぶっちゃけてしまえば全部僕の作り話です」

猫丸は気軽な調子でそう云うが、藤田にはもう、その作り話とやらが真相だとしか思えなくなっている。インチキオカルト雑誌の作り手がこんな得体の知れない小男の口車に乗せられるのも少々癪な気がしないでもない。しかし、今の話には充分な真実味が感じられた。本当のこととしか思えない。

そう考える藤田に、猫丸は愛想のいい笑顔で、

「ってなわけで、その写真はただ本当に霊の姿が写っていると思い込んだ読者の人が送ってきただけのただの心霊写真かもしれませんけどね。その読者さんにだけには、背景の木の影かど

こかに人の顔が見えたとかで。ひょっとしたら、そっちのほうが真実かもしれませんよ。まあ、僕はどっちだっていいんですけどね、暇なバイトの時間を潰すために、ちょいと愉快な話をしてみました」

「暇とか云わんでくれよ、失敬な」

反射的に文句を云ったが、藤田の頭は警察に電話してどう説明するべきか、そのことで占められていた。電話よりも写真の現物を見せたほうが話が早いだろうか。封筒の指紋を調べるだろうに、触ってしまったのは問題ないだろうか。

そんなこっちの思惑とはまるで関係なく、猫丸は編集部のフロアを呑気そうにふらふらと歩きながら、火のついていない煙草を口にくわえ、

「あーあ、長話をしたら喉が渇いちゃったなあ。バイト先の社員さんが缶コーヒーか何か奢(おご)ってくれたら嬉しいんだけど。すぐひとっ走り買ってくるのになあ。楽しいお話のご褒美として」

にんまりと、打算的な笑顔になる猫丸だった。まるで、魔女の下僕の黒猫が笑ったみたいな顔つきだった。一枚の写真からおぞましい真実を炙(あぶ)り出す人物の、人の悪そうな笑顔。この顔をアップで撮影すれば、それも〝恐怖の一枚〟として通用するだろうか、などと埒(らち)もないことをつい考えてしまう藤田だった。

ついているきみへ

柿原悟（かきはらさとる）は地下鉄に乗って有楽町へ向かっている。

九月七日、土曜日。今日はラジオ局で、公開収録の観覧があるのだ。

地下鉄の揺れるリズムに合わせ、ネットで発見した旭山甚五郎（あさひやまじんごろう）の顔が、頭の中でぐるぐる回る。団子っ鼻に厚ぼったい下唇（したくちびる）、助平ったらしく垂れ下がったいやらしい目尻。品のないおっさんの顔を反芻（はんすう）しても楽しくないことこの上ない。

目的地に着き、地下鉄を降りた悟は駅の階段を上って地上に出た。猛烈な残暑が容赦なく襲いかかってくる。強烈な太陽、むっとする湿気、熱を帯びた空気。今日も暑い。

ラジオ局の収録スタジオにはちゃんとエアコンが効いているんだろうな、と悟は、強い日差しをうんざりと見上げながら思った。

ことの起こりは昨日の午後である。バイトの休憩時間の出来事だ。悟のバイト先は、自宅アパートの最寄り駅の近くにあるファミリーレストラン。世田谷の私鉄沿線の、急行が止まらない駅である。

悟のような清貧学生にとって夏休み期間は稼ぎ時だ。悟はまだ一年生なので、今年初めて大学生としての夏休みを経験している。そして休みが長いことに驚かされた。丸々二ヶ月もある。なるほど、学生は人生のモラトリアム期間といわれるわけだ。一年の六分の一が夏休みなのだから。これでいつ勉強しろというのだろうか。

まあ、そう学業熱心というわけではない悟にとってはありがたい。もっけの幸いとばかりにバイトに精を出すことにした。今年のゴールデンウィーク頃から始めたファミレスでのバイトも、もう四ヶ月になるのか。仕事には慣れたし、要領よく適度にサボるコツも覚えた。休憩時間も従業員休息室でだらっと過ごしていた。

ただし、体は脱力していても頭には絶えずあることが引っかかっている。三日前の、あの奇妙なプレゼントの一件。それがどうしても頭を離れないのだ。あいつ、何のつもりであんな物を置いていったんだ？　まるっきり意味が判らん。何だったんだろう、あれは。

だからといって彩音（あやね）さんに声をかけられた時、反応が遅れたりはしなかった。

彩音さんはすべての事象より優先される。

従業員休息室に入って来た彩音さんは、悟を見ると開口一番、尋ねてきた。

「あのさ、柿原くん、明日、シフト入ってなかったよね、暇かなあ」

「暇です」

悟は即答した。バイト学生同士でスケジュールを聞かれたら、大抵の場合はシフトを代わってほしい、というお願いだ。決まったシフトを前日に代わるのは本来ならば不愉快なことである。しかし相手が彩音さんならば話が違う。彩音さんには親切で気の利（き）く男と思われたい。少多くしたい。夏休みにできる限りバイトを入れているのも、実をいうと彩音さんとはここでしか会えない、という事情もあったりする。なるべく顔を合わせる機会を多くしたい。

「暇ならよかった。明日ちょっと付き合ってくれないかなあ。デートのお誘いだよ」

彩音さんは悪戯っぽく笑った。笑顔がもう、とびきりチャーミングだ。

「も、もちろんいいっすよ。いくらでも付き合います」

思わず声が裏返る。デートというのが当然、冗談だとは判っている。しかし、彩音さんとお出かけかと思うとついあわあわしてしまう悟であった。

悟が彼女について知っていることはさほど多くはない。

名前は平尾彩音。バイトの先輩で、学年もひとつ上だ。ただし大学は、悟の三流私大と違って高嶺の花のお嬢様女子大。そして彩音さんはそんな学校に相応しい容姿をしている。つまり、とてもかわいい。自宅がこのファミレスの徒歩圏内で、通う利便性を考慮してここをバイト先に選んだとのこと。兄弟姉妹はなく、ご両親と三人暮らしで犬を飼っている。犬は一般的に云ってかわいいが、飼い主の彩音さんも主観的に見て途方もなくかわいい。将来の語学留学のため資金を貯める目的でバイトをしている。性格は明るくて天真爛漫、優しくて気配りができて、見た目が尋常でないほどかわいい。

要するに、バイト初日に一目見た時から心を奪われ、目下のところ悟は思いっきり片思いちゅうなのである。

「じゃ、決まりね。明日の昼過ぎだから」

「判りました」

悟がうなずくと、彩音さんは少しだけ不審そうになって、

「柿原くん、何の用事か聞かないの？」

「聞かなくても大丈夫です。彩音さんのお供ならたとえ火の中水の中」

「大げさねえ。そんな迷惑な話じゃないよ、それどころか大ラッキー、聞いて驚かないでね、凄いんだから」

「何があるんですか」

期待を煽られて、悟は身を乗り出して尋ねる。一体、何に誘ってくれるのだろうか。

「なんと、驚くなかれ、じんごちゃんのラジオの公開収録に行けちゃうんです」

「じんご、ちゃん」

「そう、凄いでしょ。観覧募集に申し込んだら当たっちゃったの。どれだけ高い倍率だったことか、当たったのが奇跡よね。大変なことだよ、これは。ね、凄いと思わない？　当選メールには同行者一名可って書いてあって、つまり二人行けるの。学校のじんごちゃんファンの友達を誘って二人で行く予定だったんだけどね、残念なことにその子が夏風邪でダウン。もう彼女、枕を涙で濡らしながら悔しがってね、じんごちゃんの公開収録は見たいけど三十九度の熱で立ち上がれないからどうにもならないって泣きの涙で諦めて、それで急な話だから、明日シフトが空いてる柿原くんを誘ったってわけ。ついてるね、柿原くん。しかも入場整理番号が四番だ

よ、きっと前のほうの席を取れる。凄いでしょ、じんごちゃんのラジオ収録、近くで見られるんだよ。ホントにラッキー、大ラッキー」

　彩音さんは両手を天高く上げて、その場でステップを踏んでくるりと回った。とにかくひたすらテンションが高い。憧れの人のご機嫌が麗しいのは見ていて喜ばしいことであるが、腑に落ちない点がある。

「あの、彩音さん」

「なあに」

「お喜びのところ申し訳ないんですけど」

「うん、柿原くんももっと喜んでよね、じんごちゃんのラジオなんだよ」

「そのじんごちゃんなんですが」

「うんうん」

「誰ですか、それ」

　途端に、彩音さんは素に戻って、

「えっと、もしかして柿原くん、じんごちゃんを知らないの」

　河童でも見るかのような目で見られてしまった。悟はいたたまれなくなりながらも、

「すみません、知りません」

「そう、そうなの、ごめんね、うん、知らないのは仕方がないよね、悪いのは柿原くんじゃない、そう、きっと世の中のせいだよね、柿原くんがそんなふうになっちゃったのは社会がいけ

ないんだよ。でも大丈夫だからね、全然恥ずかしいことじゃないから。知らなくても仕方がないし、ちょっとしかみっともなくなんてないから、気にしなくてもいいからね」

物凄く同情されてしまった。悟は何だか悪いことをしているような気になってきてしまう。

「でもさ、明日じんごちゃんの公開収録、見られるんだからいいじゃない。そう、かえって運がいいかも、初のじんごちゃんが収録現場で聞けるんだからさ、よかったね、だから明日、楽しみにしていてよね」

と、彩音さんに励まされ、有楽町のラジオ局で午後一時に待ち合わせという段取りになった。行き違いがあると困るから、と悟はさりげなく携帯番号かアドレスを聞き出そうとしたけれど、

「心配要らないと思うよ。大きなラジオ局だから間違えっこないし」

と、躱された形になってしまった。今はまだ、そんな距離感なのだ。いつかはどうにかして番号を聞き出したいと、常々思っている。

バイトが終わって狭い独り暮らしのアパートに帰宅すると、悟は早速〝じんごちゃん〟なる人物を調べてみた。彩音さんをあれだけ熱狂させるのは、一体いかなる人物なのか。

彩音さんによると明日観覧に行くのは、旭山甚五郎という人がやっているラジオ番組の公開収録だということだ。聞いたことがない。そのラジオ番組も、人物の名前も。元より悟はラジオなどめったに聞くことがない。暇潰しに観るのはもっぱらネットの動画だ。

検索してみた結果、旭山甚五郎氏はラジオパーソナリティらしい。『旭山甚五郎のわくわくアフタヌーン』という番組を、毎週月曜日の午後に放送しているという。女性に人気で〝じん

ごちゃん〃という愛称でリスナーに親しまれているそうな。

情報は、それだけだった。ネットのどこを調べてもそれ以上のことは判らない。『わくわくアフタヌーン』以外にはメディアに出ている様子もない。

写真はいくつかヒットした。おっさんだ。小鼻が胡座をかき、下唇が分厚く、目尻が助平ったらしく垂れ目になった、全体的に品のない印象の中年男である。その辺の居酒屋でくだを巻いているようなただのおっさんにしか見えないのだが、はて、これで女性に人気とは？　悟はつい首を傾げてしまう。

わざわざラジオアプリをダウンロードして、タイムフリー機能で問題の番組を聴いてみることまでした。ラジオで喋っているのは、写真で見た通りのおっさん丸出しの胴間声だった。しかも滑舌が悪くてひどく聞き取りづらい。おっさんが、げはははははと下品に笑って、下ネタのエロトークを繰り広げていた。これをまっ昼間に放送しているのか、と思わず我が耳と放送局の良識を疑いたくなるくらいの品のなさだ。げはははは、とおっさんがエロ話をする一時間、これで『わくわくアフタヌーン』というのだから、悪夢のような冗談にしか思えなかった。

これが〃じんごちゃん〃なのか？

女性に人気があるのか？

なぜリスナーに愛称で呼ばれるほど親しまれているのか？

悟にはさっぱり理解不能だ。別人と間違えているのかもしれないと思ったけれど、旭山甚五郎というラジオパーソナリティは他には見つけられなかった。似ている名前の別人がいるわけでもない。

謎だ。

どうしてこんなおっさんが人気なのか、わけが判らない。

そして謎を残したまま、収録当日を迎えることとなった。

土曜日の昼過ぎ。痛烈な残暑に辟易しながら、有楽町の駅から少し歩いた。

ラジオ局の正面玄関で無事、彩音さんとも合流できた。

彩音さんは、空色のブラウスにダークブラウンのスカートという爽やかな装いだった。見慣れたファミレスの制服ではなく、私服姿がとても新鮮に感じられる。いうまでもないことだが、彩音さんは今日も激烈にかわいい。

当選メールの画像を係員に見せて、ラジオ局内に入館できた。広々としたロビーは空調が効いていて涼しい。汗がたちまち引いて、ほっとひと息つけた。

広いロビーには観覧の客らしい人達が集まっていた。その数およそ百人ほどだろうか、悟の母親の世代の女性が三割、彩音さんと同年代と思しき若い女性が三割、その中間の年齢層の女性が三割。残りの一割が男性で、男はみんないい年をしたおっさんばかりだった。若い男は悟ただ一人で、何となく場違いなところに踏み込んでしまったような居心地の悪さを感じた。女性客は、連れの相手とかまびすしくお喋りに興じている。皆口々に「じんごちゃんのラジオが」「じんごちゃんの番組が」「じんごちゃんのトークが」と、これからの公開収録を楽しみにしている様子だった。誰もが興奮して、声のトーンが上がっている。

これだけの女性リスナーが期待しているのか、あのげはははと笑う下品なおっさんの番組を。いよいよ以て謎は深まる。収録現場を見学すれば、悟にもその魅力が理解できるのだろうか。

そうこうするうちに、奥から若い男性スタッフが現れた。

「えー、本日は『旭山甚五郎のわくわくアフタヌーン』の公開収録にようこそおいでいただきました。皆さん、ご当選おめでとうございます。それでは整理番号順に並んでいただきます。一番のかたから列を作ってくださーい」

スタッフの誘導で百人ががやがやと並び始める。そんな間も女性達はお喋りを続けている。

「じんごちゃんのラジオ、当たるとは思わなかったわよ」「生で見られるなんて、本当に最高よねえ」と同行者と浮き浮きした顔つきで語り合っている。

彩音さんもわくわくと、

「もう楽しみすぎてうちわ作っちゃおうかと思った。ほら、アイドルのコンサートみたいに。表に〝じんごちゃん〟って字をレタリングして、裏に顔写真のコピーか何か貼ったうちわ。さすがに悪目立ちするかと思って自重したけど」

楽しそうに云う。悟は曖昧に、

「そうですか」

と、愛想笑いを浮かべることしかできなかった。やはりひどく場違いな気がする。

「それでは、これからスタジオに入りまーす。慌てないでゆっくりと、前のかたに続いて進んでくださーい」

スタッフの若い男に導かれ、一同はぞろぞろと移動した。階段を一階分上がり、廊下をしばらく歩いてから、分厚いドアをひとつくぐる。そこがスタジオらしかった。

収録スタジオといっても、特に華やかな感じはしない。どことなく倉庫を思わせる、窓のない部屋だった。開口部が少ないせいか、エアコンがよく効いている。

その無機質でだだっ広い空間に、パイプ椅子だけが整然と並んでいた。くすんだ灰色の壁は飾り気がまったくなく、防音材が使ってあるのか全体的にデコボコしていた。やはり華美な印象は感じられない。まあ、収録するのはラジオ番組なのだから、見た目が質素でも別に構わないのだろう。

パイプ椅子が並んだスペースの前のほうに一段高く壇（だん）のようになっている場所があり、そこにデスクと椅子がワンセット設（しつら）えられている。デスクに大きなマイクが載っているところを見ると、あそこにパーソナリティの旭山甚五郎が座るのだろう。

観客達はスタッフの先導で、パイプ椅子に順番に座っていく。彩音さんの整理番号は四番。早くスタジオに入れたので、前のほうの席に案内された。ただし最前列は関係者の席のようで、悟達一般客が入って来た時にはもう人で埋まっていた。

彩音さんと共に二列目のまん中に座る。二人で並ぶと、肩が触れあうほど近い。悟はどぎまぎして、わざと隣の彩音さんから視線を外し、前方に目を向けた。最前列に座る人の頭の向こうに、檀とパーソナリティ席が見える。

「きゃあ、じんごちゃんがあんな近くに座るんだ、やったあ」

と、彩音さんは、ガッツポーズを作ってはしゃいでいる。悟は、ネットで見たおっさんの写真をまたぞろ思い出す。彩音さんの趣味が判らない。ただのファンだというのならばともかく、ああいう脂ぎったおっさんがタイプだったりしたら大変だ。いや、さすがにそれはないと思いたい。一般的に考えても、あの外観が好みの女性はかなりの少数派だと思われる。よもや彩音さんがそのおっさん趣味ではなかろうな。そうだとしたらどうしよう。

やきもきする悟の隣で、

「嬉しいね、よかったね、こんなに近くで見られるよ、もう、どうしよう。あ、勝手に撮影とかしちゃダメだよねえ、じんごちゃんの生写真、欲しいんだけどなあ」

あくまでも楽しそうな彩音さんである。

他の客達もそわそわと、嬉しそうにざわめいている。パイプ椅子はすっかり観客で埋まった。何人かのスタッフが、マイクを調整したり慌ただしくスタジオを出入りしたりと、忙しげに立ち働く中、案内役の若い男性スタッフが観客の前に立った。

「えー、旭山甚五郎さん、入りが少し遅れまーす。そのままお席でしばらくお待ちいただきまーす。その代わりと云ってはあれですが、旭山甚五郎さんから皆さんにプレゼントがありまーす。順番にお配りしますのでお土産にお持ち帰りくださーい」

男性スタッフの言葉に、観客席から「きゃあ」と歓声があがった。

悟の後ろの席に座った若い女性が、

「じんごちゃん忙しいもんねえ、遅れるのも無理ないよ」

と、連れの女性と話している。この番組しか仕事がないのに？　と悟は思ったが、それを言葉にできる雰囲気では、到底ない。

若いスタッフは、前列から順繰りにそのプレゼントを配っていった。悟も受け取る。それは棒つきの小さなキャンディだった。ビニールに包まれて個包装された、丸形で平べったいキャンディ。多分、駄菓子屋で買ったら十円くらいの商品だろう。ただし、ビニールには『旭山甚五郎のわくわくアフタヌーン』の番組ロゴが印刷され、裏面にはパーソナリティ本人の似顔絵が入っている。イラストは小鼻が胡座をかいた垂れ目の、特徴をよく捉えたものだった。奇しくも、彩音さんが製作を断念したうちわと同じデザインである。

隣の席のOLらしき二人組の女性は、

「どうしよう、これ。キャンディはともかく、この包み紙は捨てられないよお」

「うん、大事な記念品になるね、ずっと取っとく」

と、嬉しそうに語らっている。彩音さんも、

「柿原くん、キャンディ、何色だった？　あ、赤だね、お揃いだ」

と、浮き浮きと楽しそうに棒つきキャンディを弄んでいた。

キャンディを配り終えた若いスタッフは、

「それでは、少々お時間かかりまーす。申し訳ありませんがお待ちいただきまーす」

観客席に向かって呼びかけると、パーソナリティ席でマイクの調整に余念のない年配のスタッフのところへ駆け寄って行く。そのまま打ち合わせを始める彼らは、どうやら本番前で忙しいようである。

対して、観客は暇になった。収録が始まるまですることがない。

彩音さんは小さなバッグからスマホを取り出し、

「待つのも楽しみだけど、ちょっと退屈しちゃうね、やることないし。ほら、電波も来てないよ」

悟も、自分のスマホを見てみる。なるほど圏外になっている。有楽町のまん中に電波が届いていないわけはないから、これはスタジオの壁が電波を遮断しているのだろう。この辺はさすがに音に敏感な収録用のスタジオならではである。

しかし、現代人はスマホが使えないと途端に手持ち無沙汰(ぶさた)になる。他に時間を潰す方法を知らないかのように。

ただ、悟にとっては絶好の機会である。ここは是非、軽妙なトークで彩音さんを楽しませたい。好感度ポイントを上げるチャンスだ。幸い、話題ならばある。昨日もバイトの休憩時間、頭に引っかかり続けていたあの問題だ。楽しいトークになるかどうかは判らないけれど、彩音さんの興味を引くことはできると思う。一緒に謎を考えれば、連帯感も深まる。

「それじゃ、やることないから、ちょっと話を聞いてもらっていいですか」

と、悟は切り出した。退屈しのぎになるのなら何でもいいらしく、彩音さんは関心をこちら

に向けて、

「何なに、恋愛相談とか？」

「そんなに浮かれた話じゃなくてですね、ここ数日、頭を悩ませていることがあるんですよ、ちょっと不可解な謎があって」

「ほほう、不可解な謎はいいねえ。聞かせて聞かせて」

どうやら最初の興味は引けたようだ。悟は勢いに乗って、

「実は、何日か前におかしな物をもらったんです、プレゼントというか何というか」

「へえ、彼女から」

「そんなのはいません。俺は今、フリーです。浮いた話はひとつもありませんよ」

と、必要以上に強調しておいてから悟は、

「プレゼントの贈り主は友人です、もちろん男です。通称はカンダタ」

「判った。そのお友達、名前は神田くんでしょう」

「残念。本名は山崎(やまざき)です」

「あれ？　それがどうしてカンダタくんなの。私、てっきり神田くんだからかと思ったのに」

「それが、通称の由来は今となってははっきりしないんですよね。そいつとは中学の頃からの付き合いですけど、その時にはもうカンダタで通ってましたから。多分、中学の初期にでも授業で『蜘蛛(くも)の糸』を朗読して、何か読み間違えて失敗するとかドジったりしてそう呼ばれるようになった、とかそんなところだと思うんですけど、具体的にはどんな理由なのか、もう誰も

覚えていないという。そういうことって割とあるでしょう」

「あるねえ、私の友達にもカナエちゃんがいるけど、本名とはちっともカブっていないし、どうしてそんな呼び名になったのかも今はもう誰も気にしていないし」

「定着しちゃって、もう本名のほうが似合わなくなっちゃうケース、よくありますよね。カンダタも目が細くて色黒で、顎がちょっとしゃくれてて、もう見るからにカンダタって感じで、誰も本名では呼ばないんです。俺とは中学高校を通してずっと同じだったんですけど――」

と、悟は説明する。悟の生まれ育ったのは栃木県の地方都市。成績上位者は地元の国立大に進学するが、悟のような学業がぱっとしない連中は大概、東京の大学に出て行く。それぞれの偏差値に応じた学校が、都会にはたくさん用意されているのだ。悟もこの春、上京した。通学と予算の都合を総合的に考え、今の私鉄沿線の町に新たな居を構えた。同級生にも同じ沿線にアパートを借りた者が四人ほどいる。高校を出て半年、大学は別々ながらその四人とは今でも交流がある。近所なので集まりやすいのだ。そのうちの一人がカンダタである。

「こいつがちょっと変わっていて、いや、ちょっとどころじゃないか、かなりの変人なんですよ。同級生の中でも飛び抜けた変わり者でしてね」

と、悟は説明を続ける。

「ノートをやたらとマメに取ってそのコピーを試験前なんかに無料配布してみんなに重宝されるくせに、当人のテストの出来はイマイチだったりするんですよね。ノートはとにかく丁寧に取るのに、成績はよくて中の上、悪ければ下の中くらい。お前、あんなにきっちりノート取ってるのにどうして点数が上がらないんだって聞くと、本人はけろっとした顔で『ノートは配るために取っている、人のためになるから嬉しいんじゃないか、自分が覚える気はまったくない』と云ってのけたり、高校の食堂の箸袋を三年間、毎日収集したり。自分の使った箸の袋ですよ、それに日付けを記入して食べたメニューもきっちり記録して。何のためにそんなことを続けるのか尋ねると『こうして記録しておくと傾向が見えてくる。何曜日に自分が何を食べたい気分になることが多いか、同じ物を何日連続で食べると飽きるのか、色々と判明して興味深い』だそうです」

こうした変人エピソードには枚挙に暇がないのがカンダタという人物である。近い思い出だと高校卒業の時のことだ。

「カンダタも一人前に女の子を好きになったんです、吹奏楽部でフルート吹いている女の子に片思いしましてね、卒業を機に思い切ってアタックしたわけです。『玉砕覚悟で当たって砕けるのも男の生きる道だ』とか何とか盛り上がって。それで、勇気を出して告白したのはいいんですけど、その時渡したプレゼントというのがネックレスなんです」

「ネックレスなら普通じゃないの」

と、彩音さんは率直な感想を述べる。悟はしかし大きく首を振って、

「それが、並のネックレスじゃないんです。五円玉の穴にこう、紐を通してですね、一個じゃないですよ、五円玉が一個だけなら一応見た目だけは普通のネックレスの形になりますけどね、五円玉は大量だったんです。三百個か四百個はあったのかな、それにびっしり紐を通して連ね

て、ほら、時代劇に出てくる旅の路銀、穴開き銭に紐を通してぎっちりぶら下げるやつ、あんな具合に大量の五円玉をみっちり円形に首飾りにして、まるで古墳の副葬品ですよね、それを手作りして渡したんです。本人曰く『ご縁がたくさん繋がりますようにという願いを込めたんだ』そうですけど」

「それで、彼女の反応はどうだったの？」

「もちろんダメに決まってます、ドン引きされて終わりですよ。後でその子の友達の女子を経由して聞いたところによると『重かった、色々な意味で』と。そりゃ何百枚もの五円玉でネックレス作ったら重いですよねえ」

悟の言葉に、彩音さんは楽しそうに笑って、

「うーん、なるほど、確かに変わってる。そのカンダタくん、なかなかの強者ね」

彩音さんにウケたので、悟は大いに気をよくして、

「で、ここからが本題です、四日くらい前だったかな、そのカンダタからいきなりある物をもらった」

「五円玉のネックレス？」

「それは意中の女の子に渡すやつです。そんな重い物、俺は勘弁してほしいですよ」

「四日前っていうと、火曜日？　九月の、えーと」

彩音さんが思い出そうとするので、悟はすかさずフォローして、

「三日です、三日の火曜。その日は俺、バイトが遅番だったんです。アパートに帰ったのが夜

の十時過ぎですね。それで帰ってきて、アパートの部屋のドアノブに何かぶら下がっているのを見つけたんです。ちょっと気持ち悪かったけど、よくみるとただのレジ袋でした。コンビニか何かのビニール袋ですね、それがドアノブに引っかけてある」

悟はその時の体験を語った。恐る恐るコンビニ袋を覗いてみると、小さな箱が入っているらしい。箱の体積の分、ビニール袋は膨らんでいる。そして悟は、ほっとした。紙製の箱の上に、一枚のカードが載っているのが見えたからだった。カードは名刺ほどの大きさの白い紙で、手書きの文字が書いてある。それがカンダタの筆跡だと判った。なんだ、カンダタからか、変な物じゃなくてよかった、と悟は肩の力が抜けるのを覚えた。

「一目で判るものなの？　そのカンダタくんの字だって」

と、彩音さんは尋ねてくる。悟はうなずいて、

「判るんです。というのも、カンダタの字は凄く特殊な文字なんですよね。活字みたいにきちっとしていて、とにかく几帳面な字なんです。俗にカンダタフォントと呼ばれていて、そのまま本にして売ってもおかしくないくらい丁寧なんです。ノートのコピーがみんなにありがたがられたのは、そのせいもあるんですね。まるで市販の参考書みたいなきっちりした字体で、授業ちゅうに先生が板書したのを写してあるんですから、無料で配るのがもったいないくらいのコピーでしたよ」

「へえ、ほんとに几帳面なんだね」

「ええ、変にマメなんです。今年の正月も、わざわざ年賀状を送ってきたくらいで、今年の冬

っていえば俺達受験生ですよ。だのにちゃんと宛名も印刷じゃなくて、例のカンダタフォントで丁寧に手書きで。普通、友達の間なら一斉送信のあけおめメール送って、それでよしとするものでしょう。でもカンダタはそういうところ、やけにこだわるんです。友達全員に手書きの年賀状を送らないと気が済まない。あ、それに先月は暑中見舞いももらいましたよ、ちゃんと正規のハガキで宛名も手書きで。これも友人全部に送ったらしいんです。今時暑中見舞いって、いつの時代の人間だよって感じでしょう」

「何か本人にしか判らないこだわりがあるのかもしれないね」

「そうそう、変人ならではのこだわりですね。あ、それにカンダタはメモ魔でもあるんです。箸袋のメニューと同じで、何でもメモする癖がある。高校の頃、夏休みに友達の家に集まって夜通しゲーム大会をやったんですけど、その時、深夜の買い出しに俺とカンダタの二人で行くことになったんですよね。どうしてそのコンビになったのかは、もう忘れちゃいましたけど。で、コンビニで飲み物やお菓子なんかを買って、俺もちょっと個人的な買い物をしたかったけど自分の財布を友人の家に置いてきたまま出てきちゃって、カンダタに千円借りたんです。カンダタは、いいよって気軽に貸してくれたんですけど、俺に千円渡す前に『あ、ちょっと待ってて』とポケットからメモ帳を取り出すんです。何をするのかと思ったらお札の番号、ありますよね、紙幣に印刷されてる個別の番号、あれをメモに取ってるんですよ、カンダタの奴。なんでそんなものをメモるのかって、当然俺が聞くと、『いや、この紙幣が回り回っていつか俺の手に戻ってきたら面白いだろう。悟に貸したお札が色々な人の手を経由してぐるりと戻って来る。これは運命的なことじゃないか。そうなった時にすぐに識別できるように番号を記録しておくんだ』と、当たり前みたいな顔で答えるんです。その時はしみじみ思いましたよ、ああやっぱりこいつ変わり者だなあって」

「うーん、なるほど、確かに珍しいタイプの男の子だねえ。コンビニ袋をドアノブにぶら下げたのも、その変人ならではの特殊な理由があったのかなあ。でもそんなプレゼントの受け渡し方ってちょっと不用心じゃないの」

そう云う彩音さんに、悟は首を振って見せ、

「いえ、多分それは実利的な理由からだったと思います。箱が微妙に大きかったんですよ。コンビニ袋の中の紙箱は中途半端なサイズで、ちょうど郵便受けに入らなかったみたいなんです」

「箱のサイズはどのくらいだったの？」

「一辺が十センチってところでしたね。この厚みだとドアの郵便受けの入り口に入りません。うちはただのアパートだから、高級マンションみたいな宅配ボックスはついていないし」

「なるほど、それでドアノブに引っかけていったんだね」

「そうですそうです、多分、俺に直接渡そうと持ってきたけど、俺がバイトでいなかったから待ってたんでしょうね。でも帰りが遅かったから待ちくたびれて、もういいやってドアノブにぶら下げてった」

「それで、箱の中身は？　あ、ちょっと待って、その前に、カードにはなんて書いてあったの？　その袋の中に入っていたカード」

「カード文字は三ワードでした。『For Lucky Man』と、ただそれだけ。差出人の名前も無し。まあ、カンダタの場合、書体が例のカンダタフォントだからそれが署名代わりになるわけですけど」

「For Lucky Man——ついているきみへ、ってことかあ」

「さすが彩音さん、うまい訳です」

悟のおべっかには、彩音さんは特に反応を示さずに、

「それで、何かついてたの？　この場合、きみは受取人の柿原くんを指すはずだと思うんだけど」

「いえ、別についてることなんて特にないはずですけどねえ」

と、悟は答えた。今日こうして彩音さんからお誘いがかかって二人きりで出かけられたのは大ツキではあるが、いかにカンダタといえども予知能力まであるわけではない。四日前に今日のことを予測したわけではあるまい。

「まあとにかく、カンダタからの贈り物だということは判ったんで、安心してそれを持って部屋に入りました。いつまでも廊下にいても暑いだけなんで。それで、ビニール袋から箱を取り出しました」

悟は説明を再開する。箱はただの白い紙箱だった。チョコレートか和菓子か、元はそんな物が入っていたような感じの四角い箱だ。蓋を開けると、そこに緩衝材の新聞紙が詰め込まれていた。それにくるまれていた物が——。

「何だったと思います？」

気を持たせて質問する悟に、彩音さんはかわいらしく小首を傾げる。

「うーん、何だろう。贈り主が面白い人だから意表を突く物かな。十センチの箱に入っているってことはあまり大きくないものよね」

「期待されるような面白い物じゃないから正解を云っちゃいます。中身はペットボトルのフタでした」

「はあ？」

彩音さんは面喰らったらしく、狐につままれたみたいな顔つきになった。

「ね、拍子抜けするでしょう。ただのフタだったんです。白い、ペットボトルのキャップ。メーカーのロゴも何も書いていない、多分、ミネラルウォーターか何かなのかな、とにかく何の変哲もないペットボトルのフタでした、プラスチックの」

悟がそう云うと、彩音さんは少し怪訝（けげん）そうな表情で、

「そのフタ、何か価値があるのかなあ」

と、独り言みたいにつぶやく。

「価値、ですか？」

悟が聞くと、彩音さんはうなずき、

「だって、わざわざプレゼントとして渡しに来たんでしょう、ただのフタじゃないのかもしれない。マニアの間では高値がつく珍品とかで」

「まさか、あれはただのフタでしたよ。その辺の空のペットボトルから外した普通のキャップです」

悟が一笑に付すと、彩音さんは難しい顔つきになって、

「だったら何の意味があるの？　そのプレゼントに」

「それが俺にも判らないんです」

「ただのフタをプレゼントして〝ついているきみへ〟っていうのも変よねえ」

「ええ、そんな物もらっても、何もついてなんかいませんよねえ」

「訳が判らないね」

「ええ、まったく」

悟はうなずく。そう、それでこの四日間、頭を捻っているのだ。バイトの休憩時間にもつい気にかけてしまうほどに。

ただのペットボトルのフタなのだ。

そこに何の意味があるのか。

プレゼントされても、一円の価値もないものでは嬉しくもないし、不可解に思うばかりである。それで"For Lucky Man"とか云われても、戸惑うしかない。

「うーん、変わり者ならではの何かの理由があったりするのかなあ。そのカンダタくんは仲間内では有名な変人なんでしょう。その彼だけに判る理屈があるとか」

彩音さんはそう云うが、悟としては困惑するのみだ。

「でも、そんな変人の謎かけみたいなもの、一般人の俺にはわけ判りませんよ。こっちに伝わらないメッセージをプレゼントにして寄こすなんて、いくら変人でもしないと思いますけど」

「卒業の時の女の子に重いネックレスをプレゼントした時も、相手にとっては意味不明だったんじゃないの」

「あれは一応、告白するのがメインの目的でしたからね。その意図はちゃんと伝えたはずです。ネックレスはただのおまけで」

「そうだよねえ、告白の意志はちゃんと伝えてるから、変人だけに理解できる理屈ってわけじゃないはずだものね」

「ええ、『ご縁がたくさん』とか何とかは別に伝わらなくてもいいんでしょう。それは自分にだけ通じるこだわりで。重要なのは言葉で片思いの気持ちを告白することだったんですから。でも今回は意図すら判りません。いきなりペットボトルのフタなんてもらっても、俺には何のことやらさっぱりですよ」

「ホントだね、何だろうなあ、うーん、プレゼントかあ――」

と、彩音さんは華奢な指を一本、自分の頬に当てながら、

「柿原くんの誕生日、とかってことはないよね」

「ないですね、誕生日は十二月です」

「だったら特別な日ってわけではなさそうだね」

「はい、ただの火曜日でした、何てことない平日です」

「その日にペットボトルのフタを渡す」

「ええ、意味が判らないでしょう。変人のすることにしても限度がありますよねえ」

悟がボヤくと、彩音さんはまっすぐにこっちを見てきて、

「特別の思い出とかはないの？　柿原くんとカンダタくんの二人だけの」

「特別の思い出？」

「たとえば、二人だけに通じる冗談とか、ペットボトルにまつわる高校時代のエピソードとか」

「いやあ、ないですねえ。これが五円玉なら、奴が見事にフラれて玉砕した時のことを思い出すんですけど。でも、ペットボトルのフタですからねえ。そんな日常的にありふれた物に対して、エピソードなんて思い出せないですよ」

だから頭を悩ませているのだ。

カンダタとペットボトルのフタ。何の繋がりもない。

彩音さんは諦めずに、次なる意見を繰り出して、

「だったらそのフタ、プレゼントじゃなくて柿原くんへのメッセージかもしれない。フタそのものに価値がないんなら、プレゼントしたいんじゃなくてそれを通じて何かを伝えたいとか」

「どんなメッセージを？」

「フタだから、これでしっかり締めろって」

「ペットボトルを締めるんですか」

「そうじゃなくて、締めろっていうのはもっと別のことを示しているのかも。戸締まりとか。

開けっ放しだから気をつけろ、しっかり締めろって、そういうメッセージ」

彩音さんは大真面目なようだけど、失礼ながら悟は苦笑してしまった。

「そんな、いくら変人でもそこまで遠回しなメッセージは寄こさないでしょう。戸締まりならカンダタに注意されなくてもちゃんとしてるし」

「だったら、財布の紐を締めろ。無駄遣いするなという忠告」

「無駄遣いするだけのお金なんて持ってないですよ、俺」

悟は清貧に甘んじるバイト学生である。無駄な金など持ち合わせていない。

「じゃ、ガスの元栓、しっかり締めろ、とか」

「どうして俺がカンダタに田舎のおばあちゃんみたいな忠告されなくちゃいけないんですか」

「そうだよねえ、それは変かあ。遠回しすぎるものねえ」

と、彩音さんはさすがに暴走気味なのに気がついたようで、反省するみたいに首をすくめて、

「そういうメッセージの類いとも思えないよね。柿原くん、口開けっ放しな人でもないし」

「俺、そんなアホみたいな顔してませんよね」

つい彩音さんにどう見られているのか気になってしまう。いや、大丈夫だ、そんなだらしなくはしていないはず。ズボンのジッパーもいつもきっちり気をつけて締めている。

「箱に入ってたのはそのフタ一個だけだったんだよね」

彩音さんが確認するので、悟はうなずき、

「はい、それ以外には何も入ってませんでした。後はただの新聞紙を丸めたの、これは箱の中

でフタが転がらないための緩衝材でしょうね。箱もただの白い箱。何も書いていない無地の白箱でした。そこに意味があるとも思えませんね。どこにでもあるような平凡な箱でしたから。後はカードですけど、これもメッセージが三ワード書いてあるだけで、他には何のヒントも見当たりませんでした。光に反射させたりしてよく調べたんですが、特に何もありませんでした。何か書いて消した跡もなかったし、カードの紙の表面に爪痕みたいな見えにくい印がついているようなこともありませんでした。ビニール袋もありきたりのコンビニ袋で、目立つ点は何もなかったです」

「じゃやっぱり、フタに意味があるとしか思えないよねえ」

彩音さんは、嘆息するように云う。悟もため息混じりに、

「けど、どんなふうに考えても意味なんて判んないんです。ペットボトルのフタなんかに何の思い入れもないわけだし」

「共通の思い出もエピソードもあるわけじゃない、何かを締めておけというメッセージとも思えない、かといってフタそのものに価値があるとも思えない。柿原くん、他に何か考えられる？」

「ずっと色々考えてはいるんですけどね、なあんにも思いつきません」

「答えは藪の中ってわけかあ」

「はい、まるっきり」

悟がお手上げの意を表して、両手をちょっと挙げて見せると、彩音さんは少しだけ前のめり

になって、

「もういっそ本人に尋ねてみたらどう？　カンダタくんに連絡して」

「そうしようと俺も思ったんです。でも、できませんでした」

「どうして？　別に謎解き合戦をしてるわけじゃないんでしょ。聞いても勝負に負けるんでもないのに」

「そういう理由じゃなくて、もっと物理的な原因です。あいつ今、国内にいないんですよ」

「えっ」

「ネパールだかどっかへ行っちゃってるんです。そういえばそんなことを云ってたんですよね。八月はたっぷりバイトして、九月になったら旅立つって。なんでもエベレストを見たいとかで。変人だからふらっとどこでも出かけるんですよ。ゴールデンウィークにはメキシコに死者の日のドクロの仮面を見るんだとか何とか云って行ってたし、受験終わりの春休みにはタンザニアだかどこかにあるザンジバル島のストーン・タウンを見物したいとかでひょいっと出かけて行くし」

正に、世界を股に掛ける変人である。ネパールの件も、共通の友人に電話をして知った。

「三日前には、もう飛行機に乗ったそうです」

悟の報告に、彩音さんは呆れたように、

「随分身軽な人なのねえ。三日前っていうと、ペットボトルのプレゼントの次の日ね」

「ええ、俺のアパートにあれを届けて、次の日にはもうカトマンズだかどこだかにいるんですからね、ふざけた男でしょう。携帯は通じないし、いつ帰国するかも不明ときてる」

「だから本人に聞くわけにいかないのね」

「そうなんです。それで困ってるんですよ、当人は勝手に海外旅行で」

悟の不満に、彩音さんも同調するように、

「なるほど、これは悩むね。結局プレゼントの謎は解けないままだし」

「ええ」

「うーん、不可解だねえ、ペットボトルのフタ、それを渡す意味――」

彩音さんは考え込んでしまった。

会話が途切れる。

しまった、オチのない話はまずかったか、と悟は少々焦りを感じる。いくら目下のところ悟の悩みの種とはいえ、解決していない出来事を話すのは悪手だったのではないか。一緒に知恵を絞っている間はトークも弾んだけれど、これでは尻つぼみだ。何か他に話題はないか、もっと気が利いた面白い話は、と悟がじりじりし始めた頃、

「そういえばさ、私も不可解なことがあったの、つい最近のことだけど」

彩音さんのほうから話を振ってくれる。

「あれが何だったのか、未だに判らない。柿原くん、聞いてくれる？」

「もちろんです」

と、悟は、全身全霊で拝聴しますという体勢を取った。彩音さんがぽつりぽつりと語りだす。

「えーと、三日くらい前だから、確か水曜日のこと。夕方、チロの散歩に出かけたのね。昼間は暑くってとてもじゃないけど外に出られないでしょ、夕方もまあ暑いけど、直射日光に炙られるよりは多少はマシだから。本当は暗くなってからのほうが涼しいんだけど、夜は色々物騒だし、夏休みはバイトの日以外は夕方に散歩する習慣にしてるの」

チロというのは彩音さんの家で飼っている犬のことである。彩音さんはこの愛犬を大層かわいがっている。犬なのに猫っかわいがりしているらしい。バイトの休憩時間に携帯の画像フォルダの写真や動画をいくつも見せてもらったことがある。待ち受け画面もチロちゃんだ。どこの馬の骨とも知れぬ男とのツーショットなどではないことに、ほっと安堵したものである。

「散歩は町内を一周回って、その後駅前まで往復するのが定番のコースね。その日も駅前まで行って、さて戻ろうって時に母から買い物を頼まれていたのを思い出したの。チロちゃんの散歩のついでに牛乳買ってきてって。それでスーパーに寄ることにしたわけ。ほら、駅前のマルエー」

「ああ、あそこですか」

彩音さんの説明に悟はうなずく。悟も同じ駅の利用者だから、駅前の様子はよく知っている。

「コンビニのほうが早いけど、スーパーは安いからね。同じ牛乳でも三十円は違うし」

お嬢様大学に通っているのに、この庶民感覚。お高く止まっていないのがとても素敵だ。

「それで、チロのリードをスーパーの入り口の脇に結んだわけ。自転車置き場の横の鉄柵に」

「なるほど」

悟は再度うなずく。スーパーの中へは犬は連れて入れない。だから買い物をするのに、散歩途中の犬を入り口付近に繋いでおくのはよく見る光景である。飼い主さんは大概そうする。スーパーの前に繋がれた犬は、不安がって吠えたり、退屈そうにうずくまっていたり、入り口のほうをじっと見据えて飼い主が戻ってくるのを待っていたり、その態度は様々だ。そわそわして尻尾を振りながら飼い主を待ちわびている姿などは、なかなかに健気で微笑ましい。

「マルエーの乳製品売り場は地下にあるの。私、エスカレーターで行って手早く買って、すぐに戻ったのよね。その間、五分も経ってないと思う。けど入り口のところへ行くと、チロがいなくなっていた、リードももちろんなくなってる。完全に消えていたのよ」

「そりゃ大変じゃないですか」

「そう、もう私、まっ青よ、パニクっちゃって、その辺を必死に探した。自転車置き場にはいないし、周囲にも見当たらない、完全に行方不明になっちゃったの」

おろおろとした様子を再現して、両手をあたふたさせながら彩音さんは云う。悟も釣られてちょっと不安になりながら、

「結んでいたのがほどけて自分でどっか行っちゃったんでしょうか」

「それはないと思う。ほどけないように鉄の柵にきっちり縛り付けたのは覚えてる。首輪も革で頑丈だし、これもちょっとやそっとじゃ絶対に外れないようにしっかり締まっているし。リードの金具も割と新しいから、これが壊れたなんてこともありそうにないの。六月がチロのお誕生日で、そのお祝いにリードも新調してあげたばかりだから、壊れるとも思えないし。そも

そもリードごとなくなっていたんだよ、人の手じゃないと縛ったのはほどけない。だから誰かが外したと考える他はないのよ。その誰かがチロを連れて行った、つまり誘拐されたの」

「それはますます大ごとじゃないですか」

「あの子、バカみたいに人懐っこいから誘拐犯にでもほいほいついて行っちゃうだろうし。私、ますますパニックになっちゃって」

彩音さんは、さらに焦ったのを表現して、両手で頭を掻き毟る仕草を見せて、

「どこを探しても見つからないから、もう仕方なしにお店の人を呼んだのよね、誰かに頼るしかないから。スーパーのお姉さんも犬が好きらしくて凄く同情してくれて、親身になって色々してくれた。他の店員さんにも一人一人問い合わせてくれて、警備員さんにも聞いてくれたし。けど店員さん達はみんな心当たりはないらしくて。お姉さんは駐輪場でも大きな声で呼びかけてくれたりしたのよ、犬が行方不明ですけどどなたかご存じありませんかって。それでも誘拐現場の目撃情報は何もなかった」

「それ、本当に誘拐なんでしょうか」

と、悟は疑義を呈して、

「ひょっとしたら、こんなケースもあるかもしれませんよ。犬が苦手なお客さんがいて、チロちゃんが入り口のところに繋がれていると店に入れないからって、お店の人に頼んで移してもらった、とか。ほら、チロちゃん割と体格がいい中型犬でしょ、あれくらい大きいと怖がる人もいるかもしれない」

「それはないと思う」

悟の主張に、彩音さんはふるふると首を振って、

「その場合だと、移動させたのは店員さんでしょう。店員さんが移したんならお姉さんが聞いて回った時に『私が移したよ』って名乗り出てくるはず。でもそんな店員さんは一人もいなかった」

「だったら犬嫌いな人が自分で移した——ってことはないですよね、犬が苦手ならチロちゃんに近づけるはずはないんだし」

と、悟は頭を掻いて、

「移動させたのが店員さんじゃないんなら、通りすがりの犬好きの人かもしれませんよ。暑そうだから気を利かせて、場所を移してくれた、とか」

「それもないと思う。私、ちゃんと日陰になってるところに繋いだし。それに、もしそういう事情なら店員さんに一言声をかけるか、飼い主に判りやすいように近くに結び直すかするはずでしょう。でも店員さんは誰も何も知らなかったし、スーパーの敷地内にはチロは影も形もなかったのよ。親切なスーパーのお姉さんと二人、私も汗だくになって周辺を探し回ったんだよ。それでもどこにも見つからなかったんだから、もう誰かに連れ去られたと考える他はないでしょ」

「うーん、確かにそうですね」

唸(うな)りながらも悟は納得した。犬が自力で逃げ出したのでもない、誰かが移動させてリードを

結び直したのでもない。敷地内のどこにもいないとなると、なるほどこれは誘拐だ。彩音さんの主張に間違いはない。しかし、かすかな違和感が悟の脳裏を掠める。その違和感の正体を頭の中で探りつつ、悟は尋ねて、

「誘拐となると大事件ですね、それからどうしました？」

「親切なお姉さんに連絡先だけ教えて、スーパーの外を探すことにしたの。いつもの散歩コースで迷っていないか、その道を歩いて探して、私もう泣きそうだったよう。チロを呼びながら汗みどろで歩き回って、そんな私を見て近所の子供達も心配してくれて、私よっぽど青い顔をしてたのね、きっと。子供達も、わんちゃんがかわいそうだって、一緒にチロを呼びながら探すの手伝ってくれて」

「で、チロちゃんはすぐに見つかったんですね。どこで発見されました？」

「あれ、どうして判ったの、柿原くん」

「判りますよ、そりゃ」

悟は、あまり自慢げに見えないように、さらりとそう答えた。違和感の正体に気がついたのだ。彩音さんは今日のラジオ収録を楽しみにして昨日から大はしゃぎしていた。今日もテンションが高い。これは大切な愛犬を失った人の行動とは、到底思えない。今も愛犬が帰ってきていないのならば、昨日も今日もこんなに陽気でいられるはずがないのだ。まして、心優しい彩音さんのことだ、チロちゃんが帰らなかったら、心配で夜も寝られないはず。一晩でもいなかったのならば、誘拐被害に遭った恐怖とみすみす誘拐を許してしまった自責の思いで、もっと

ヘコんだ気分を引きずっていて然るべきなのだ。

　ところが昨日からの様子を見ると、彩音さんにそんな態度は微塵も感じられなかった。不安そうでも心配そうでもなく、ラジオ収録見物を純粋に楽しみにしていた。それで誘拐事件の顚末は大したことになっていないのだろうと予測がついた。だから、きっとすぐに見つかったに違いないと当たりをつけたというわけだ。ただ、それを云うと何だかずっと彩音さんの様子を観察していたみたいで、いささか決まりが悪い。それで悟は照れ笑いでゴマ化して、

「いやあ、まあただのカンです。それで、チロちゃんはどこで発見されたんですか」

　質問を投げかけると、彩音さんは最前の疑問を引っぱることもなく、

「それがね、元いたスーパーの元の場所に繋いであったの。しばらくの間、子供達と一緒に探し回って町を歩いてたんだけど、携帯に連絡があったわけ、さっき番号を教えたお姉さんからだった」

　うーむ、そんなに簡単に彩音さんの携帯番号をゲットしたお姉さんがちょっと羨ましいぞ、などと悟は余計なことを考える。

「お姉さんは『わんちゃん、いましたよ』って連絡くれて。慌ててスーパーに戻ってみると、本当に元の場所にいたの。自転車置き場の鉄柵に元通りリードが結んであって、チロがちょこんと座ってた。呑気に尻尾振って『おや、飼い主よ、何かあったかい』って顔で。私もう、ほっとしすぎてその場でへたり込んじゃったよ」

「よかったじゃないですか。チロちゃん、無事だったんでしょ」

「そうね、ケガしたところはないみたいだし、特に怯えた様子でもなかったから、いじめられたり虐待されたふうでもなかった。当人はケロっとした顔してたし」

「それはよかった、無事で何よりです」

「それでお姉さんにお礼を云って、連れて帰ってとりあえずお水をたっぷりあげておしまい。後でお腹を壊してもいなかったから、変な物を食べさせられたようでもないし、結局何もなかったのよね。誘拐は一時間ちょっとで終了ってわけ」

　彩音さんはそう云って肩をすくめる。悟は細い肩が軽く上下する様に見とれながらも、

「それが不可解なんですか。チロちゃんはちょっといなくなっただけなんでしょう」

「充分不可解でしょ。だって訳が判らないんだよ」

と、彩音さんは自分の真意が伝わっていないのがご不満らしく、若干頬を膨らませて、

「一体誰が、何の目的でそんなプチ誘拐なんかしたの？　目的がちっとも判らないじゃない。落ち着いて考えてみると、誘拐犯人の狙いが判らないのが不気味だと思わない？　一時間、チロを連れて行ってすぐに戻して、犯人に何の得があるの？」

「ああ、そう云われればそうですね」

なるほど、彩音さんの疑問ももっともだ。誘拐犯の目的がよく判らない。

「自然に外れたわけではなくて、チロちゃんは間違いなく何者かの手によって連れ去られたんですよね」

「うん、しっかり結んだから自然にほどけたんじゃない。それに、スーパーの近隣にはいなか

ったんだから、誰かに連れて行かれたとしか考えられないのよね」

彩音さんの答えを確かめて、悟は思いついたことを云ってみる。

「一番考えられるのは、近所の犬好きの仕業って線じゃないでしょうか。スーパーの前を通ったらわんちゃんが一匹で繋がれている。それを見て散歩させたくて矢も楯(たて)もたまらず思わず連れ出して、一時間ほどその辺を散歩したら満足して元の場所に戻しておいた。チロちゃんは人懐っこいから、その飼い主でもない赤の他人の散歩にもおとなしく付き合ってあげた。これがプチ誘拐の真相なんじゃないでしょうか」

割と説得力のある説だと自信があったが、彩音さんの反応ははかばかしくない。

「うーん、それは私も考えたんだけどね、確かに他の犬ならそういうこともあると思う。でもねえ、うちのチロの場合、あんまりそういうのはないと思うんだ、ルックスの問題で。柿原くんも見たことあるでしょ、写真」

「ええ」

うなずいて悟は、返答に窮してしまう。どう答えたら失礼にならないのか、言葉が見つからなかったのだ。

そう、写真や動画を見た者なら判るように、チロちゃんには大きな特徴がある。愛玩動物として見た目に問題があるというか、容姿がいくらなんでも個性的すぎるというか、普遍的な犬のかわいらしさに手が届いていないというか、つまり、はっきり云ってしまうと不細工なのである。それも思いっきり。

ベースは柴犬か何かの中型犬だけど、そこに何代か前にパグかフレンチブルドッグ辺りの遺伝子が紛れ込んでしまったらしく、外観が怖い。鼻ペチャで目つきが異様に鋭くずんぐりむっくりの体型で、一般的な審美眼で評価しても〝かわいいわんちゃん〟像からはほど遠い。鼻面に透明なガラス板を常に押しつけられているみたいなご面相だし、チロちゃんという名も随分名前負けしている。それでも飼い主の彩音さん一家にとっては「このぶちゃいくちゃんなところが一層かわいいのよねえ、もう世界一のかわいい子」ということになるらしいが、悟には地獄の番犬のようにしか見えなかった。

「うちのチロが普通の感覚なら怖い見た目なのは私だって判ってるよ」

と、彩音さんは自虐性をまったく感じさせない口調で云う。

「ただ、犬好きならきっと、もっとかわいい犬を連れて歩きたいはずだと思うのよね。私、牛乳買うのにものの五分とかかっていないけど、多分、チロの顔が怖くなくなるくらい慣れるには五分じゃ足りないと思う、どんな犬好きでもね。だから犬好きが散歩に連れ出したって線はあんまり考えられないと思うの。そもそも犬が好きな人なら勝手に連れ出したりしないものだよ。散歩に連れ歩くくらい犬の扱いに慣れているんなら、きっと一度は犬を飼ったことがある人でしょう。そんな人ならば、犬がいなくなったら飼い主がどれほど心配するか判るはず。犬好きの人は飼い主さんに気を遣うものだから。散歩している犬を撫でてあげたい時も、触っていいですかって聞くのが犬好き同士のマナーになってるくらいだし。まして黙って連れて行ったりはしないはずだよ」

「でも、そういうマナーをわきまえていない人かもしれませんよ。世の中には信じられないくらい自分勝手で非常識な人がいますから」

悟が云っても、彩音さんは首を横に振って、

「そういう人なら、チロを元の場所に返してくれたりしないはずだよ。マナーもモラルも欠如したようなタイプの人なら、飼い主の心配なんかに気を配ったりしないだろうから。きっと散歩に飽きたらその辺に放置して帰っちゃうでしょうね」

「なるほど、それもそうですね」

「それに、連れて行って売ろうとしたっていうのも考えられないと思うの。見るからに血統書付きの立派なわんちゃんならともかく、うちのチロに買い手がつくとは思えないしねえ」

「悪人が売り飛ばすために連れて行ったとも考えられないわけですね」

「そう、あと、ただのイタズラだとも思えないのよね」

と、彩音さんは、片手をひらひらと振りながら、

「タチの悪いイタズラだったら、リードの結び目を外してそれっきりにするはずでしょ。それか、どこか遠くへ連れて行って適当に放すとか、別の場所にリードを結んで知らんぷりとか。それこそ放置するはずだと思うの。律儀(りちぎ)に元の場所に戻すのがおかしいのよね。元いたところには飼い主が待っているかもしれないし、スーパーの人が警戒してるかもしれない。そんなところへのこのこ戻って来るなんて変でしょう。イタズラにしてはリスクが高すぎるもん。犬誘拐事件の現行犯で警察に突き出されるかもしれないんだから。まあ、犬の誘拐で警察に捕まる

のかどうかは知らないけれど、とにかく飼い主に見つかる危険性は高い」

「そうなったらトラブルになりますね。飼い主に摑みかかられるかもしれない」

「でしょ。私だって絶対に許さないよ。ちょっとの間でも死ぬほど心配したんだから」

と、彩音さんは憤慨する。確かにイタズラにしてはおかしいか、と悟も思う。ただのイタズラならば、元の場所に返す道理がない。

「だとすると、もしかしてこの暑さが原因かもしれませんよ」

と、悟はまた思いついたことを口にする。彩音さんは首を傾げて、

「暑さが？　どういうこと？」

「犯人は親切でやったのかもしれない」

「親切？」

「ええ、もしチロちゃんに服を着せたりしていたら、この残暑では辛そうでしょう、いくら夕方とはいえ。だから親切な人がチロちゃんを連れて行って公園の水飲み場か何かで水を飲ませてあげて、その後に返してよこした、とか」

「チロに服は着せないよ、私」

悟の思いつきをひらりと払いのけるように彩音さんは、片手を振り、

「あれが似合うのは小型犬だけでしょ。うちの子に服なんか着せたら不恰好になっちゃうよ。そもそも見た目からして似合わないものね。というか、わんこに服を着せるのは我が家では賛成しない方針なの。せっかくもふもふな自然の体毛があるんだから、わんちゃんにはそれで充

分よ。自然のままが一番。だから首輪にちゃらちゃら飾りをつけるのも好きじゃないし」

「だったら見た目は暑そうじゃなかったんですね」

「そう、それに日陰を選んで繋いだって、さっき云ったでしょ。もし親切な人が水を飲ませてくれたんなら、それは長時間繋ぎっ放しにしているケースでしょうね。様子をずっと見ていて『あのわんちゃん随分長いことあそこに繋がれてるけど、暑くないのかしら、喉が渇いていないのかしら、心配ねえ』って、飼い主が戻って来るのをじりじり待って、それでもなかなか戻って来ないんで痺れを切らして水飲み場に連れて行く。これだったら判るよ。でも私が離れたのはほんの五分にも満たない時間だった。親切な人が焦れたり心配するような長時間、繋ぎっ放しにしたわけじゃなかったの」

「そうかあ、だったら親切な人が連れ出したんでもなさそうですね」

と、悟は考えを切り替えて、

「だったら、あの、これは云いにくいんですけど、恨まれているってことはありませんか」

「チロが、誰に？　あの子は人畜無害だよ」

「いや例えば、気を悪くしないでくださいよ、例えばお隣の家とか。普段から吠える声が喧しくてイライラしてて、その隣人がたまたまチロちゃんを繋いでスーパーに入る彩音さんを見かけて、積年の恨みを晴らしてやろうと誘拐した」

「お隣との関係は良好だよ。片方は小さなお子さんがいるご一家で、家族ぐるみでチロのことかわいがってくれてるし、ちびちゃんはチロと仲良しだよ。もう一方のお隣はおじいちゃんとおばあちゃんの二人暮らしだけど、こっちも犬好きだし。チロは無駄吠えしないからご近所に迷惑かけたことなんて一度もないと思う。まあ、見た目は怖いかもしれないけど、見た目だけで恨まれるなんてこと、さすがにないでしょ」

「だったらチロちゃん個人じゃなくて、犬に個人はおかしいのかな、とにかく個別の犬じゃなくて、犬全体を恨んでいる奴かもしれない。昔犬に噛まれて以来、犬が憎くて堪らない男が犯人で、大嫌いな犬がスーパーの前に繋がれているのを発見して、チロちゃんを連れて行っちゃったわけです」

悟が熱を込めて語っても、彩音さんは静かに首を振って、

「でも、チロはあの顔立ちだよ。犬が嫌いな人は近寄れないと思うんだけど。チロが人懐っこくて物凄く温厚だってことは、見ただけじゃ判らないもんね。犬が苦手な人だったら手を出すのは躊躇するよ、きっと。そうやって迷っているうちに私が戻って来ちゃうね、五分も離れていなかったんだから」

「ああ、そうか、そうですね」

「それに、その犯人像じゃやっぱり戻ってきた理由に説明がつかないじゃない。犬が憎くて連れて行ったんなら、どこかよそで放り出しておしまいでしょ。それか人目につかないところでいじめるか。どうしてわざわざ元の場所に戻したの？」

「うーん、それは説明がつかないっすねえ」

悟は困惑しながらそう答えた。

確かにそうだ。チロちゃんは一時間で元の場所へ戻されている。これがネックになって、犯人の行動に一貫性がなくなっている。誘拐犯にしてはすることがどうにもちぐはぐなのである。

「子供が深く考えないでやったのかなあ。犬を飼いたくて仕方がない子供が、つい衝動的に連れて行っちゃったけど、親に叱られてすぐに戻しに来た、とか。これなら一時間で戻ったのに説明がつきますけど」

という悟の考えも、彩音さんはすぐに否定する。

「そういうケースでもやっぱりチロの見た目の問題はクリアできてないでしょ。子供が思わず連れて帰りたくなるのは、きっと子犬とか、かわいい小型犬なんかだと思うのよね。うちのチロは、子供がつい手を出したくなるタイプとはほど遠いからねえ」

「うーん、そう云われれば、そうですよねえ」

悟は半分、唸り声を交えながらうなずいた。

これ以上何も思いつきそうになかった。

誘拐犯はどうしてチロちゃんを連れて行ったのか。そして一時間あまりでなぜ元の場所に返して寄こしたのか。

うまく説明のつく仮説が考えつかない。

普通、誘拐犯は人質を楯にして身代金を要求するものである。しかし今回はそんな展開にはならなかった。チロちゃんはすぐに帰ってきたのだ。

親切や嫌がらせにしてはすることが中途半端であり、これらのアイディアはことごとく否定されてしまった。

ただのイタズラという説も彩音さんは退けた。実際、ほんの一時間誘拐するのがイタズラになるとも思えない。

ではどうして連れて行ったのか。そしてすぐに戻したのか。

判らない。適切な理由が思いつかない。犯人の行動が意図不明である。

なるほど、彩音さんが不可解と云ったのもうなずける。カンダタのペットボトルのフタと同じくらい奇妙奇天烈(きてれつ)な出来事だ。

悟はつい考え込んでしまう。

沈黙がさっきより長い。

いかんいかん、会話が途切れた。これではつまらない男だと思われてしまう。何か云って話を繋げなくては。

悟が場を盛り返そうとしたその時、前の席に座っていた男がひょいっと振り返った。思わず、目が合う。大きな瞳。仔猫(こねこ)みたいなまん丸い目だった。その好奇心旺盛そうなきらきらした両の目が、人懐っこい光を湛(たた)えていて、悟はつい引き込まれそうになる。妙に存在感のある男だった。ただし、体格はやたらと小柄だ。座っていてもその小ささが判る。

最初スタジオに入って二列目の席に案内された際、関係者席と思われる最前列に座っているその人物が、随分小柄だなあ、と悟はちょっと気になっていたのだ。まるで子供が座っているみたいに見えた。頭頂部の柔らかそうなふわふわの猫っ毛も特徴的だな、とも思った。

振り向いた猫っ毛の小男は、仔猫じみた大きな目で悟と彩音さんを交互に見ると、やにわに話しかけてきた。

「いやあ、お二人のお話、大変興味深く拝聴しました。あ、すみません、盗み聞きするつもりなんざさらさらなかったんですよ、ええ、別に聞き耳を立てていたわけじゃありませんで。ただこう、耳てえのは目と違って自分の意志で閉じられるもんじゃありゃしませんからね。後ろで話している声は自然と聞こえてきちまう道理でして、いやまったく失礼しました。うっかり余所様のお話に聞き入ってしまいまして、面目次第もないことでございやす」

深々と頭を下げて、小さな男は云う。びっくりするほどの早口だった。

小さな男はぶかぶかの黒い上着をぞろっと羽織っていた。まっ黒い恰好は、これも仔猫のような目と同様に、しなやかな黒猫を連想させる。小さな顔に妙に愛嬌のある顔立ち。長い前髪が眉の下までふっさりと垂れている。若いのかおっさんなのか、一目では判断がつかない不思議な印象の小男だった。童顔なので顔だけだと高校生くらいにも見えるし、そのくせ仕草や喋り口調は無闇とおっさんじみている。どうにも掴みどころのない男である。

その瓢箪鯰みたいな小さな男は、まん丸い仔猫のような目で柔和に笑うと、

「あ、こいつは失礼しました、初対面のかたに挨拶もなしに話しかけるなんざ礼儀に適っておりませんでしたね。どうも初めまして、僕、猫丸と申します、以後お見知りおきを」

唐突にぴょこんと立ち上がるとこちらを向いて、膝に手を当ててぺっこりとお辞儀をする。腰の低い商人のような丁寧な挨拶だった。

つい釣られてしまって悟も、

「あ、どうも、柿原です」

と、礼を返してしまう。彩音さんはきょとんとしている。

猫丸と名乗った小男は、パイプ椅子の座面にこっち向きに正座すると、驚異的な早口でまくし立て始める。

「お二人は番組の観覧なんですよね、抽選に当たったんでしょう、よかったですね、僕もここに座っていると一般の観覧客みたいに見えるでしょうが、ところがどっこい僕はちょいと皆さんとは事情が違っていましてね、実は僕、今日は取材で来てるんです、と云っても別にプロの報道陣とかじゃありゃしませんでね、僕はただのバイトでして、ええ何ともお恥ずかしい話でござんしてね、なんでも最近はてえといんたあねっとの機械の中でうえぶ雑誌とやらいうのがあるそうでしてね、僕はそういうややっこしい電子頭脳の機械のことはどうにもからっきし弱くってちんぷんかんぷんなんですけど、そのうえぶ雑誌だとかいういんたあねっとの機械で読む紙に載らない雑誌とやらで、今回この『旭山甚五郎のわくわくアフタヌーン』を取り上げることになったとかでしてね、その番組公開収録現場に突撃取材して記事を書けって依頼がありまして、それで僕、別に正式なライターとかそういう立場でもないのにバイトに来たって按配でして。それでこうして一等前の関係者席に座らせてもらって、こいつぁありがたいやら申し訳ないやらでちょいと肩身の狭い思いをしてたんですけど、ただ旭山甚五郎氏という人を僕、不勉強なもので存じ上げなくて、取材のバイトを請け負ったのに何とも失敬な話なんですが番組を聴かせてもらうのも今日が初めてで、どんな内容なのか今から楽しみで、ええ、ロハで聴かせていただけるなんてこりゃもう何とありがたいことでございますね、まったく」

勝手に一人で長々と喋っている。少しカン高いがやたらと口跡が鮮やかで聞き取りやすく、まるで噺家の語りを聞いているようだった。

ただ、悟はピンときた。

このハイテンションの喋りと見た目で判る。

これはあれだ、奇人変人の類いだ。

カンダタという変わり者の友人がいるせいで、普通の人よりそういうセンサーが利く。だから悟にはすぐに判断がついた。

この小さい男は変人の一種だ。それも多分、カンダタと同等かそれ以上のランクの。飛び抜けたレベルのおかしな奴に違いない。悟の変人センサーにガンガン引っかかる。

その変人と思われる猫丸は、まん丸い仔猫みたいな目でにこにこと愛想よく笑いながら、

「それにしても、お二人のお話は大層興味深いものでしたね。ペットボトルのフタのプレゼント、それからわんこのプチ誘拐。どちらも大いに結構なお話でござんした。楽しませていただいてありがとうございます。今日はどうもあれですな、色々と楽しいお話を木戸銭要らずでうかがえるという、何ともありがたい日になっている巡り合わせですね、いや実にまったくもって果報なことでで。ところであれですね、お二人のお話、ふたつの出来事は相似形なんですね、まったく同じ構造をしている。つまりはこいつと同じだ」

そう云うと猫丸は、先ほどスタッフが観覧客に配布したキャンディを取り出して、その棒の部分を指でつまんでくるくると回転させた。

「ね、ほら、これと同じだ。しかしまあ、もしこれ以上エスカレートするようなら、警察なり何なり然るべき機関に一度相談するのも手かもしれませんね。あ、こりゃ僕としたことが大きなお世話でしたか。いやすみません、つい要らんおせっかいを焼いちまう性分でして、悪い癖ですな。いやいや、急に話しかけたりして失礼しました、もうお邪魔はいたしません、後はお若い人同士で」

と、妙なことを云って猫丸は前を向こうとする。

いや、ちょっと待てよ。今、何と云った、この珍奇な小男は。ふたつの出来事は相似形？まったく同じ構造？まるで何か判っているような口振りではないか。それに警察に相談って、何の話だ？

悟は思わず呼び止めて、

「あ、ちょっと待ってください。今の、どういう意味ですか」

前を向こうと身を捩っていた猫丸は、その動きを途中で止めて、きょとんとした目でこっちを見る。

「どういう意味もこういう意味もありませんやな、つまりはこれと同じってことで」

またもや例のキャンディを、棒の部分でくるっと回して見せる。意味不明なことこの上なしだ。

くそ、変人は話が通じにくい。

一瞬苛立(いらだ)ったが、悟は気を持ち直して冷静に、

「何か知っているんなら教えてくれませんか」

「いやあ、僕は何も知りませんよ。お二人のお話を聞いただけで、他に何の情報も持ってなんぞいません」

「でも、相似形とか同じ構造とか、何か知っているみたいなこと云ってたじゃないですか」

「だってそうでしょ、同じなんだから。ありゃ、なんだ、お二人ともまさか気づいていないんですか、このふたつの出来事の共通点に」

猫丸がまん丸い目をびっくりさせて云うので、悟と彩音さんは思わず顔を見合わせ、二人揃って首を横に振った。

「なんとまあ、気づいていなかったんですね、いや、こいつは僕が先走りました、失敬失敬」

と、猫丸はからりと笑い、もう一度椅子の座面に正座してこちらを向いた。座った姿はやっぱり若手の落語家みたいだ。

「呑み込めていないんならご教示して進ぜましょう。こちとら親切なお兄(あに)いさんでござんすからね、困っている人を見捨てたとあっちゃ粋人(すいじん)の名折れってなもんです。ただし、こいつが本当に当たってるかどうかは保証なんざいたしませんぜ。僕はそう考えたってだけの話で。なあに、ちょいと頭を使って思いついたことがあるだけですがね、じゃ、時間もないでしょうから早速始めましょうや、謎解きタイムと洒落込(しゃれこ)もうじゃありませんか」

と、飄逸な語り口調で、ぶかぶかの上着のポケットから煙草の箱を取り出す。一本引き出して口にくわえると、

「や、判ってますって、スタジオ内禁煙。大丈夫、火はつけやしません、持ってるだけ。こいつがないとどうにも調子が出ませんでね」

と、女の子みたいに細い指先で一本の煙草をつまむと、

「まずは、柿原くんのペットボトルの一件から片付けましょうかね」

やけに気安く、くん付けで呼んでくると猫丸は、大きなまん丸な目をこちらに向けてくる。

「柿原くんの変わり者の友人、カンダタくんからプレゼントが届いた。そして中身は何の変哲もないペットボトルのフタだった、と。まず引っかかるのが、プレゼントの渡し方ですね、ドアノブにぶら下げておくだけなのは不用心だと、彩音さんも指摘していましたよね」

彩音さんのことも気安く呼ぶ。ちょっと抵抗を感じないでもないけれど、今は話の内容のほうが気にかかる。

「彩音さんの指摘したこと、僕も大いに気になりました。カンダタくんは几帳面な人らしいですね、それが嵩じて変人とまで評されるほどだし、そのカンダタくんがアパートのドアノブにひょいっとビニール袋に入れたプレゼントを引っかけていったのは、どうにもそぐわないじゃありませんか。アパートというと、普通はこう廊下があって各部屋のドアがいくつも並んでいて、住人はその廊下を自由に行き来できる。そういう形をしていますよね」

猫丸の言葉に、悟は黙ってうなずく。悟の住んでいるのは特に珍しいアパートではない。

「もし他の部屋の住人がドアノブにぶら下がっているビニール袋を見つけて、悪心を起こしてひょいっと盗んで行ったら、もうプレゼントは柿原くんに届かなくなってしまう。だのに几帳面なカンダタくんはそれを避けようとしなかった。ましてや次の日には海外へ旅行に出かける予定なんですから、その準備で時間も惜しいことでしょう。だったら宅配便や郵送で送ったほうが手っ取り早くて確実です。しかしカンダタくんはそうしなかった。誰かに盗まれる恐れがあるにもかかわらず、ドアノブに引っかけるという極めて杜撰な方法でプレゼントを渡そうとした。これはまるで、盗まれたならそれでも構わないと云わんばかりじゃありませんか。そのプレゼント、すなわちペットボトルのフタは、柿原くんの手に渡らなくても別に問題はない。そういう姿勢で置いて行ったと見做すのが妥当だと、僕は思うんです。つまり先ほどのお二人のディスカッションにもあった通り、フタには何の価値もなかったと考えるべきなんですよ。フタそのものには価値も意味もないのなら、別の、何らかの情報を渡そうとしたと考える他はないんです」

「情報、ですか？　でも、フタには何も書いてなかったんですよ」

と、彩音さんが、変人相手に恐る恐るといった感じで主張する。彩音さんもやはり、奇人に対する恐れよりも真相を聞き出したいという好奇心のほうが勝っているのだろう。

その変人は、大きなまん丸い目でこちらの二人を交互に見て、

「そう、フタには何の意味もなくていいんです。盗まれても困らない物なんですからね。だからフタのことはもう忘れてしまって構わないでしょう。フタには意味がない、だからそこには

何も書いていなくて当たり前。だったらその情報はどこに記されていたのか？　もうお判りでしょう。フタ以外に渡されたものがあったはずですよ」

紙箱は無地、ビニールはただのコンビニ袋だった。他にあったのは――、

「新聞紙だ、緩衝材の」

悟のつぶやきに、猫丸は大きくうなずくと、

「そうそう、それです、新聞紙。そこには色々印刷してありますよね、それこそ情報の宝庫じゃありませんか。万一盗まれても、後になって『おや、そっちの手に渡っていなかったのか、だったら何月何日の新聞を見ろ』と伝えることで充分に情報は伝わるんですから。図書館に行けばバックナンバーはいつでも閲覧可能だしね。だからその新聞にこそカンダタくんが伝えたかったことが記されていたんじゃないかって、僕は考えたわけなんですよ」

「何が書いてあったんでしょうか」

彩音さんの問いかけに、猫丸は火のついていない煙草をひょいっと指先で回転させてから、

「さあ、そこが頭の使いどころです。質問に質問で返すのはルール違反だけど、ここは敢えて逆に聞きますよ。新聞には一般的にどんな内容が載っているものでしょうか」

猫丸に聞かれ、彩音さんはひとつひとつ思い出すように、

「政治、経済関連のニュース、海外の情勢。広告も載ってますね」

「あとは色々な事件に事故。テレビ欄もあるか」

と、悟も追加して云う。それを聞いて猫丸は、眉の下までふっさりと垂れた前髪を指先でざ

っと掻き上げてから、

「そのうちでカンダタくんが伝えたかったのは何か。ここで考えたいのが、例のメッセージカードです。箱の上に置いてあったカンダタくんの手書きのメッセージ」

「For Lucky Man」

悟が云うと、猫丸は火のついていない煙草のフィルターの先端をこっちに向けてきて、

「そう〝ついているきみへ〟だったよね。お二人のディスカッションではこのメッセージはあまり重要視されてなかったみたいだけど、僕はこれこそがこの一件のポイントだと思っている。だってわざわざ手書きで伝えてくるほどのメッセージなんだからね。〝ついているきみへ〟カンダタくんは柿原くんにそう伝えたかった。ただし、この一言だけじゃ意味は通らない。渡した情報の新聞紙と組み合わせることで初めて意図が伝わる仕組みなんだろうね。つまり新聞のある内容を示して『この記事を見てみろよ、柿原くん、ついてるなきみ』と云いたかったわけだ。では次に、どの記事を指しているのか、そいつを考えてみようか。政治や経済のニュースはちょっとなさそうだと僕は思った。見たところ柿原くん、あなた学生さんでしょ」

「そうです」

うなずきながらも悟は、この猫丸という変人も学生くらいに見えるなあ、などと思っていた。若々しい容貌だから、ヘタをしたらもっと年下にも見える。ただどこか老成した雰囲気もあり、はるか年上のおっさんにも感じられる。奇人も極めれば年齢をも超越してしまうのかもしれない。

「一介の学生さんに一国の政治や経済のニュースを示して〝ついてるな、きみ〟というケースはまず考えられないと僕は思った。代議士の失言や政敵の失策、それに新聞にも載るほどの大企業の経営方針の転換なんかで、一人の学生さんのツキが変わるなんてことは、めったにあるこっちゃないだろう。普通、そういうのはただの学生さんには関係ないはずですからね。それとも柿原くんは学生運動か何かに関わってたりしますか」

「いいえ、全然」

「まあそうでしょうねえ、全共闘世代ならともかく、今時の普通の学生さんはそういう運動にはあまり興味を持たないものですから。従ってそういった類いのお堅いニュースなどとは考えにくい。広告やテレビ欄もそうだね、テレビに出ている人でもない学生さんにテレビ欄を示して〝ついてるね、きみ〟なんていうことはないはずだろう。それに新聞の広告なんて大抵、企業のイメージアップの雰囲気作りのためにあるものだから、普通の学生さんにはやっぱり無関係なはずです」

「でも、事件や事故のニュースということもなさそうですよねえ」

と、彩音さんが首を傾げながら云う。

「そう、それもないだろうと僕も考えました。誰かが交通事故に遭った、どこかの店に強盗が入った、そういうニュースに対して〝ついてるね、きみ〟なんて伝えるケースはほぼ考えられそうにないからね。殺人事件か何かの犯人が捕まったって記事が出ていて、実はその事件の真犯人が柿原くんだったとしたら『警察が間違って犯人でもない人を誤認逮捕したぞ、これでもう追及を免れる、ついているね、きみ』なあんてメッセージを送るなんてこともあるやもしれないけど、まさか柿原くん、やらかしていないよね、殺人事件」

「冗談にしてもよしてください、あるわけないでしょ、そんなこと」

彩音さんを前にして何てこと云うんだこいつは、と思いつつ悟は慌てて否定した。そんな反応を、猫丸はにんまりとした人の悪そうな笑い顔で眺めてから、

「まあ、さすがにないだろうね。カンダタくんだけが真犯人を柿原くんだと知っているってストーリーも変だし、そういう線はないだろう。とまあ、そんなこんなで色々と除外していって〝For Lucky Man――ついているきみへ〟っていう中のラッキーという言葉のニュアンスに僕は着目してみたんだ。このラッキーというのは、棚からぼた餅って感じがするよね。何か努力して手に入れるのは、ラッキーとはあまり云わない。その場合は〝がんばったな、きみ〟とか〝努力が報われてよかったな〟になるはずだろう。棚ぼたで、何もしていないのにひょいっといい目に遭う、そういうのをラッキーというんだと思う。カンダタくんが〝ついてるな〟って柿原くんに伝えたかったのもそういう内容だったんじゃないか、と僕は考えた」

「株とかはどうでしょうか、新聞にも株式欄はありますよね。持ち株が急に上がってラッキー、というのは充分に可能性があると思いますけど」

彩音さんが云ったが、猫丸は首を横に振り、

「確かにニュアンス的には合ってる気はするけど、柿原くんはバイト学生だ。そんなベンチャー企業みたいなことはしていないと僕は睨んだ。株で儲けるような目端の利く学生さんは、バ

イトで時給を稼ぐような地道なことはしないはずだ。そうでしょう、柿原くん」

「ええ、株なんか持ってませんね、興味もないですし」

「やっぱりね、これで株式欄はハズレだ。では何だろう、ひょいっと手に入るラッキー、運のいいこと、しかも新聞に載っているようなこと。さあ、それはどんなことだろうね」

猫丸の喋り方は、今ではすっかりくだけたものになっている。年下の学生相手にいつまでも丁寧な口調でいるのも変だと思ったのだろうか、それともこれが地なのか。

「柿原くん、どうだい、昔ブラジルに渡ってコーヒー農園を経営して大成功した伯父さんが亡くなって、それで莫大な遺産が故国の柿原家に転がり込む。そういうニュースだったら〝ついてるね、きみ〟は成立しそうだけど、そういう伯父さんがいたりするかい」

「多分いないでしょうね、そんなご都合主義な親戚は」

「まあそうだろうね、そんな安手のドラマみたいなことはめったにあるこっちゃないから」

と、愉快そうに笑う猫丸に、彩音さんは、

「でも、そうやって大金が都合よく手に入るのは、確かに〝ついてるね、きみ〟というニュアンスに近い感じはしますね」

「そうそう、僕も思ったんだよ。大金が突然転がり込んでくるようなラッキー、運の良さ。柿原くんは突然そういうツキに恵まれた。そこでカンダタくんはそいつを示して〝ついてるね〟とメッセージを寄こしたわけだ。そしてそれが新聞で大々的に発表されるとなると、対象は随分絞られてくるんじゃないかな」

「あっ、宝くじ」

と、彩音さんが、両手をぽんと叩き合わせて、

「宝くじの当籤番号なら新聞に載ります。それが当たっていたのなら〝当たってラッキーだね〟というメッセージのニュアンスにもぴったり」

おお、さすが彩音さん、いい線いっているかも、と思ったけれど、悟はそれを否定しなくてはならなかった。

「せっかくですけど、彩音さん、俺、宝くじなんて買っていません」

「え、買ってないの？」

「ええ、そんな無駄遣いしてる余裕ないっす、宝くじなんてそうそう当たるとは思えないし」

「あらまあ、残念。悪くない着眼点だと思ったのに」

ちょっと唇を尖らせる彩音さんに、猫丸はまん丸い仔猫じみた目を向けると、

「いや、その通り、着眼点はとてもいい。僕もそういう方向性を考えた。ただ柿原くんのさっきの話には宝くじの話題なんてひとつも出てきていない。これは違うと思いかけたけれど、それと似たようなものがあったと思い出して、僕は確信を持てたよ。ほら、柿原くんの話に出てきただろう、当たってラッキー、運の良さとツキだけでお金が転がり込んでくる。そういうものの話をしてたじゃないか、カンダタくんからもらったもので」

「ありましたっけ、そんなもの」

悟は首を捻った。カンダタに何かもらった記憶はない。もらったのはペットボトルのフタだ

けだ。

「じれったいな、柿原くんも、炎天下で行進するアメフラシじゃないんだからそうのそのそするんじゃありませんよ、まったく。時間がないから僕が思いついた答えを云っちゃうぞ。もらっただろ、カンダタくんから、ハガキを、暑中見舞いの。正規のハガキで暑中見舞いが届いたって、さっき柿原くん云ってたじゃないか」

「あっ、そうか、かもめ〜る」

彩音さんが、目をぱちくりさせながらそう云った。口もぽかんと開けてびっくりしている。その反応に、猫丸は満足そうにうなずいて、

「そう、暑中見舞いのハガキにはクジがついている。表の一番下に番号が印刷されているはずだよ。年賀状のお年玉付き年賀ハガキほど有名じゃないけど、かもめ〜るにもそれがある。確かあの当籤番号発表が九月の初めの月曜辺りだったはずだ。当籤番号は宝くじと同じで新聞にも載る。柿原くんがカンダタくんのプレゼントを受け取ったのが三日の火曜日、ほら、当籤番号はその日の朝刊に出てるだろうからタイミングもぴったりだ。カンダタくんは当日の朝刊の該当箇所のページを千切り取って、緩衝材みたいにして詰め込んだわけだね。かもめ〜るの一番高い当選金は一万円だったはず。この金額も、棚からぼた餅的なニュアンスとしてもちょうどいい。〝一万円当たったね、ついてるな、きみ〟って感じで〝For Lucky Man〟のメッセージとも合致するだろう」

と、猫丸は、どんなもんだいと云いたげに、にんまりと笑った。

確かにバイト学生にとっては、一万円の臨時収入は大きい。当たったら大ラッキー。まさに〝ついているきみへ〟である。

「けど、どうしてカンダタくんは柿原くんが当たったのが判ったんでしょうか。ハガキ本体は柿原くんの手元にあるはずです。カンダタくんはどうやってそのハガキの番号を知ったんでしょう」

と、彩音さんが質問する。もはや変人に対する警戒心はなくなっているようで、教師と対面しているみたいな口調になっている。

尋ねられた猫丸は、指先で煙草をくるりと一回転させると、

「それもさっきの話の中に答えがあったよ。彩音さんもニンジン齧(かじ)っている最中のドワーフウサギじゃあるまいし、注意力散漫になってるんじゃありませんって。よく思い出してみなさいな。カンダタくんはメモ魔なんだよ、何でも記録する癖がある。学食のメニューから貸した紙幣の番号まで、何でも記録しておくって話が出たじゃないか。授業のノートを売り物になるレベルで几帳面に取るって話も。そんなカンダタくんなら、友人に出したかもめ〜るのクジ番号を一枚一枚全部メモしておいたとしても僕はちっとも驚かないね。まあ、僕は極めてまっとうな社会人だから変人と呼ばれる人の思考回路は把握しきれないんだけどさ、多分メモしておいて、全員分の番号を控えてたんじゃないかな。そして当選発表があったらそれと付き合わせて確認する。『お、あいつ当たってやがる、ラッキーな奴だ』ってんでメッセージを送る。『ついてるな、きみ、俺のハガキのお陰で一万円ゲットしたぜ』とね。それが〝For Lucky Man〟

のメモの意味だ。どうだい、これで全部すっきりしただろう」

愛嬌たっぷりに満面の笑みでそう云う猫丸に、悟は確認した。

「それじゃ、あのペットボトルのフタには本当に何の意味もなかったわけですね。包みの中身は何でもよかったってことで」

「そう、中身はどうでもいいんだ。そいつは本質とは関係ない。ただ、新聞の切り抜きだけを渡したんじゃすぐに意図が判っちまう。それじゃあまりにも面白味がないじゃないか。カンダタくんはノートのコピーを無料でクラスメイトに配るくらい気前のいい人物だから、一万円の分け前をよこせなんていうセコなこたあ云わない。それでも、ついている柿原くんに一万円当たったぞと素直に教えてあげるのもちょっと癪だ。一万円も手に入るんだから少しくらい頭を使って悩めよなって混乱させるために、ペットボトルのフタなんていう無意味な物を入れておいたんだろうね。たまたま手近にあった空き箱を使って、その辺に転がっている不要品を入れておいた、とまあ、そんなところじゃないかな」

「なるほど」

「納得できる行動ですね」

悟と彩音さんは異口同音に云って、顔を見合わせた。感心していたのだ。この猫丸という小男、なかなか頭が回る。変人は変人を知るというか、カンダタの不可解なプレゼントの謎をいともあっさり解いてしまった。侮れない。

その猫丸は、煙草をさっき配られたキャンディの棒に持ち替えて、それを指先でくるくると回転させている。

「ね、さっきも云ったでしょ、これと同じだと」

悟は彩音さんと再びつい顔を見合わせる。今度は疑問を共有したからだった。キャンディがどうしたのか。変人の思考はいきなりどう飛ぶか読めないから困る。

そんな悟と彩音さんの反応にお構いなく、猫丸は上機嫌でキャンディの棒をくるくるさせて、

「つまりは中身じゃなくって外側が肝要ってことさね。ほら、見てごらん」

と、キャンディをこちらへ突き出してくる。しかしそれはただのキャンディでしかない。さっきスタッフが配った観覧客へのお土産。『旭山甚五郎のわくわくアフタヌーン』の番組ロゴと、裏面には〝じんごちゃん〟の似顔絵。

まだ意図が読み取れず困惑する悟をよそに、猫丸はのほほんとした顔で話を続ける。

「このアメ、普通の人にはごくありきたりのアメでしかないだろう。ただ、旭山甚五郎氏のファンにとっては意味が違ってくる。大切なファングッズになるんだ。中身のアメはどうでもいい、外の包装のビニールのほうが重要なんだよ。番組ロゴと似顔絵のイラスト。ファンには垂涎（すいぜん）のレアグッズだ。アメなんかより外装のほうがはるかに大切ってわけさね」

猫丸の言葉で、悟は反射的に思い出していた。隣の席に座るOL二人組が、さっき交わしていた会話だ。『どうしよう、これ。キャンディはともかく、この包み紙は捨てられないよお』『うん、大事な記念品になるね、ずっと取っとく』確かに彼女らにしてみれば、中身より包装のほうが大切らしい。

「ほら、カンダタくんのプレゼントと同じ構造だろう。中に入っていたペットボトルのフタは全然重要じゃなかった。大事なのは外側の包装だ。柿原くんは緩衝材としてしか見てなかったけど、包み紙の新聞紙こそメインの目的だったわけだ。ね、ほら、相似形でしょ、中身より包装に意味がある。プレゼントの一件とこのアメは同じ構造をしているんだ。そして彩音さんのわんこプチ誘拐事件も相似形なんじゃないかって、僕は睨んでいるんだけどね」

「えっ、そっちもですか」

彩音さんが驚きの声を上げ、悟もつい声のトーンが上がって、

「まさか、誘拐犯はカンダタ？」

「そうなら面白いけど、まさかそこまでドラマチックにはならないと思うよ」

と、猫丸は楽しそうに破顔一笑して、

「相似形ってのは犯人が同じって意味じゃない、あくまでも事件の構造が同じってだけだよ。そもそも彩音さんはカンダタくんとは何の接点もない。プチ誘拐事件が起きたのも水曜日、四日だね、その時にはもうカンダタくんは海外へ出発している。事件当時は飛行機の中かカトマンズ辺りに到着しているのか、とにかくプチ誘拐を起こせるはずがない。犯人は別人、しかも未知の人物じゃないかと僕は見当をつけてるんだけどね」

と、猫丸はまん丸い仔猫みたいな目に真剣な表情を浮かべて云う。

「で、柿原くんのプレゼントは外側の緩衝材に意味があった。アメで云えば包装のビニールのほうが重要だってことだね。そこで僕は彩音さんのわんこの一件にもこの構造が当て嵌(は)まらな

いかと考えた。肝心なのは中身じゃなくて外装、包んでいる物のほうが大切。これをプチ誘拐事件に敷衍してみる。つまり犯人は、中身のチロちゃんには用事はなくて、チロちゃんを包んでいる物に関心があったんじゃないかな」

「チロを包んでいる物、ですか。それは何でしょうか。うちは犬を包んだりしませんけど」

彩音さんが、また教師に教えを請うみたいな口調で聞いた。猫丸はひとつうなずいて、

「そう、彩音さんはわんこに服を着せるのは趣味じゃないと云ってたね。もふもふした体毛があるからそんな必要はないと。だからチロちゃんは何も着せられてはいない。けどね、ひとつだけあるじゃないか、わんこを包んでいる物が。散歩にも欠かせないものだよ」

「というと、ペット用のビニールの雨合羽とか、ですか」

悟が云うと、猫丸は長いふわふわの前髪をなびかせながら首を横に振り、

「いやいや、彩音さんの話にはそんなもの一度も出てこなかったじゃないか。事件当日は雨なんか降ってなかったはずだよ。そうじゃなくって、常時必要な物だよ、あるじゃないか、わんこを包む物」

「普通、犬なんて包んだりしますかね。それこそプレゼントじゃあるまいし」

悟が首を傾げると、猫丸はちょっと呆れたように、

「ここまで云ってまだ判らないかな。あるじゃないか、散歩に不可欠なわんこ専用の物。もう時間がないから答え云っちゃうぞ、わんこを常に包んでいる物、それはそう、首輪だよ」

断言する猫丸だが、悟は再び首を捻ってしまう。

「首輪は包んでいるって云えるんでしょうか」

「見ようによっちゃ云えるだろ、柿原くんもあれだね、頭が硬くて固定観念に囚われやすいタイプだね。そんな融通の利かない関所の門番みたいな硬い頭じゃいけないやな、将来の出世がおぼつかないってものだよ。頭を柔軟にして考えてごらんなさいな。首輪は文字通り輪の形をしている。これすなわちチューブ状の形態と云えるだろう。こいつが大きく拡がって、縦にも伸びるところを想像してごらんなさいな」

猫丸に云われ、悟は頭の中で空想してみる。犬の首輪、首輪は丸い、それがゴムのチューブみたいにむにょーんと拡がる。どこまでも大きく拡がっていくのをイメージする。伸びた首輪は犬の頭のほうへどんどん拡がっていく。反対側も首から胴へ、体をくるんで尻尾まで際限なく伸びて行く。なるほど、トポロジー的な捉え方をすれば、首輪は犬を包んでいると云えるのかもしれない。

「さて、話を戻そう。彩音さんのわんこプチ誘拐の一件だ」

猫丸の歯切れのいい声で、悟の空想の中でチューブ状の首輪に包まれていた犬のイメージは、パチンと弾け飛ぶ。

「柿原くんと彩音さんのディスカッションでは、あくまでもチロちゃんを誘拐することが犯人の目的だという前提で話が進んでいたね。でもどの角度から考えても、きみらは満足な解答に辿り着けなかった。そこで僕は柿原くん達と同じ轍を踏むことを避けた。発想の転換を図ってみたわけだ。プチ誘拐もアメの包装と同じ構造なのではなかろうか、とね。そう考えると、プチ誘拐の犯人はチロちゃん本体に関心があるわけじゃなく、わんこを包んでいる首輪に用があったんじゃないか、と僕はそう思考を進めてみたわけだ。でも、首輪を盗みたかったとか、そういうつもりはなかっただろうね。一時間後にはチロちゃんは何事もなく返ってきたんだから。彩音さんは首輪がなくなっていたなんて一言も云っていない。もし盗まれてたんなら必ずそれは話の中に出てきたはずだしね、事件が首輪盗難だったら最初から彩音さんはそう主張していただろう。しかし、そんな話は出なかった。ということは犯人は首輪に用があったけれどそれを手に入れることが目的ではなかったわけだ。では、犯人は一体首輪をどうしたかったのか？」

と、猫丸は指先で煙草を一本、ぴんと立てて云う。

「ここでもう一度考えてみよう、柿原くんのペットボトルのフタ、そしてアメの包み紙に関してだ。これはどちらも中身は重要じゃなくて包装の、しかもそこに記されている情報に意味があったんだよね。柿原くんのプレゼントの場合は新聞に載っているかもめ～るの当籤番号、アメのビニールはそこにプリントされた似顔絵と番組ロゴ。だからチロちゃんの一件も、首輪に記された何らかの情報を知りたかったのではないか、犯人は首輪の何かを読みたかったんじゃないか、と僕はそう考えたわけだ」

「でも、首輪はどこにでも売ってる普通の品ですよ。何か特別なことなんか書いてありません」

彩音さんが云う。悟もその尻馬に乗って、

「首輪のメーカーの名前とかだったら、表の目立つところに書いてあるはずでしょう。犯人がそれを読みたかったんなら、その場で読めばいいだけです。何もチロちゃんを誘拐する必要もなかったんじゃないですか」

　すると猫丸は、大きな丸い目をうなずかせて、

「そう、柿原くん、いいこと云った。表じゃなくて裏なんだ。彩音さんは首輪にちゃらちゃら飾りをつけるのは好きじゃないって云ってたよね。だから犯人は、首輪の裏側に書いてあることを期待したんじゃないかな」

「何をです？」

「もちろん飼い主の連絡先だよ。そう考える他はないだろう。わんこの首輪の裏側に書いてありそうな情報といったらそれ以外考えられない」

「あ、そうか」

　悟もようやく、猫丸の云わんとしていることが飲み込めかけてきた。

「わんこを飼っている人は、万一散歩の時に誤ってわんこが逃げ出してしまった場合に備えて、連絡先を記しておくことが多い。首輪に小さなプレートをぶら下げたりして、そこに電話番号を書いておくわけだね。そうすれば迷ったわんこを保護してくれた親切な人やお巡りさんは、そこに電話してすぐに飼い主と連絡をつけることができる。しかし彩音さんは首輪にちゃらちゃらと飾りをつけるのを好まない。迷子札もぶら下げていないことだろう。だから犯人は、首輪の裏に連絡先が書いてあることを期待して、それを読み取りたかったんだろうな。実際、そこに書いている人は少なくないだろうし」

「けど、チロの首輪の裏、何も書いてませんよ」

彩音さんの言葉に、ふっさりと眉の下まで垂れた前髪をさらりと揺らして猫丸は、

「だから、期待して、と云ったんだよ。犯人はそこに連絡先が書いてあるのか書いていないのか、知る術がない。もし書いてあればラッキー、電話番号を知ることができる。その可能性に賭けて、犯人はプチ誘拐事件を起こしたんだろうと、僕は思う。書いてあればついている、書いてなかったら、まあ諦める。書いてあればいいなという願望の元に、犯人は行動を起こしたわけだ」

と、猫丸は指先の煙草を弄びながら云う。

「首輪の裏側を見るだけだから、スーパーの入り口に繋いであるチロちゃんに近寄って、その場で見ようとしたのかもしれない。だけど彩音さんは云ってたよね、首輪は固く締まっていてチロちゃんが自力で外せる緩さではないと。革製で頑丈だともね。だからその場で裏返して見るには、首輪は固すぎて、裏返すことができなかったんだ。しかしぐずぐずしてたら彩音さんが戻ってきちまう。それで仕方なしに犯人は、チロちゃんごと首輪を持って行くことにした。どこかで落ち着いて首輪を外し、その裏側を確認するために」

「それだけのためにチロちゃんを連れ出したんですか」

悟が呆れ返って云うと、

「そう、頑丈な首輪の裏を見るには、どこか邪魔の入らない場所で丁寧に首輪を外す必要がある。スーパーの店先でそんなことをしていたら明らかに不審だろう。だからチロちゃんを連れて行ったんだ。そしてどこかで首輪を外して、何も書いていないのを確かめてがっかりした。

その後、首輪をつけ直して元いたスーパーの前に返したって寸法さね。犯人は情報を知りたかっただけで、チロちゃんをどうこうするつもりなんざなかったんだろうしね、わんこが行方不明のままじゃ彩音さんが悲しむ。いや、ヘタしたら警察が出張って来て大ごとになる可能性だってあるからね」

と、猫丸は、火のついていない煙草を口の端にくわえると、

「てなわけで、これがプチ誘拐事件の全貌なんじゃないかと、僕は思う。いや、誘拐って呼ぶのはもう適切じゃないのかな、犯人の目的はあくまでも首輪にあって、チロちゃんは巻き添えで連れて行かれただけだし。ほら、前のふたつと同じ構造だろう。全部、相似形だ。犯人の求めたのは中身のチロちゃんではなく、外装の首輪に書いてあるかもしれない電話番号だった。ね、緩衝材の新聞紙やアメの包み紙と一緒だ」

「それは判りましたけど、でも、犯人はどういう人なんでしょうか。そんなおかしな手間をかけて電話番号を調べようとするなんて」

彩音さんが不安そうに云うと、猫丸は横ぐわえしていた煙草を口から外して、

「多分、彩音さんの知り合いではなさそうだね。プチ誘拐なんてそんな回りくどい手段を取らなくちゃならないんだから」

「知らない人が私の連絡先なんか知ってどうするんでしょう」

「そりゃ彩音さんのことなら何でも知りたかったんじゃないかな。いつも同じ時間に犬を散歩させているあの女性は誰なのか、何て名前か、どこに住んでいるのか、学生かそれとも働いて

いるのか、家族構成は、電話番号は？」

「いや、それじゃまるっきりストーカーじゃないですか」

と、悟は笑い飛ばそうとしたが、一瞬後には自分の顔がこわばるのを感じていた。猫丸の大きな目が、これまでの悪戯っぽい愛嬌のある眼差しと違って、やけに真剣味を帯びていたからだった。

「そう、柿原くんと同じことを僕も思った。多分それで当たっているんじゃないかな」

と、大真面目なトーンで猫丸は云う。

「そもそも彩音さんが牛乳を買いに行ってたのはほんの短い間だけだったはずだろう。そんな短時間にチロちゃん誘拐を決行したんだから、犯人は彩音さんの散歩を尾行して機会を窺っていたんじゃないかと、僕は考えたんだ」

　真剣な口調で猫丸は続ける。

「犯人はチロちゃんを散歩させている彩音さんをどこかで見かけて、それで見初めたんだろうね。それで彼女に関することを何でも知りたくなった。プチ誘拐事件の日もスーパーの店先にチロちゃんを繋ぐのを見て、これぞ千載一遇のチャンスだと思ったんだろうね。チロちゃんの首輪の裏側を調べれば、彼女の連絡先を入手できるかもしれない。そこに連絡先を書いている人は少なくないから。ただまあ、今回はハズレだったけど、きっと犯人は諦めないと思う。これからも彩音さんのことを知ろうと、何か仕掛けてくるかもしれない。それがストーカーのよくある行動パターンだからね」

俺と同じか——と思い、悟は愕然とする。悟自身も、どうにかして彩音さんの携帯番号やアドレスを知りたくて日々苦闘している。犯人も同じように彩音さんに岡惚れして、連絡先を知りたがっているのだ。

いや、違う、俺は違うぞ——と、悟は首を横に振る。自分はあくまでも正攻法で、ちゃんと本人から聞き出そうと努力している。ストーカーのように裏技で犬の首輪を調べるなどという気持ちの悪い手段は使わない。この差は大きい。全然違う。断じてストーカーなんぞと同じであるものか。

「ああ、だから最初に、警察に相談するのもいいって云ってたんですね」

彩音さんが感心したように云うと、猫丸は大真面目な顔つきのままで、

「そう、ストーカー行為がエスカレートして身辺に脅威が及ぶようなら、一遍警察にでも相談して何らかの対策を取ってもらったほうがいいと思ってね。おっさん特有のおせっかいと老婆心でそう忠告しとくよ。柿原くんはかもめ〜るが当たってツイていて、彩音さんはストーカーが憑いていたんじゃ洒落にもなりゃしないし」

「そうですね、そうしてみようかな」

彩音さんは不安げにそうつぶやいた。

なんと、瓢簞から駒、迷い犬からストーカーが飛び出した。予想外である。

しかし許せん、ストーカー野郎め、彩音さんにこんな顔をさせるなんて、絶対に許すわけにはいかない。かわいい彩音さんをストーキングするなんて、不届きにもほどがある。許せん。

天が見逃してもこの俺が許してなるものか。

怒りに燃える悟に対して、猫丸はいきなり最前までの剽げた態度に戻ると、

「てなわけでチロちゃんプチ誘拐事件もこれで一件落着、解消したね。柿原くんと彩音さん、二人の身に起きた不可解な出来事は実は同じ構造でしたってお話だ。とはいえ、これが当たってるかどうかは保証の限りじゃない。全部僕の想像だからね、あんまり当てにしちゃいけませんや」

と、人懐っこい笑顔で、にんまりと笑った。そして、

「とまあ、なかなか興味深いひと時を過ごさせてもらいました。いやあ、楽しいお話をさせてもらってありがたいことです。お二人さん、ご静聴どうもありがとうございました」

正座したまま猫丸は、その場でぺこりとお辞儀をした。

その時、案内役の若いスタッフが、観覧客の前に出て来て大きな声を出した。

「えー、みなさんお待たせしました。まもなく旭山甚五郎さんがスタジオに入られまーす。盛大な拍手でお迎えくださーい」

周囲の客達からざわめきの声が上がった。期待に満ちた声だった。

しかし悟にとっては、それらのことはもうどうでもいい。旭山甚五郎の謎など知ったことではない。

問題なのはストーカーである。

奴から彩音さんを守らなくてはならない。これは俺の使命だ。

不安そうな彩音さんの横顔を見て、悟は決意を新たにする。

幸い、住んでいる町が同じだ。悟にやれることはきっと多いだろう。まずは連絡を密にするために、携帯の番号とアドレスをちゃんと聞こう。この観覧が終わったらすぐに聞く。下心などではなく、ストーカー対策のためである。

ストーカー野郎を撃退し、警察に突き出してやるのだ。そうでもしないと気がすまない。

前に座る小柄な猫丸の後頭部の、ふわふわの猫っ毛を見ながら、そう決心する悟だった。

海の勇者

傘など物の役にも立たなかった。

軒下に駆け込んだ時には、貝塚尚洋は全身ずぶ濡れになっていた。

横殴りの雨が激しく降っているのだ。

海の家〈浜乃屋〉の軒下で、尚洋はため息をついた。

やれやれ、ひどい雨だ。

軒があっても傘はまだ畳めない。足元に、風に煽られた雨粒が叩きつけてくるからだ。

尚洋は、ビニール傘越しに浜のほうを見やった。

海は大荒れである。

高く立つ波飛沫。うねり逆巻く海原。どんよりとした黒い雲が低く垂れ込め、荒海と同じ濁った色をしている。そのせいで水平線と空との間が曖昧に見える。ビーチには大粒の雨が叩きつけ、砂浜も濃灰色に染まっていた。

超大型で非常に強い台風が、関東地方に迫って来ているのである。

激しい雨と風のために、八月の中旬だというのに肌寒く感じられるほどだった。

そのせいでこの海水浴場も閑散としている。

太平洋を望むこのビーチは外房に位置しているけれど、同じ海岸線を共有する鴨川や勝浦などと違って知名度はまるでない。そういった有名どころの海水浴場とは規模が違う。狭いのだ。砂浜の全長はせいぜい五十メートルほど。その外側は荒れた岩礁で、海水浴場には向かない地形だ。地元でも知る人ぞ知るささやかな浜辺ではあるが、それでも多少はアクアラインを渡って東京から物好きな観光客がやって来たりもする。

ただ、今日のこの天候では海水浴など楽しめるはずもない。

接近する台風の影響で雨も風も激しい。海は大波で荒れに荒れている。波頭は丘のごとく高く盛り上がり、一瞬後にはそれが落下して海面に叩きつけられる。渦巻くような波間は凶悪なほど乱れ、全自動麻雀卓の上の牌みたいに跳ね上がり、回転している。踊り狂うように不規則な上下動を繰り返す海面は、すべてを海底に引きずり込もうと待ち構えているみたいだった。波飛沫が強く高く浜辺に襲いかかり、波打ち際を洗っていく。もう昼も近い時刻なのに空は暗く、いつもは海水浴に来た人々でそこそこ賑わうビーチには猫の子一匹見当たらない。雨に打たれ続ける砂浜には足跡ひとつない。

ひどい有り様だ。

尚洋は嘆息しつつ〈浜乃屋〉の表の鍵を開けた。

〈浜乃屋〉は名前の示す通り、昔ながらの海の家だ。昔ながらと云えば聞こえはいいが、率直にいえば古色蒼然、もしくは倒壊寸前、または廃屋同然。はっきり表現してしまうと、ボロくて古い。板張りの簡素な造りで、台風の風に今にも全体がふっ飛ばされそうだ。

尚洋が入り口の引き戸をガタピシと開けていると、隣の同業他店の軒下を通って二人の若い男がこちらに近づいてきた。二人とも傘を差してはいるものの、尚洋と同じく全身ずぶ濡れになっていた。やはり傘で凌げるレベルの風雨ではない。

「二人とも、遅刻だぞ」

〈浜乃屋〉の軒下に入ってきた彼らに、尚洋はぶっきらぼうに云った。バイト学生の二人は、不機嫌さを隠そうともしなかった。返事もしないで、腐った魚のごとく無気力な目を尚洋に向けてくるだけである。無理もない。この悪天候の中を強制出勤させられたのだから。

不満顔の大学生の、太ってころころとした体型のほうが太田、痩せて身長ばかり高い針金細工みたいなほうが細川。どちらも陰気そのものの顔つきをしている。

とにかく雨を避けて店内へ入った。

それでようやく尚洋も、バイト二人組も傘を畳むことができた。雨風が防げることがこんなにもありがたい。

だが、バイト学生の太田はむすっとした不機嫌顔のままで、

「貝塚さん、本気で開けるんですか、店」

詰問口調で尋ねてきた。

尚洋は店のタオルで濡れた身体を拭きながら、

「開ける」

と、短く答えた。

「でも、両隣は開けないみたいですよ。多分、臨時休業っすよ、どっちも」

「よそはよそ、うちはうち」

尚洋は素っ気なく返事をする。この海水浴場には三軒の海の家があって〈浜乃屋〉はそのまん中にあるが、太田の云うように両隣の店は開店する気はないようだった。

「とにかくうちは開ける、文句は云うな」

「マジっすか」

「もちろんだ」

実を云うと、朝に店長兼オーナーに電話を入れた時、尚洋も思わず「マジっすか」と聞いてしまったものである。大型台風接近中にも拘らず、店長兼オーナーの命令は「強行開店、休業は許さん」だった。

この店長兼オーナーは地元の不動産業者のおっさんで、〈浜乃屋〉もその手持ち物件のひとつとして自らが経営している。もっとも、他の仕事が忙しいから〈浜乃屋〉に顔を出すことはめったにない。田舎のプチ実業家だからか、根がケチだ。店長兼オーナーは多分、バイトくん達を遊ばせておくのがもったいないと判断したのだろう。

バイトくん二人組は時給ではなく夏休みの一時期、海の家の開業期間を基準にして一括払いで契約している。だから臨時休業になっても人件費が発生する理屈で、吝嗇家の店長兼オーナーにはそれが耐えられなかったに違いない。すべてはおっさんのもったいない精神のせいだった。
しかし尚洋には店長兼オーナーの思惑などどうでもいい。豪雨決行、強行開店。店はどんな時でも開くものなのだ。電話で二人のバイトにそう伝えて出勤を強いた。とはいうものの、ただのバイトというポジションは尚洋もバイト学生も変わらない。年齢もそう離れていないし、同じバイト同士である。ただし、尚洋にはバイトリーダーとしての責任がある。無論、バイトリーダーという役職は正式なものではない。尚洋が勝手にそう自認しているだけではあるが、二人の学生バイトとはそこが違う。地元民でもある尚洋は、店長兼オーナーとは飲み屋で知り合ってこの仕事を任された。夏にここで働き始めて三年、店に来ない店長兼オーナーに代わって〈浜乃屋〉を取り仕切るのが役目だ。それがバイトリーダーの職務である。尚洋がしっかりしないと店が回らない。

太田と細川の学生コンビには、その点責任はない。二人とも東京の大学生で、夏休みを利用しての住み込みのバイトに来ている。いわゆるリゾートバイトというやつである。来る前には二人とも色々と期待したことだろう。

リゾートバイトで楽しく愉快に明るい労働。お客さんは水着の女の子達。眩しい太陽と青空の下、際どい水着を申し訳程度に身に纏ったおねいちゃん達を相手に、きゃっきゃうふふのご機嫌なバイトライフ。同じバイト仲間の女子大生との出会いもあって、あわよくば急接近してひと夏のいちゃいちゃラブラブな展開まであっちゃったりして、などと、そんな思惑があって応募してきたに違いない。

ところがどっこい現実は厳しい。

シンプルな店名が示す通り〈浜乃屋〉は質実剛健がモットーだ。ちゃらちゃらと上っついたところなど薬にするほどもない。オンボロな店舗の客は家族連れか地元のおっさんばかり。働く仲間も野郎のみで女っ気はゼロ。狭いアパートの一室を寮と称して、そこへ全員まとめて押し込む住み込み生活。当初四人いたバイトが、初日に二人逃亡した。まあそれも当たり前か、と尚洋も思う。残ったのが見るからに陰気な、太った太田とガリガリの細川の二人だった。といっても彼らに特にガッツがあるわけではない。給料が後払いなのだ。どうやら二人とも金が必要らしく、渋々ながら〈浜乃屋〉で労働に勤しんでいる。

そして今日も、この台風の最中に強制出勤命令だ。さすがに休みだろうと高をくっていた太田と細川には気の毒だが、店は開くしかない。尚洋にしても気は進まないけれど、バイトリーダーとしては職務を全うしないわけにはいかない。

「とにかく開店準備だ、もたもたするなよ、二人とも」

尚洋はバイト二人の尻を叩き、三人で店の雨戸を外した。

掘っ立て小屋に毛の生えた程度の建築物には、窓ガラスなどという高級なシロモノは備わってはいない。雨戸を取り払うと、あっという間に吹きっさらしになった。軒があるからさすがに雨は降り込んでこないまでも、風が容赦なく吹き抜けていく。湿気混じりの重たい潮風が、びゅうびゅうと店内を吹きすさぶ。外にいるのとほとんど変わらない。これなら雨戸を閉じたままのほうがマシだったような気がしないでもないけれど、オンボロ建築の〈浜乃屋〉は閉め切ってしまうと無人の廃屋にしか見えない。開店中の海の家と外から判ってもらうには、雨戸を堂々と開けておくしかないのだ。どれだけ強風が吹き抜けようとも。

店内が薄暗いから電灯を点けてみた。しかし古びた蛍光灯のしょぼい灯りのせいで、何だか余計に陰気になった。

「こんなんでも店、やる気ですか、ひどい風じゃないっすか」

と、ころころとした体型の太田は、まだ唇を尖らせて不平を云っている。

「開ける」

尚洋は決然と答える。

「本気ですか」

「当たり前だ」

「でも、これじゃ客なんて来ないっすよ」

太田はぼってりとした指先で、浜のほうを指さした。

開け放った窓からは外の様子がよく見える。

そこにはもちろん、海水浴客など一人もいない。砂浜が大粒の雨に打たれているばかりだ。水をたっぷりと吸った砂はずっしりとして重そうだった。

海は波が高く、荒れ放題に荒れている。高波同士がぶつかり合い、海面がうねり、大きく逆巻く。

普段であればこの時間は、海水浴客達が陽光の下、ビーチのあちこちに横たわり、浜辺を駆け、海で波に洗われながら歓声を上げているはずだ。

しかし今は、浜は無人だった。ただ大雨が叩きつけるように降り、風が轟音を立てて吹いている。前世紀の遺物とでも呼ぶべき〈浜乃屋〉は大風に煽られてギシギシと不景気な音を鳴らす。

「客を待つのも仕事のうちだ、だらだらするな」

尚洋はバイトリーダーとして、二人の学生バイトにしゃっきりと命じた。ただまあ、これじゃ客なんか来るわけないよなあ、とも内心思っていたけれど。

とりあえず尚洋は暖簾を出すことにした。紺地に白く〃浜乃屋〃と染め抜かれた、くたびれた暖簾だ。しかし店の入り口に掛けようとしても、風に煽られてうまくいかない。掛けた途端に、あっという間に吹き飛ばされそうだ。しばし奮闘した結果、尚洋は暖簾を出すのを諦めた。まあ、電灯が点いているから暖簾がなくても営業中なのは判るだろう。

悔し紛れに暖簾を雑に丸めながら、尚洋はビーチの様子を眺める。

海は相変わらず荒れ、浜には雨が勢いよく降っている。

〃桟橋〃も雨に洗われ濡れている。

〈浜乃屋〉の正面から十メートルばかり左の浜にそれはある。

桟橋といっても舟をつけるわけではない。海水浴場は遠浅だから、舟は浜辺まで入って来られない。板張りの渡り廊下のようなものが海に突き出していて、その形状が桟橋に似ているので、地元の人々にそう呼ばれているだけのことだ。

舟をつけるわけではないとすれば、この〝桟橋〟の用途は何か。実は、飛び込み台なのである。ただし、三メートルほどしか海中に出っ張っていないから、いかにも中途半端だ。市の観光協会が海水浴客誘致のために、観光の目玉となるアトラクションを作ろうとしたものの、予算の都合で短くしかできなかったのだと聞いている。当初の予定ではもっと海の深いところまで突き出すはずだったのに、企画倒れでこんなことになってしまったそうな。それでこの建造物は桟橋にしか見えない頼りない見映えになってしまっている。

板張りの長い廊下状のものが剝き出しで、砂浜を縦断している。まっ平らだから砂地とほぼ同じ高さだ。それがちょっとだけ海に突き出て、その反対側の端は海の家が三軒並ぶ横を通って、裏手の市道まで延びている。つまり市道から砂浜を踏まずに、海へダイレクトに飛び込めるようになっているわけだ。それでも中途半端に短いから、海の浅いところまでしか伸び出てはいない。これでは大人の観光客は興味を示さず、地元の子供達くらいしか飛び込みに使っていない。

いつもならば夏休みの子供達が叫声を上げながら、まっ黒に日焼けした体を海に投げ出している桟橋だけれど、もちろん今日は誰もいない。激しい雨が廊下のような板に叩きつけ、いたずらにすべてを濡らすだけだった。

すっかり湿ってしまった暖簾を片手に尚洋は、雨を避けて這々の体で店内に戻った。

と、いきなり外から、

「失礼、あの、こちらは浜乃屋さんでしょうか」

出し抜けに声をかけられて、尚洋は飛び上がりそうになった。人なんか誰もいないと思い込んでいたから、物凄くびっくりした。いつの間にか何者かが近づいていたらしい。ちっとも気づかなかった。豪雨の中とはいえ、気配さえまったく感じさせないのは不気味だ。

尚洋が怖々振り向くと、まっ黒なフード付きのビニール合羽に身を包んだ人物が一人、雨に打たれて立っていた。

「すみません、こちら浜乃屋さんですよね」

ビニール合羽の人物はもう一度聞いてくる。

何とはなしにその気味の悪い姿に気圧されながら尚洋が、

「ええ、そうですけど」

と答えると、ビニール合羽の人物は、

「ああ、よかった、やっと辿り着いた」

そう云って店の中に入ってきた。

一歩店内へ踏み入ったその人物は、がしゃがしゃと音を立ててビニール合羽を脱ぎ始める。

「やれやれ、エラい目に遭いました、どうにもこうにもひどい雨で。風もこの調子ですからねえ、歩いてても吹き飛ばされそうになりましたよ。おまけに電車は遅れるわバスは時刻表通りに来ないわ天気はこんなだわで、もう往生しました。早く出てきて正解でしたね。うっかりしてたら到着が夕方になっちゃうところでした」

ビニール合羽の下から現れたのは、ちんまりとした小柄な男だった。

黒いだぼっとした上着を羽織った小さく華奢な体軀。体格と同じく小造りな顔。特徴的なまん丸い目が、仔猫みたいに爛々と輝いている。ぼさぼさの柔らかそうな猫っ毛に、前髪だけがふっさりと眉の下まで垂れていた。黒い上着のせいもあり全体的に、しなやかな黒猫を連想させる小男である。年の頃は一見しただけでは判別が不能。顔立ちは異様に子供じみて見えるけれど、仕草や口調がやたらとおっさんくさい。

幼くもおっさんくさくも見える小柄な男は、まん丸の仔猫みたいな瞳を尚洋に向けてきて、

「失礼ですが、店長さんはいらっしゃいますでしょうか」

びしょ濡れのビニール合羽を丁寧に畳みながら聞いてくる。

「店長は不在だけど、責任者なら俺です」

尚洋が多少胸を張って答えると、仔猫の目をした小男は目をぱちくりさせて、

「へえ、随分若い責任者さんなんですねえ、店長さんじゃないんなら副店長さん？」

「いえ、副店長でもないです」

「では、店長代理？」

小男は、やけに肩書きにこだわってくる。変な奴だ。

「いや、バイトリーダーですよ」

「おや、あなたもバイトですか、いやあ、奇遇ですねえ、僕もそうなんですよ」

と、猫目の小男は小さな顔をくしゃくしゃにして、人懐っこく笑った。

「いや、実は僕も今日はバイトでしてね、前に心霊写真なんかを載せているマイナーなオカル

ト雑誌の編集部で下働きのバイトをしまして、その編集部の伝手で今日のバイトを紹介されたんです。今回は海の家のグルメレポートっていう取材でして、どんなおいしいものが食べられるのか楽しみにして来たんです。ところがまあ間の悪いことに台風直撃の当日に当たっちゃう始末でして、こりゃ日頃の行いを悔い改めなくちゃいけないんでしょうかねえ」

小男は陽気な口調でぺらぺらと喋った。早口の割には聞き取りやすい、すっきりとした発声だった。

しかし尚洋は、その太平楽な様子に失笑している立場ではない。取材の件をすっかり忘れていたのだ。そういえば店長兼オーナーから以前話を聞いていた気がする。しかしそれは今日だったのか。台風のせいですっかり失念していた。

「取材の話は通ってますけど、でもこの雨の中わざわざ来たんですか」

いささか呆れながら尚洋が云うと、小男はにこにこして、

「ええ、頑張って来ました。お約束の日だから」

「延期してもよかったんじゃないですか」

尚洋の言葉にも、小男はきょとんとして、

「いえ、でも今日来るって云っちゃいましたから」

生真面目な顔つきで答える。そんな予定、電話一本で何とでもなるだろうに。異常に律儀なのか、それとも融通がまったく利かない間抜けなのか、どうやらこの小男、頭の回転が少しばかり覚束ないらしい。

「というわけで、取材に来ました。今日はよろしくお願いします。僕、猫丸といいます」

小男は両手を膝に当てて、ぴょっこりとお辞儀をした。尚洋も釣られてつい、

「どうも、バイトリーダーの貝塚です。こちらこそよろしく」

丁寧に挨拶してしまった。

猫丸と名乗った小男は、もの珍しそうに店の中をきょろきょろと見渡して、

「しかしまあ、こりゃまた味わいのある建物ですねえ、古風というか時代を経ているというか。何とも云えないムードがあって素敵じゃないですか」

〈浜乃屋〉の内装は至ってシンプルだ。板張りの壁と天井。簡素な葦簀の衝立で囲った客席。その客席のテーブルや椅子も、ただの材木を組み合わせた質素な造りだ。飾りっ気などはまったくない。昔ながらの海の家で、誉められるほどのものではない。尚洋は猫丸の言葉にちょっと恥ずかしくなった。

照れ隠しに尚洋は、

「しかし、どうしてうちに取材に来たんですか。隣のどっちかにはアポを取らなかったの？」

と、猫丸に尋ねてみた。この海水浴場には三軒の海の家が並んでいるのだが、その中で〈浜乃屋〉だけが段違いに古くさい。両隣の店は、貧乏ったらしい〈浜乃屋〉とは違って、全体を今風にするように工夫している。

右隣は店名も〈Sea Side Restaurant Sotoboh〉と横文字表記で、メニューも若者向けに統一している。南国風パエリア、ケバブ、ロコモコなどの洒落たフードに、ドリンクも海辺に

映えるカクテルやトロピカルドリンクを用意している。従業員も接客担当は全員若い女の子で、揃いのTシャツにショートパンツ姿で溌剌とホールを行き来し、きゃぴきゃぴとした明るい雰囲気作りに努めている。

左隣も〈南国堂〉という名前で、こちらも若い店員ばかり。陽気で日に焼けたサーファーふうのお兄ちゃんが元気いっぱいに呼び込みをし、カラフルなフラッペや七色の綿アメ、クレープにパフェ、新鮮な魚介類の鉄板焼きなどを饗して若い女性客を摑もうと努力している。

その点〈浜乃屋〉には何の売りもない。どうあがいても両隣に太刀打ちできそうもない。何しろこっちには陰々滅々としたデブとガリガリのバイトコンビに、質実剛健といえば聞こえはいいがその実なんの創意も曲もない昔ながらのメニューしかないのだ。すべての面で負けている。正直に云ってしまえば、両隣のおこぼれでどうにか経営が成り立っているのが実情である。

だから尚洋には、どうして左右のどちらかではなく何故わざわざ好き好んで〈浜乃屋〉に取材に来たのか、それがさっぱり判らない。

「いやいや、何をおっしゃいますやら、そこがいいんじゃないですか」

と、猫丸は、尚洋の疑義に対してにこにこして云う。

「質実剛健、大いに結構。今回はそういうのを求めているんですよ。いや、今回の依頼元っていうのが練馬のあるタウン誌なんですけどね、そこで〝昔懐かしいレトロな海水浴場の海の家ならではのグルメ特集〟を組むそうでして、それの特命記者として、僕、雇われたんです。だからメニューも今様じゃないほうがありがたいんですよ。昭和の時代の空気感丸出しの、どれだけ時代に取り残されているんだってくらいのメニューを取材してきてほしい、ってのがオーダーでしてね。それで噂を聞きつけてこの〈浜乃屋〉さんがお誂え向きに古くさくて時代遅れの、あ、いや失敬、ええと、その、昔気質そのもののメニューで勝負しているらしいって情報を得まして。だから来たってわけなんです。写真も撮らせてくださいね、カメラ、借りてきましたんで」

と、猫丸は背中に背負ったランドセルみたいなバッグを下ろした。そこにカメラを入れてあるのだろう。

なるほど、話は納得できた。確かに〈浜乃屋〉のメニューは昔ながらのものばかりだ。いや、もちろん意識してレトロふうにしているわけではなく、ただ数十年の間なんの工夫も加えていないだけなのだろうけど。元号をいくつ跨いだことかという感じの、時代に置き去りにされたやり方を続けている。そんなものを取材して、面白い記事が書けるのだろうか。はなはだ疑問である。というか、練馬のタウン誌とやらがこんな遠くの海の家を取り上げてどうしようというのか。東京の奴らは何を考えているのか、尚洋にはさっぱり理解が及ばない。

そんなことを考えていると、猫丸はランドセルみたいな鞄をごそごそと漁りながら、

「ってなわけで今日は海で取材ですからね」

と、引っぱり出したのは麦わら帽子だった。それをひょいっと頭に載せると、

「えへへへ、海っぽいムードを味わおうと思いましてね、持ってきたんです」

照れたように笑った。くしゃっとした笑顔にやけに愛嬌がある。しかしこの天気でその帽子

は必要なのか。愛想がいいのは結構だけれど、やっぱりこの小男、どこかズレている。

尚洋の感想をよそに、麦わら帽子を被ってご機嫌な猫丸は、鼻歌混じりに海の見える窓辺の席に座った。店内を吹きすさぶ強風に、ご自慢の麦わら帽子は今にも吹っ飛びそうだが、そんなことにはお構いなしに猫丸は、目を細めて外を眺めている。

「うひゃあ、やっぱりひどい雨だね、こりゃ。風も強くてびゅうびゅういってらあ。お客さんのいるところの写真も撮りたかったけど、この様子じゃそいつは諦めたほうがよさそうですねえ」

猫丸に釣られて、尚洋も外を見てみる。

やはり大荒れの天気が凄まじい。

渦巻き、荒れ狂う海。

雲の色も禍々しく、まっ昼間だというのに薄暗い。

砂浜にも容赦なく雨が降り続けている。

ビーチにはもちろん人影はない。

砂浜は雨に打たれてまっ平らだ。ずっしりと雨を吸った砂は、湿った色になっているせいもあってコンクリートの床のように見える。

尚洋はそんな見飽きた風景から目を外して、

「記者さん、せっかく来てくれたのに悪いけど、仕込みがこれからなんだよ」

「ああ、お構いなく、待ってますから」

「料理も少し時間がかかるけど」

「大丈夫です、僕は暇だし」

あくまでも呑気に、ゆったりとした調子で猫丸は答えた。そしてだぶっとした上着のポケットから煙草を取り出し、一本口にくわえる。

「記者さん、店内は禁煙」

尚洋が注意すると、猫丸はのどかな顔つきのまま、

「判ってますって、くわえてるだけ。火はつけませんから問題ないでしょ。こいつがないとどうにも落ち着かなくって。いいでしょう、くわえてるだけなら」

「まあ、いいけど。くれぐれも禁煙は守ってくださいよ。他のお客さんはいなくても匂いがつくから」

「了解了解」

のほほんとした猫丸の返事に若干の不安を覚えつつも、尚洋は振り返ってバイトくん達に命じた。

「二人は店内の掃除。てきぱきやれよ」

太った太田と痩せた細川は、そう云われてのたのたと動き始めた。動作に覇気が感じられない。やる気がまったく見られない。

「掃除が終わったら呼び込みだ。客を引っぱってこい」

尚洋の命令に太田は露骨に顔をしかめて、

「いや、ちょっと待ってくださいよ。客引きって人なんて誰も歩いてないじゃないですか」

「そこは気合いだ。根性で客を呼び込め」

「そんな無茶な」

太田は泣きだしそうな顔になる。

不満そうなバイト学生二人を無視し、尚洋は奥の厨房へ向かった。

厨房は建物の裏手、海とは反対側に位置している。そして、狭い。窓もないこぢんまりとしたスペースで、コンロや調理台などの設備がみっちりと犇めいている。

天井を雨が叩く音が激しい。薄い板張りの壁も、風に揺すられガタピシと鳴る。ごうごうと大きな風の音。厨房の中は賑やかだ。まるで外に大怪獣が出現したかのような騒ぎで、こんな狭くて薄暗くじめじめした密閉されたところに閉じ籠もって、嵐の音に翻弄されていると何だか心細くなってくる。何というか、世界にただ一人取り残されでもしたみたいな心持ちだ。軽く、恐怖すら覚える。

いやいや、小学生の子供じゃあるまいし、台風くらい怖がってどうする。

尚洋は気を取り直し、仕込みを始めることにした。

まずはいつもの通り、米を二十合磨いで炊飯器のスイッチを入れる。

さて、ここで〝浜乃屋〟特製メニューを紹介しよう。

まずはカレーライス。

白米は地元のＪＡから格安で仕入れた古米を使う。そして大型のズンドウにお湯をたっぷり沸かし、そこにレトルトパウチのカレーソース（一人前一八〇g入り）を大量に放り込んで常時沸騰させ続ける。これならばいつ注文が入っても熱々のカレーが提供できる。白飯を皿に盛り、レトルトカレーをかけ、福神漬け（業務用一kg入り）をちょいと添えれば〝浜乃屋特製海の家風カレーライス〟の出来上がりである。

次にラーメン。

スープは業務用のスープの素（粉末状二kg入り）を使用する。これを丼に注いだお湯で溶き、茹でた麵（業務用生麵一玉一三〇g）を入れ、海苔と刻み葱をトッピングすれば〝浜乃屋名物海の家ラーメン〟の完成だ。

最後に焼きソバ。

具材はキャベツとモヤシのみ。シンプルな味が一番という、飲食業素人の店長兼オーナーの信念により肉などは入らない。キャベツとモヤシを、大きな鉄板で麵（業務用蒸し麵一玉一七〇g）と共に炒める。味付けは業務用ウスターソース（大瓶二ℓ入り）で、調理はバイトリーダーの尚洋が自ら行う。もちろん料理修業の経験など皆無だから、尚洋にできるのはこの大鉄板焼きソバ一種類だけである。これが〝浜乃屋特製手作り焼きソバ〟。

以上、フードメニューはこの三点。他にはない。至ってシンプルで、実に判りやすい。お値段はカレーライスが九百円、ラーメンと焼きソバが八百円という海の家らしい価格設定となっている。

あとは〝浜乃屋特製かき氷〟があるが、これはどこの店でもお目にかかれる平々凡々としたもので、特筆すべき特徴はない。夜店の屋台などでよく見かける、ただ氷にシロップをかけただけの品である。

　そして飲み物。

　アルコール類はビールとチューハイの二点のみ。これは缶の製品をジョッキに移しただけの簡単なものだ。生ビールはサーバーのレンタル料が高額だしメンテナンスにも手間がかかるから導入はしていない。メニュー表にも〝生ビール〟とは表記せずにただ〝ビール〟としか書いていないので問題はなかろう。このアルコールメニューはどちらも六百円である。

　あとは、コーラにジュースにスポーツドリンク、ミネラルウォーターといったペットボトル飲料を取り揃えている。ちゃんと冷蔵庫で冷やしてあるから、ビーチで体の火照った海水浴客にはありがたい存在だろう。

　以上が〈浜乃屋〉の全メニューである。

　昔気質というかレトロというか飾り気がないというか気取らないというかぼったくりというか。とにかく店長兼オーナーの思想を反映して質実剛健を旨としている。尚洋達バイトにとっても、あまり手間がかからない品揃えなのは大いに助かる。昨年もバイト学生の間で「これじゃ飲食店というより吝嗇店だよ」との陰口が囁かれていたのはお客さんには内緒の話だ。

　そんなこんなで、炊飯器のスイッチを入れた尚洋は、次に大鍋に水を張り、レトルトカレーのパックを二十袋ばかり放り込んで火にかけた。

　それが沸くまではキャベツを刻む時間だ。大玉のキャベツをまな板に置き、ざくざくと大雑把に切る。多少繋がっていようが大きさがまちまちでも気にしない。とにかく豪快に、見た目がダイナミックになるようにザク切りにする。

そんな作業の最中でも、外からは轟音が聞こえてくる。風の唸り、雨粒が屋根を叩く響き、オンボロの建物が軋む不景気な音。それらの騒音に混じって、鳥のものらしきけたたましい鳴き声も聞こえてくる。ギャギャギャギャギャという、悲鳴とも人間の笑い声みたいにも聞こえる不気味な声だった。カモメか何かの大型の鳥が暴風に巻き込まれ、吹き飛ばされながら悲痛な叫びを上げているのだと思われる。こんな大風の中、飛ばされた鳥は無事でいられるのか、心配になってくる。

キャベツを三玉切り終えたところで、尚洋はふと手を止めた。

待てよ、ついいつもと同じ分量で仕込みを始めてしまったが、これは無駄じゃないのか。今日はこの天候だ。客なんか来やしない。うっかりして何も考えず、通常の手順で手を動かしてしまった。こんなに必要なはずがない。白米二十合も炊いてどうするよ。

ま、いいか。と、尚洋はすぐに切り替えた。明日に回せばいい。炊飯器は保温機能があるし、キャベツの鮮度は多少落ちるだろうけど、そんなことは大した問題ではない。

尚洋は大型のタッパーに刻んだキャベツを詰め込み、冷蔵庫にしまった。

カレーのパックを温めていた鍋の火も止め、厨房を出た。

客席スペースではバイト二人組がとろとろと掃除をしていた。ころころした体型の太田はのそのそとテーブルを拭き、ガリガリに痩けた体格の細川はのろのろと床を箒で掃いている。二人とも動きが鈍い。さすがにバイトリーダーとしては黙っているわけにはいかない。

「ほら、もたつくなよ、さっさと掃除を済ませろ」

厳しい口調で発破をかけた。

取材記者の猫丸という小さな男は、窓際の席にまだ座っていた。呑気な顔で煙草をくわえていたが、約束通り火はつけていなかった。どうでもいいけれど、高校生くらいにも見える極端に小造りな童顔で煙草をくわえている姿は、何ともアンバランスである。

そのバランスの悪い猫丸は、

「やあ、バイトリーダーくん、どうやら台風が本格的に上陸したみたいですよ、ほら、さっきより雨も風も強くなっている、こっちに来て見てごらんよ」

と、お気楽な調子で手招きする。バイトリーダーくんという呼称の語呂の悪さは気になるが、まあ文句を云うほどのことでもない。促された尚洋は何となくそちらへ向かった。出入り口の前に立ち外を見てみると、なるほど本当だ。風雨がひどくなっている。

空の雲は一層おどろおどろしく渦を巻き、風は轟き、波は高くうねっている。浜に叩きつけるように大粒の雨が降っている。

ビーチにはもちろん人の姿はなく、無人の砂浜は硬く黒々と水を吸っている。その砂の上に、尚洋はそれを見つけた。

何だあれは？

思わず目を凝らす。

さっき見た時にはあんなものはなかった。コンクリートの床みたいにまっ平らだ、と思ったから印象に残っている。確かにほんのちょっと前までは何もなかったはずだ。しかし今は、あんなものが残っている。

いや、待て、これは大変なことではないのか。砂の上にくっきりと、誰もいないはずのビーチに。

尚洋は大慌てで外へ飛び出した。

途端に激しい雨が全身を叩き、顔を濡らす。あっという間にずぶ濡れだ。しかしそんなことに構っている場合じゃない。

砂浜に出た尚洋はそれに近づいた。風で体全体が押されて歩きにくい。それでもまっすぐに、尚洋は進んだ。

近寄って見ると、はっきり判る。それは砂の上にくっきりと残された人の足跡だった。

そこまで辿り着いたところで歩みを止め、足元にあるそれを観察する。

足跡は裸足（はだし）らしい。踵（かかと）と足指の跡が判子（はんこ）みたいに捺（お）されている。砂が雨を含んでじっとりと固くなっているので、足跡が残りやすくなっているのだ。男か女かの判別まではつかなかったけれど、大人の裸足の足跡だった。

尚洋は、さらによく見てみる。雨粒が目に入り、少し見づらい。

足跡は、波打ち際から五メートルばかり離れたところで、海と平行にビーチを進んでいた。

そして〈浜乃屋〉のちょうど前辺りで緩やかな弧を描いて曲がり、まっすぐに海へと向かっていた。

これは一体どういうことか。

雨に濡れそぼりながら尚洋は、周囲を見回した。海面もよく見渡す。人の姿は、やはり見当たらない。風が吹きすさび、雨が降るばかりだ。

足跡の主（ぬし）はどこにも見つからない。海にまっすぐ進んでいるところを見ると、海の中に消えていったようにしか思えない。

こいつは一大事じゃないのか。

焦りで鼓動が激しくなってきた。

いや、落ち着こう。もっとしっかり確認しよう。尚洋は息を整え、足跡を逆向きに辿った。

海に向かっている足跡を反対に追うと、それは水辺と平行に十メートルばかり続いていた。終着点は例の〝桟橋〟だった。市の観光局の音頭取りで作られた中途半端な飛び込み台だ。板張りの渡り廊下状のものが、ビーチを突っ切り海へ向かっている。

足跡は、その桟橋の横っ腹の辺りから始まっていた。そこまで行って、尚洋は新たな発見をした。ビーチサンダルだ。エメラルドグリーンの、百円均一ショップで売っていそうな見るからに安っぽい造りで、これも男物か女物かは判らない。雨でけぶった薄暗い風景の中、場違いに派手な色のビーチサンダルが桟橋の上に並べて置いてあるのが目立った。風に煽られてそれは、今にも吹っ飛んでいきそうだ。

サンダルは、きっちりと揃えて並べられている。ちょうど、高所から身を投げる人が遺書と一緒に靴を並べるみたいな置き方だった。

いや、縁起でもない。ろくでもないことを連想していないでよく観察しよう。尚洋は、桟橋とサンダルをしげしげと見据えた。

多分、足跡の主は桟橋の上を歩いてこの浜へ来たのだろう。桟橋の上だから来た時の足跡は残らない。そして、桟橋の中央辺りへ到着すると、そこでおもむろにサンダルを脱いだ。揃えて並べたサンダルを桟橋に残すと、そのまま裸足になってビーチに足を移す。桟橋と浜辺の段差はほぼゼロだから、下りるのはスムーズだっただろう。

砂地に下りたので、足跡がくっきりと残った。雨で固められた砂なので、足跡も残りやすくなっている。指と踵の位置で体の向きも推定できる。足跡の主は、桟橋から真横に歩き始めている。海とほとんど平行に進んでいるのだ。それをトレースして、尚洋も歩いた。

足跡の主は大股でもなく走っているようでもなく、一歩一歩踏み締めるように歩いていたらしい。足跡に乱れがなく、くっきりと残っているのでそれが判る。そういう歩き方になるのも無理はないだろう。油断すると風に足を取られて転ぶ危険がある。足跡の主は、それでゆっくり進んでいるのだ。

尚洋はずぶ濡れになりつつ、それを追った。

〈Sea Side Restaurant Sotoboh〉の前を通って、十メートルばかりまっすぐ進んでいる。躊躇(ちゅうちょ)のない歩みのように見える。それから〈浜乃屋〉の前で〝L〟の字を描くように九十度の方向転換。今度は海へと進路を取る。そのまま、まっすぐ海へと進んでいる。

尚洋は、さらにそれを追う。

といっても、その先は短かった。足跡は迷いのない足取りで海に向かい、そして波の中へと消えている。

高い波が浜を叩き、足跡の行方も洗い流していた。従って、その先はどっちへ行ったのか判らない。

足跡の消えていった浜辺で、尚洋はもう一度周囲を見渡してみた。

波は荒く、海は逆巻き、雨が強く降っている。雲はどこまでも黒く、雨の中で気味悪く蠢いていた。

そして人の姿はやっぱりない。

誰もいない。

ビーチにも海の中にも、人の気配は感じられない。荒れた大自然の猛威が、轟々と唸るような雄叫びを上げているだけであった。

誰一人いない。ということは、足跡の主はその進路の示す通り海の中へ入って行ったのだろうか。

海は波高く荒れている。水面がのたうつようにうねっている。地元で生まれ育った尚洋でさえめったに見たことのない、恐怖を感じるほど、凶悪な海の貌だった。

この海に入ったというのか。それは自殺行為だ。いや、はっきりと云ってしまえば自殺そのもの、入水自殺としか思えない。

揃えて並べたビーチサンダル。迷いのない足跡の歩み。海へとまっすぐ入って行く足跡。最初から覚悟を決めていたように見える。

大変だ。人が海に入った。この荒れた海に、入水して。

雨に打たれ、びしょ濡れになりながらも、尚洋は呆然としていた。鳥肌の立つのを抑えられないでいた。

入水した人は行方不明。この海では溺れるに決まっている。やっぱり大ごとだった。えらいことだ。大事件だ。焦りがふつふつと、体の底から湧き始めていた。

さっき、尚洋が仕込みのために厨房へ入る前には、こんな足跡はなかった。それは間違いない。よく見たから確かだ。だから、尚洋がキャベツを刻んでいる間に、この人物は入水したわけだ。

本当に大変だ。早く何とかしなければ。

尚洋が焦っているうちにも、足跡は雨に打たれてぐずぐずに崩れ始めている。

とにかく大慌てで〈浜乃屋〉に取って返した。

ずぶ濡れのまま尚洋が飛び込んで行くと、入り口近くの席に座っていた猫丸が、きょとんとしたまん丸い目で出迎えた。

「どうしたんですか、バイトリーダーくん、この雨の中突然飛び出したりして。ありゃまあ、こりゃひどい、濡れ鼠じゃないですか。何考えてるのさ、まったく。正気の沙汰とは思えませんよ」

「俺のことはどうでもいいんだよっ、それより記者さん、あれ見てください、あれ」

尚洋は、浜のほうを指さして怒鳴った。

猫丸は仔猫じみたまん丸い目でそちらを見ると、

「ははあ、バイトリーダーくんの足跡が浜についていますね、なるほど、砂が雨を吸って固くなってるんですね、乾いた砂だとあんなふうに足跡はつかないはずです。どうでもいいけど、バイトリーダーくんの足跡、あっちへ行ったりこっちへ行ったりしてますね、退屈しきった動物園のシロクマみたいにうろうろして、何やってたんですか、あれ」

とことん呑気な調子で聞いてくる。尚洋は大いに苛立ちながら、

「俺の足跡なんかどうでもいいんだってば、もう一本のほうを見てよ、まっすぐの、桟橋から伸びているやつ」

猫丸はその場で立ち上がると、爪先立ちになって外を眺め、

「おや、本当だ、足跡がありますね」

「ついさっきまではあんなのはなかったんだよ、俺が厨房にいる間に誰かが歩いたんだ。記者さん、その間あなたここに座っていたでしょ、何か見ませんでしたか」

「いえ、とんと。あの板張りの橋みたいなものの上にあるのは、あれビーチサンダルですかね。ああなるほど、サンダルを脱いだ人が浜の上を歩いたんですね。いや、僕、目はいいんで、ここからでもよく見えますよ」

バカみたいににこにこして云う猫丸に、尚洋はさらにイライラしながら、

「だったら見えるだろ、その人は海に入ってるんだ。よく見てください、足跡が曲がって海に

進んでいる」

「ありゃ、本当ですねえ、確かに海に向かってます」

「だったら何か気づいたでしょう、記者さんここにいたんだから」

「いやあ、申し訳ないですけど、僕はなんにも見てません」

「ここに座ってたのに？」

「ええ、僕だってずっと海のほうを見ていたわけじゃありませんよ。荒れた海をずっと眺めてたって仕方ありませんからね、代わりばえするもんじゃあるまいし」

と、猫丸はのほほんとした態度とあっけらかんとした笑顔で、

「それより、太田ちゃんと細川ちゃんの様子がなかなか興味深くてね、そっちを見ていたんですよ。なにしろ二人とも動作がゆっくりのんびりしていて、ちゃっちゃと片付けようという意志がまるっきり感じられなくって。いや、よくもまあ、あそこまで緩慢な動きで作業ができるものだなあと感じ入るほどで。仕草のひとつひとつが雅びというか幽玄というか、まるでお能でも鑑賞しているみたいな気分になってくるくらいでしてね。太田ちゃんなんてたかがテーブルをひとつ拭くのに、まず自分のほうを片側だけゆっくりゆっくり拭いて、しかる後にわざわざ反対側にのそのそと回り込んでから今度はそっちを拭くというね、普通に考えりゃその場で一気に全面をざあっとまとめて拭いちまえばよさそうなもんなんですがね、何とも優雅な拭き方をするものですからね、ついつい見入っちゃったってわけなんです。細川ちゃんにしてもあれですよ、床を掃くのに、こう三歩歩んでため息をもらし、二歩進んでは腰を伸ばし、とまあ

カタツムリの散歩みたいな独特のペースの掃除法を駆使してまして、一メートル進行するのに実に一分以上かかるという悠然たる掃き掃除で、これもまた見ていて感動するほどの気の長さでして、いやまあ何とも面白い見物で楽しかったものです。ただ、僕は大変興味深く拝見してましたけど、あれを短気な人が見てたらさぞかしカリカリするでしょうね、イライラが募って頭の血管の二、三本はブチ切れるんじゃないかってほどでして。その辺のことも考えると実に面白くって、いや何とも、結構なものを見せていただきましたよ」

　くだらないことを長々と喋って嬉しがっている。おかしな小男である。どうでもいいが、この小さい変な男、いつの間にバイト学生二人を〝ちゃん付け〟で呼ぶほど親しくなったのだろうか。尚洋が厨房に入っていたのはそれほど長い時間ではなかったはずなのに、その間に急激に仲良くなったのだとしたら、どれほど人懐っこいのやら。ちょっと呆れてしまうほどだ。いや、それこそどうでもいいことだ。今はそれどころではない。この小男は状況を呑み込めていない。やはり頭が若干鈍いのだろうか。仕方なく、尚洋は噛んで含めるようにもう一度説明して、

「あのね、記者さん、足跡が見えるでしょう。人が一人、砂浜を歩いたんだよ」

「そうみたいですね、僕はその現場を見ていませんけど、この暴風雨の中をご苦労なことです」

　またトンチキなことを云いだす猫丸。バイト二人の掃除なんかを眺めていたせいで、肝心なところを見ていないのだ。この役立たずめ。

「その人物は海に入って行ったんです、足跡の向きからしてそれは確実だろう」

尚洋がなおも云い募ると、猫丸は素直にうなずき、

「ええ、ごもっともです」

「この荒れた海だぞ、記者さん、よく見てくれ、波があんなに高い。これは大変なことでしょう。こんな海に人が入って行ったんだ。大事件だよ。今はもう、沖へ流されているかもしれない」

「隠岐へ流されるなんて、そんなあなた、後鳥羽上皇じゃあるまいし」

と、猫丸はへらへら笑っている。片手を上下にぱたぱたさせるふざけた動きまでつけて。

「大事件だなんて、バイトリーダーくんも大仰な。何もそんな大騒ぎすることもないでしょ、そのくらいのことで」

ダメだ、こいつは。完全に状況を理解できていない。大間抜けだ。使えないことこの上ない。

仕方なく尚洋は振り返り、

「太田、細川、ちょっと来てくれ」

二人のバイト学生を呼び寄せた。

覇気のない太田と細川は、不愉快なほどのろのろとこっちへやって来る。

「お前らは見てたか？　さっきまで浜に誰かいたのを」

尚洋の質問に、ころころとした体型の太田はうっそりと首を振り、

「いえ、俺ら掃除してたんで、何も」

「見てないんだな」

「はい」

「だったらあれを見てくれ。浜に足跡がついてるだろう。手前の動き回ってるのは俺の足跡だけど、その向こうの崩れかけてるのは誰のか判らない。見えるな」

「はあ、まあ」

と、太田は相変わらず覇気のない返事をする。

「海のほうに足跡が曲がっているのが判るだろう。つまりその謎の人物は入水したんだ。これは大変だろう。大事件だ」

「ええ、まあ、そうっすかね」

太田の反応がはかばかしくない。細川に至っては淀んだ無気力な目で雨に濡れる砂浜を眺めるばかりだ。こいつらもとんだ間抜け野郎なのか。

「おい、しっかりしてくれ、事態を認識してくれよ、いいか、この大嵐の中、人が海に入ったんだぞ。その人がどうなったか、考えてみろ」

この浅い浜では舟は近寄れない。だから舟に乗ってどこかへ行ったとは考えられない。それとも自分でゴムボートか何かを担いできて、それに乗って海へ漕ぎ出したのか？　いや、それも危険だ。こんな波が高くてはゴムボートなどすぐに転覆してしまうだろう。そうすれば身体は海に投げ出される。足跡は裸足だから、フィンなどを装備している様子もない。従ってダイビング用具一式を身につけていたとも思えない。

尚洋はそういった事柄を縷々説明して、

「だからその人物は生身で海に入ったに違いないんだ。この荒れた海に身ひとつでだぞ、大変じゃないか」

「はあ、大変っすか」

と、太った太田はどんよりと濁った目つきで首を傾げるばかりである。

尚洋の苛立ちは最高潮に達した。

ダメだ、どいつもこいつも役立たずだ。

やはりバイトリーダーとして、ここは俺がしっかりしなくてはいけない。尚洋はそう思い、迅速に頭を巡らせる。

人が一人、海に入って消えた。これは大ごとである。ビーチサンダルの様子などからして、恐らく自殺と考えて間違いないだろう。他に可能性は考えられない。では、これからどうするか？

警察か、消防か？

連絡して捜索隊を出してもらうのがベストだろうか。何にせよ、行方不明者の身の安全が第一だ。一刻も早く探さないといけない。とにかく携帯電話だ。然るべき公的機関に通報を。

大急ぎで、ポケットから電話を取り出そうとする尚洋の肩に、ひょいと手が置かれた。

何ごとかと振り返ると、猫丸のまん丸い目と視線が合った。

小柄な猫丸は、少し顎を上げてこちらを見上げている。場違いな麦わら帽子の下から、ふっさりと垂れた前髪がのぞいている。猫丸はその小造りな顔に、にこにこと愛嬌たっぷりの笑みを湛(たた)えていた。

「まあまあ、バイトリーダーくん、そう慌てなさんな。巣穴をイタチに襲われて逃げ惑うピグミーマーモセットじゃあるまいし、そうやって無闇に慌てふためくんじゃありませんって。とりあえず落ち着きなさいな」

猫丸は、至ってお気楽な調子で云う。尚洋はムッとして、

「落ち着いてる場合じゃないでしょう。人の命がかかってるんですよ。そんな時に何を呑気な」

「いやいや、呑気でいいと思いますよ。そう焦る必要もないでしょう。大丈夫、そんなに慌てる事態じゃありませんって。慌てるナントカは貰(もら)いが少ないっていうでしょ、バイトリーダーくんもちょっと落ち着いて。きみは大事件だ大変だって騒いでるけど、これはそんなご大層なものじゃないと思うよ」

「何を根拠にそんな適当なことを。人が入水したんだぞ、これが大ごとじゃなかったら何が大ごとだって云うんだよ。命がかかってるのに」

「その命がどうこうってのが大げさなんですってば。そんな大仰なことじゃありませんよ。どれ、バイトリーダーくんは無駄に焦ってるみたいだから、ひとつ話をしてみましょうかね。まあ、とりあえず座りましょ」

のんびりした猫丸のペースに、尚洋はすっかり調子を狂わされてしまった。焦る気持ちとは裏腹に、促されるままに客席の椅子に座らされてしまう。猫丸も、テーブルを挟んで正面に腰かけると、

「太田ちゃんと細川ちゃんもいいから座りなさいよ、そんなところに案山子みたいに突っ立ってないでさ。今からちょいと楽しいお話を聞かせてあげるから」

そう呼びかけられて、バイト学生二人も椅子に座った。テーブルの四辺を囲んで、まるで麻雀でも始めるみたいな態勢になる。

こんな落ち着いてる場合じゃないのに、と尚洋は内心気もそぞろだったが、猫丸はあくまでも太平楽な態度のまま、話を始める。

「じゃ、どこから話そうかな。台風の砂浜に残された足跡。あれが何なのか話してみようか。きっと興味深い展開になると思うよ」

にこにこと、童顔の猫丸は上機嫌な笑顔で云う。そして、

「話の手始めに、ちょいと太田ちゃん、使い立てして悪いんだけど、ちょっくらそれを取ってもらえるかな、そのペットボトル」

猫丸が指さしたのは、壁際の保冷ケースだった。そこにはペットボトルの飲み物がぎっしりと詰まっている。もちろん売り物だ。

立って行った丸っこい体型の太田は、ケースの扉を開き、

「これっすか、記者さん」

ミネラルウォーターのボトルを一本、手に取った。三五〇㎖で浜乃屋特別価格三百円也の商品である。

「そうそう、それでいいや、そいつをこっちへ。悪いね、太田ちゃん」

戻ってきた太田を労い、そのクリームパンみたいなむっちりとした手からボトルを受け取ると、太田が座り直すのを待って猫丸は再び口を開く。

「さて、ここに水があります。中身はミネラルウォーター、ごく普通の水だね。そして今度はここにスポイトを持ってくるとしよう、スポイト、判るよね、理科の実験なんかで使う、あの細長いガラスの管で出来ている器具。液体をちゅっと吸ったり、ぽたぽた垂らしたりするやつね。あれを持ってきて、僕は海まで行って来るとしよう。それで波打ち際で海の水を一滴、スポイトで吸って持ってくる。そして、こうする」

と、くどい説明をしてから猫丸は勝手に、ペットボトルのキャップを捻って開けた。三百円の商品なのに。

ボトルの蓋をテーブルに置くと、水の詰まったボトルを持ち直して猫丸は云う。

「このボトルに、海から持ってきた海水をね、スポイトでぽたんと一滴垂らすんだ。さあ、どうだろう、この水、飲めますか。どうよ、太田ちゃん」

「ええ、まあ飲めますね、別に問題なく」

ぼそぼそと、太った太田は無表情にうなずく。

「バイトリーダーくんは、どう？　飲めますか」

「ああ、うん、飲めるな」

猫丸に尋ねられ、尚洋はつい、不得要領のまま答えた。

「じゃ、今度はもう一滴、ぽたんとスポイトで垂らしてみようか。合計二滴垂らしたことになった。さあ、どう？　太田ちゃん、これ、飲める」

「はあ、まあ、そのくらいなら」

「だったらもう一滴だ。スポイトでぽたりと一滴、合計三滴混入した。どうです、バイトリーダーくん、海水三滴入り、このボトル飲めますか」

「うん、別に、飲める」

猫丸に問われるままに、尚洋はうなずいた。

「それならもう一滴行っちゃおうか。ぽたんと一滴、合計四滴、どう？　バイトリーダーくん、これ、飲める？」

「うん、まあ、って、どこまでやるの、それ。三滴でも四滴でも変わらんだろう」

さすがにイライラして尚洋が声を荒らげると、猫丸は楽しそうに、にんまりと笑って、

「そう、どこまでやるのかって問題なんですよ、これは。つまりね、何滴までだったら飲めるかって話で。一滴ならOK、太田ちゃんもバイトリーダーくんもそう云ったよね。そして二滴もいける、三滴も問題なし、四滴もって具合にね、もっとずっとやっていって、どうだろう、十滴はいける？　五十はどうかな。そろそろダメか、百滴垂らしたらどう？　飲める？」

「あ、そこまでいったら無理っす。さすがに百滴も入ったら変な味がするでしょう」

と、太田が顔をしかめて云った。猫丸は、それに対して涼しい顔で、

「おや、太田ちゃんは百でギブアップか、僕だったらまだまだいけるよ。バイトリーダーくんはどうかな、百から百五十、ええい、こうなりゃ大盤振る舞いだ、思い切って二百滴、ぽたぽ

たぽたってんで入れちゃいましょうや。どうです？　二百滴だったら飲めますか」

　早口で捲し立てる猫丸を、おずおずと遮ったのは細川だった。

「あの、記者さん、さっきから聞いてましたけど、俺は一滴でももう無理です」

　痩せ衰えた片手を上げて細川は云う。関係ないけど、こいつの声を今日初めて聞いた気がする。ガリガリの体型に似つかわしい、か細く力のない声質だった。

「海水浴場の海の水なんて、大腸菌とかどんな雑菌が浮いているか判らないじゃないですか。俺、そういうのダメなんですよね。ちょっとでも汚いと思ったら口に入れるのは無理で。だから一滴だってイヤです、気持ち悪いですから」

　顔をしかめて細川は、消え入りそうな音量で云う。どうやら潔癖症の気があるらしい。対して猫丸は、我が意を得たりとばかりに、手をぽんと打ち鳴らして、

「そう、そこ。細川ちゃんいいこと云った。僕が云いたいのは、正にそういうことなんですよ」

　猫丸は喜色満面ではあるが、どこがいいことなのか、尚洋にはさっぱり判らない。

「要するに、こういうのの線引きは人それぞれってことなんです。きっちりとした基準なんてものは存在しないんです。あくまでも感覚的で、極めて個人的なものなんですね。そう、個人差があるわけです」

　猫丸は楽しげに続ける。

「現に、細川ちゃんは一滴でもダメだと云いました。太田ちゃんは百滴辺りまでいったところでギブアップ。そしてバイトリーダーくんは二百を超えてもストップをかけていません。まだ

いけるってことですね。僕もそのくらいならいけますよ、負けてなんかいられません」

謎の対抗意識を剝き出しにして猫丸は、鼻息を荒くして云う。いや、尚洋がストップをかけなかったのは、別に飲めるとかそういう意思表示ではなく、話の行く先が見えないから口を挟めないでいただけなのだが、どうやら猫丸は勘違いしているようだ。

「ってな具合にね、個々の感覚で、こういうのはどこまでがOKでどこからがダメか、とても曖昧なものなんです。人によってそれぞれ違ってるわけですね。それじゃここで、常識を取っ払ってみましょうか、固定観念に囚われないで、頭を思いっきり柔らかくして考えてみますよ。一滴でも垂らしたらもう飲めなくなっちゃう細川ちゃんみたいな人もいれば、二百滴入っててもいいですか、ペットボトルに海水を混入しても、飲める限度は人によって違っていました。一滴でも垂らしたらもう飲めなくなっちゃう細川ちゃんみたいな人もいる。もっといって三百滴、四百滴入ってもOKな人だっているかもしれない。ことによっては一万滴垂らしても大丈夫な人だっているかもしれませんよ」

「いや、一万滴入れたら、それはもうほとんど全部海水ですよね」

と、太田が云うのに、猫丸は首を振って見せ、

「いやいや、太田ちゃん、そうはいっても理屈の上ではどこまでもいけるはずだよ。四十九滴まではOKで五十になったら途端に降参する人もいるように、九百九十九までいけて千になった瞬間ダメになる人だっていてもおかしくはないだろう。人によっては九千九百九十九までセーフで一万になったらダメ、なんてケースもあるかもしれないね。でも、一万を超えてもまだ

OKな剛の者だって、いてもおかしくはない理屈じゃないか」

猫丸は猛烈な早口で捲し立てる。口調もいつの間にか砕けたものになっていた。

「否定はできないはずだよ、理屈の上ならどこまでだって可能だ。四十九と五十の違いなんてほとんどないんだし、線引きは曖昧なんだから。細川ちゃんみたいに一滴でもダメな人にとっては、四十九も五十も同じように論外だろうしね。けど、二百はいけるバイトリーダーくんにしてみれば、四十九も五十も大差はない、どっちもまったく問題なく飲める誤差の範疇でしかないはずだ。そうなると、五十一、五十二、五十三、と増えていってどこからダメかなんて常識では測れないはずだよ。こういうのは人それぞれで、基準なんてないんだからね。だから、一万超えがダメとは百パーセント断言はできないはずだ。理屈の上では、一万滴がOKで一万と一滴になった瞬間にギブアップする人がいてもおかしくはないはずだろう。もちろん一万一滴も一万二滴も平気な人だって、理屈上は存在を否定できないことになる」

まあ確かに、理屈だけを云うのならそういう説も成立はしているのだろう、とようやく猫丸の主張が呑み込めてきた尚洋は、頭の中で首肯していた。

「それじゃ、この考え方を敷衍してみよう。海の水をスポイトで垂らしたペットボトルをどこまで飲めるか、という話をスライドしてみるよ。さて今度は、海に入って泳ぐ時はどこまで荒れていたら泳ぐ気がなくなるか、という話だ」

猫丸の言葉に、尚洋は目が醒めるような感覚を覚えた。ああそうだ、元々は荒れた海の話だったんだ。うっかり本題を忘れかけていた。

「ベタ凪の海なら大抵の人は入れるね。ただし、細川ちゃんみたいに一滴でもアウトな人もいるだろう。こういう人はカナヅチの極端な場合で、海に入ること自体が怖くて体が受け付けないタイプだね」

と、猫丸は、細川の痩せた体に掌を向けて云う。

「では、荒れた海で泳ぐ時、どこまでがOKでどこからが危険と感じるのか、ペットボトルに一滴ずつ海水を垂らす要領で考えてみよう。ベタ凪の時はほとんどの人が泳げるだろうね、細川ちゃんみたいな極度のカナヅチタイプを除いて、誰もが海に入って遊ぶことができるでしょう。では、波の高さが一センチの時はどうか？　これもまあ大概の人はOKだろうね、ベタ凪の時とほとんど変わらないんだから海に入って楽しく泳げる。だったら二センチの高さの波だったらどうか。これも大抵平気だろう。楽しく泳げる程度の波でしかない。といった具合にね、波が段々と高くなっていくと考えるとどうだろうね」

と、猫丸は、麦わら帽子のつばに手を当てて、考えてみるという仕草を見せる。

「さっきの話で、ペットボトルに海水を垂らすのはどこまでOKかは人それぞれって結論が出ただろう。同じように、波の高さや海の荒れ具合、これもどこまでいけるかは、当然こっちにも基準なんてものはない。あくまでも感覚的で極めて個人的にしか決まらないんだ。個人差があって当たり前だね。個々の感覚でどこまでOKでどこからダメか、それは人それぞれで違ってくる」

と、猫丸は一層、言葉に熱量を込めながら、

「それじゃここでも常識を取っ払ってみようか、固定観念に縛られず、どこまでも自由に考えてみるとするよ。そこで波の高さをどんどん上げていく。十センチの波はどうか、二十センチはいけるか、三十センチは？　泳げるかな。そうやって四十センチ、五十センチと上げていくとしよう。一メートルの波の高さくらいなら、まだまだスリルがあって楽しいと感じる人も少なくないんじゃないかな。では一メートル五十にしてみようか。このくらいになると、そろそろ脱落する人も増えてくるかもしれない。太田ちゃんみたいに途中でギブアップするタイプだね。でも中にはまだ楽しく遊泳できる人も当然いることだろうね」

と、猫丸は今度は太田を示してから云う。

「では思いきって台風で大荒れの海を想定してみようか。ちょうど今日みたいにね。海は猛々(たけだけ)しく荒れて波はどこまでも高い。大荒れに荒れた海だと考えてみるよ。さっきペットボトルで一万滴でも飲める剛の者がいるかもしれないって話をしたよね。それと同じように、この荒海で泳ぐのが平気な人がいても、理屈の上ではおかしくない道理になりゃしないか」

「まさか、この海で泳げる人が？」

愕然(がくぜん)として尚洋が思わずつぶやきを漏らすと、猫丸はそれを耳聡(みみざと)く聞きつけて大きくうなずき、

「そう、そのまさかだ、バイトリーダーくん。この海の中を泳ぐ人がいると考えちゃ何故いけない？　固定観念に囚われないでフラットに考えてみようや。人によって限界も常識も違うんだ。一万滴の海水を垂らしたミネラルウォーターを平気でガブ飲みできる人がいると想定でき

るように、我々の想像のずっと上をいく剛の者がいてもちっともおかしくはない道理だろう」

猫丸は、大きなまん丸の仔猫みたいな瞳に真剣な色を湛えて云う。

「そもそも考えてもみてくださいな。ここは海水浴場なんだよ。海水浴場の砂浜に足跡がついていて、どうやら海に入った人物がいるらしい。その人は何をしに海に入ったのか？　泳ぐためと考えるのが一番自然じゃないか。だって海水浴場なんだから」

「いや、泳いだって、こんな台風のまっただ中で？　そりゃ記者さんの理屈も判らないでもないけど、いくらなんでも本気で云ってるんですか」

尚洋が呆れながら云うと、猫丸はさも当然と云いたげな口振りで、

「本気も何も、そう考えてどうしていけないの？　だって、何もかも基準なんてないんだし、すべては人それぞれなんだよ。大荒れの海で海水浴を楽しむ強者がいたって、ちっともおかしくないでしょう」

と、さらに大真面目な顔になり、

「想像してごらんよ、バイトリーダーくん。その男はゴリゴリのマッチョスイマーなんだぜ。がっしりした体格で、見事な逆三角形の体型をしてて、胸板が装甲車みたいに分厚くって、腕なんか丸太のように太い。全身これ筋肉の塊といっていいほどのガチマッチョマンだ。彼はどんな荒波の中でも泳ぎきることのできる最強のスイマーでね、そんな彼が今朝、自分の限界を確かめたくって、台風で荒れる海で泳いでみたいと思い立ったわけなんだ。ただ、普通の大きな海水浴場だと遊泳禁止になっていて、地域のボランティア監視員か誰かが見張っている

から海に入れない。入ろうとしたら鋭く笛を鳴らされたりして制止されるだろうからね。そこでこの寂れてしみったれた、あ、いや失礼、ええと、あまり人も近寄らないこの規模の小さい海水浴場にやって来たって寸法さね」

　猫丸は身振り手振りを交えて熱弁する。

「マッチョスイマーはこの裏手の道まで車で乗り付けると、その辺に路上駐車して、くるくるっと服を脱いでサンダル履きで外に出る。そして桟橋の上を歩きだすんだ。どうせ大雨でびしょ濡れになるし海に入ればなおさら濡れる、最初っから海パン一丁の裸で充分だろう。それから桟橋の途中まで来ると、サンダルをそこで脱いで揃えて砂地に足を下ろす。砂の上をのっしのっしと重量級の体で歩くから、裸足の足跡が砂浜にくっきりと残る」

　見てきたかのごとく、猫丸は調子よく喋る。早口だが、発音が明瞭だから聞き取りやすい。人を引き込む話術も兼ね備えている。

「波は高く海は荒れているけれどマッチョスイマーはこれならいけると判断する。足を止めたのはちょうどこの店の前の辺りだ。人は何か目標物があるとそれを行動の指針にする習性があるものだからね、薄暗い浜辺でぽつりと一軒だけ電灯が点(とも)っているこの海の家は目印に持って来いだ。だからこの店の前で方向転換して、今度はまっすぐ海に向かったんだね。そうやって荒れる海に何のためらいもなくダイブするマッチョスイマー。高い波が彼の体を翻弄するけど鍛え上げた鋼(はがね)の肉体は荒波などものともしない。わっしわっしとダイナミックなフォームで泳いで、沖へ沖へと進んで行くんだ」

と、猫丸は、うっとりと夢見るような幸せそうな表情で、

「凄いよねえ、マッチョスイマー。頑健な肉体と折れない精神力。どんな悪天候だろうがお構いなし、ぐんぐん泳いで行くんだよ。カッコいいよね、逞しいよね。荒波に揉まれても怯まず弛まず、ぐわっしぐわっしと水を掻いて泳ぐんだ。大したもんじゃないか。ああ、見てみたいなマッチョスイマーのその勇姿。まるで天界から降臨したアポロンみたいに神々しくて、光り輝くような肉体美なんだろうなあ。ああ、入って行くのを見逃しちゃったのは返す返すも残念至極だよ。太田ちゃん達の掃除なんぞ眺めている場合じゃなかった。あの時、外を見てればマッチョスイマーが泳ぎ出す瞬間を見られたのに。これは一生の不覚、いや本当にもったいないことしちゃったよ」

歯ぎしりして悔しがっていた猫丸は、次の瞬間には一転してけろっとした顔でこっちを向くと、

「ってな具合にね、バイトリーダーくん、彼は今でも泳いでいるんだよ、きっと。さしもの体力自慢のマッチョスイマーといえども、そろそろ体も冷えてくる頃合いじゃないかなあ。多分、もうすぐ上がって来るかもね。そんな時は必ず、この海の家の灯りを目印に上陸してくることだろう。この浜には他に何も目標物がないからね、頼りはこの浜乃屋さんだけだ。その時はマッチョスイマーの勇気と健闘を讃えて、温かいラーメンくらい奢ってやりなさいよ、バイトリーダーくん。冷たい海の中で冷え切った体には、熱々のラーメンはさぞかしうまかろう。マッチョスイマーもきっと喜んでくれるだろうよ」

そう云い終わると、猫丸は麦わら帽子の頭をゆっくりと下げて、

「というわけで、僕のお話はこれにて終了だ。ご静聴、感謝します、っとね。だからね、バイトリーダーくん、今回の事態は別に大騒ぎする必要もなけりゃ慌てることもないんだよ、ただマッチョスイマーが悪天候の下で泳いだってだけの話で。バイトリーダーくんが発見した足跡は、彼が泳ぎに海に入って行った時についたもの、ただそれだけだ。だからきみが泡を喰う必要はこれっぽっちもない。自殺だの入水だのという物騒な話じゃないんだからさ。警察なんかに通報したら迷惑だろうからよしときなさいよ。それよりマッチョスイマーの帰還を待とうじゃないか。きっともうすぐ上がってくるよ。いやあ楽しみだねえ、マッチョスイマー。どんなにゴツくてガチムチのガタイなんだろう、きっと凄いんだろうなあ」

わくわくした楽しそうな顔で、猫丸は外を見守っている。大きな丸い目が、さらにまん丸になっていた。ちょうど仔猫が毛糸玉に飛びついてじゃれる時のような、期待と好奇心に満ち溢れてきらきらした目の色だった。

太田と細川のバイト学生コンビも、それに釣られてぼうっとした顔で海のほうを眺めている。そんな三人をよそに、尚洋は一人首を傾げていた。

いや、本当なのか、猫丸の云っていることは。この台風の海で泳いでいるって、本気なのか。尚洋が見ると、海の荒れ具合は最前よりもひどくなっている。高い波があちこちに立ち、時折、黒い波頭同士がぶつかって砕け散っている。海面は寒天細工のごとく激しく上下に揺れ、黒々として、暴力的なまでに荒れ狂って波打った水面が大きく叩きつけるようにうねり暴れる。

た海だった。

そんな海の中を泳いでいる奴がいるというのか？　何の装備もなく、身ひとつで。今も遊泳中？

猫丸はそう主張して、そのマッチョスイマーとやらが上がってくるのを心待ちにしている様子だ。太田と細川は元々仏頂面で表情に乏しいから何を考えているのかよく判らない。しかし慌ても騒ぎもしないところを見ると、納得しているようである。

確かに、猫丸の話には一応の説得力はあった。発想が相当すっ飛んでいるから凡人には考えつかないようなアプローチだったけれど、話の筋道としては通っているみたいに感じられた。ただ、いくら常識を取っ払えと云われても限度があるようにも思う。

本当に信じていいのか？　そんなマッチョスイマーなどという胡乱な存在を。鵜呑みにしていいのか？　猫丸の素っ頓狂な頭脳から生み出された妄言みたいなストーリーを。

本人は自信たっぷりに語っていたし、助けを呼ぶ必要もないという。しかしそれで本当に大丈夫なのか。取り返しのつかない事態になりはしないだろうか。万一誰か溺れてでもいたら洒落にならない。悠長に構えている猫丸のペースに乗せられていいのか。救助は本当に不要なのか。このまま手をこまねいていて平気か？　本当に大丈夫なのか。

頭がぐるぐるしてきた。

尚洋には判断がつかない。

ペットボトルに一滴垂らした海水。一万滴の海水が混入したのをガブ飲み。固定観念に囚われない思考。海水浴場は泳ぐための場所。逆三角形の体型をしたマッチョスイマー。猫丸の云っていた言葉の数々が、頭の中でくるくる回る。

本当なのか。

信じていいのか。

大丈夫なのか。

混乱しきって、もう何をどうしていいのか判らない。

尚洋がそうやって頭を抱えていると、

「あっ、いたっ」

と、唐突に猫丸が叫んだ。

「ほら、みんな、見てごらん、戻って来た、泳いでるよ、マッチョスイマーだ」

えっ、本当か。仰天して尚洋が顔を上げると、猫丸はひらりと身軽に立って行って、入り口のところで小手を翳して遠くの海を見やっている。

「ほら、沖のほう、波の間に頭が見え隠れして。泳いでいる、マッチョスイマー」

興奮気味な猫丸の声に、太田と細川も立ち上がってそっちへ向かった。尚洋も慌ててそれに倣って、三人の肩越しに外を見た。土砂降りの雨が、揺れる海面を叩いている。

「おお、バタフライで泳いでいる、こりゃ凄いや、波に負けていないよ、まっすぐこっちへ向かってる。いやあ、大したもんだねありゃ、豪快なフォームで泳ぐものだねえ」

猫丸が感心して歓声を上げている。

「どこだ、記者さん、どこにいる」

尚洋にはマッチョスイマーの姿が見つからなかった。思わずきょろきょろしてしまう。

「あそこだよ、バイトリーダーくん、沖のずっと向こう側の、ほら、今、頭が上がった。この延長線上の方角だよ。進んで来るじゃないか、あ、ほら、また上半身が波の上に出た。ごらんよ、泳いでるでしょ」

猫丸は手を伸ばし、沖のほうの一点を指さして、はしゃいだ声で云う。しかし尚洋にはまだ見えない。

どこにいる？

見つけられない。

視界が悪いんだ。

雨が邪魔で見えないじゃないか。波も高くて沖のほうがよく見えない。この方角ってどこだよ。畜生、見えない。どれだ？　マッチョスイマーはどこにいる。

懸命に目を凝らす尚洋の横で、

「うぷっ、うくくくく」

と、出し抜けに猫丸が吹き出した。

「何ですか」

尚洋が尋ねると、猫丸は喉の奥でくつくつ笑いながらこっちを見てきて、

「いや、バイトリーダーくんがあまりにもバカみたいに大真面目な顔してるから」

さらに、にんまりと悪戯っぽい笑顔になった。

「なにもそんなに必死の形相にならずとも。夜空にＵＦＯらしき怪光でも発見した夢想がちな中学生じゃあるまいし。いや、バイトリーダーくんがあんまり真剣な様子だったから、つい笑っちゃって。そこまで本気にならなくってもいいじゃないか」

へらへらとした態度が気に障って、思わずカチンときた尚洋は、

「そりゃ本気で探すよ、マッチョスイマーが気になるんだから」

すると、猫丸はきょとんとした顔つきになって、

「あれ、まだ信じてる。きみもあれだね、随分と単純っていうか純真っていうか、騙されやすい人だね、どうも。いや、ごめんごめん。あのね、嘘嘘、全部嘘なんだよ。今までの話はみんな口からでまかせの大ボラ、大嘘つきのこんこんちきさね。バイトリーダーくんがあまりにも真に受けるから、ちょいとおちょくってやろうかと、いや失礼、作り話で場を盛り上げようとしただけなんだよ」

しれっとした調子で、猫丸は云う。

尚洋は驚いて、

「嘘って、どこから？」

「いやあ、全部」

「マッチョスイマーも？」

「うん、嘘八百。ていうか、八百どころか千くらい」

「今、見えたって云ったのも」

「当然デタラメ。何も見えないよ。海はただの荒れた海で、人っ子一人泳いでなんかいやしないさ」

軽く云って、猫丸はとっととさっきまで座っていた席に戻る。そして椅子にひょいと腰かけると、口にくわえていた煙草を指の間で一回転させた。

太田と細川のバイトコンビも、それに倣い、のそのそと元の椅子に座った。

取り残されそうになった尚洋も、大慌てで席に戻ると、

「ちょっと待ってくれ、記者さん、全部嘘って云ったな。全部って最初のペットボトルのくだりからか？　そこからみんな嘘だったっていうのか」

問い詰めると、猫丸は、ごく当たり前と云わんばかりの口調で、

「うん、そうだね。みんなまるっきり絵空事、全部口八丁（くちはっちょう）の出たとこ勝負さね。まさか信じるとは思わなかったよ。バイトリーダーくんもそう何でもかんでもホイホイと丸呑みするんじゃありません。まあ、このお天気でお客さんも来そうにないしね、どうせだったら愉快なお話で時間が潰せればいいかなと思って、親切心で話してあげたんだよ、僕は。ちっとは感謝してもらいたいもんだね。それに、ちょっと面白かっただろ、マッチョスイマー。ロマンがあってメルヘンチックだし」

「どこがだよ、ガチムチマッチョなんかちっともメルヘンじゃないだろう。いやいや、そんな

お気楽なことを云ってる場合じゃない。あんたの話が全部嘘なら、あの足跡はどうなる。人が一人海に入ったことに何の解決もついてないじゃないか。誰か溺れているかもしれない。やっぱり救助が必要だ」

尚洋が云い募っても、猫丸はやはりのほほんとした態度のままで、

「またそうやって泡を喰って、バイトリーダーくんは。すぐに慌てるのは悪い癖ですよ。まあ、わたわたしなさんな、救助なんて要らないんだから」

「どうして」

「だって必要ないでしょ」

「なぜ断言できるんだよ。あんまりいい加減なことばっかり云わないでくれ、人の命がかかってるんだぞ」

詰め寄ると、猫丸はちょっと肩をすくめて、

「うーん、バイトリーダーくんは責任者だから、立場上必死になるのも仕方ないのか。そうだね、これ以上引っぱるのもヤボってもんだから、種明かししちゃおうか。あのね、バイトリーダーくん、僕達、見たんだよ」

「見た？　見たって何を」

尚洋の疑問に、猫丸はあっさりとした口調で、

「あの足跡のついた理由、というか足跡をつけている人。雨の砂浜を歩いている現場。それを全部見ていたんだよ。僕と太田ちゃんと細川ちゃんの三人、三人ともここから見てたんだ。バ

イトリーダーくんが厨房に引っ込んでいる間にね」

「三人とも？　何を見たんだ」

　驚く尚洋に、猫丸はとぼけた顔つきで、

「僕はもう充分喋ったから、今度は太田ちゃん、きみ説明してあげてよ。あの時、見た通りのことを」

　名指しされて、ぶくぶくとした体型の太田は、少し大儀そうに、

「はあ、判りました」

　ぼそぼそと、やはり覇気のない喋り方で語り始める。

「貝塚さんが厨房へ行ってちょっと経った頃、俺達が掃除してると外から声が聞こえてきました。風に流されてよく聞こえませんでしたけど、桟橋のほうからでしたね。何かと思って俺達三人、記者さんも一緒に入り口のところに集まって外を見たんです。そうしたら若い男の三人組で、俺らと同じくらいの年かなって感じだったから、多分学生だと思うんですけど、その三人が雨に打たれて、はしゃぎながら桟橋を歩いてきました。やけにテンション高くて、服のまままびしょ濡れになって。足は裸足だったかな。雨の中を歩くのが壺にハマったみたいで、面白がってぎゃあぎゃあ騒いでいました」

　そんな声、尚洋には聞こえなかった。厨房の中にいたからだ。あそこは窓もなく密閉されていて、雨や風の音も激しく建物も軋んでいた。そのせいで外の人声など聞こえないのだ。

「三人組が何をしてたのかも説明してあげなくっちゃ」

と、猫丸に促されて、太田はうなずいてから、ぼそぼそとした不明瞭な口調のまま、

「三人のうち、一人がスマホを構えていました。多分、完全防水のケースに入れていたんだと思いますけど、大雨にも構わず、それで動画を撮影している様子でした。三人で騒いで『早く泳げよ』とか『ふざけんなよ、無理だよこんな海』とか『ちょっとくらいならいけるって、泳げる泳げる』とか云っていました。それ聞いて、俺は何となく判ってきました。きっと〝台風で荒れる海で泳いでみた〟みたいな動画を撮ろうとしてるんだなと。後からネットにアップするつもりだったんでしょうね」

太田は視線を上げない姿勢のまま、もそもそと籠もったような発声で説明する。聞き取りにくくても内容は理解できた。

動画の撮影。同年代のバカな奴らが大好きなやつだ。尚洋には何が面白いのかてんで判らないけれど、何か奇矯なことをやってネットに上げることに血道を上げている奴らは少なくない。そして閲覧者数の増減に一喜一憂するのだ。そんな連中の趣味は理解できないし、こんな荒海での撮影とは、物好きにもほどがある。

「で、三人組の中の青いシャツを着た一人が、海に入ろうとしてるみたいでした」

と、太田はぼそぼそと続ける。

「ただ、桟橋の先端から飛び込む勇気はさすがになかったみたいで、桟橋の途中から支柱を伝って波打ち際の辺りへ下りていきました。足首の深さくらいの浅瀬に降り立ったんですけど、でも波が高くて体にざばざば水がかかって、今にも体ごと引きずり込まれそうになっていて、

それ以上海へは入れないみたいでした。波打ち際を横に移動するだけで、泳ぐのは諦めたらしかったです」

「この時の足跡は当然残らないね。波がかかる範囲だから、足跡ができる先から流れて消えてしまうわけだ」

と、猫丸が横から補足する。太田は軽くうなずくと、

「それで、横に移動しながら青シャツの男は大きな声で笑っていました。波で体が攫われそうになるのが怖いのが半分と、絶叫マシン感覚で楽しいのが半分で、ヤケクソになっているみたいに。なんか南国の大きい鳥の鳴き声っぽい、バカみたいにはしゃいだ笑い声で、桟橋に残った二人も大笑いしてその姿を撮っていました」

それで尚洋は思い出した。厨房でキャベツを刻みながら聞いた、あのけたたましい鳥の鳴き声を。てっきりカモメか何かだと思っていたけれど、まさか人の声だったとは。確かに、人間の声のようにも聞こえたのだ。聞き間違えそうになったのも無理はない。あれは実際に人間がバカ笑いする声だったのだ。一際カン高い声だったから、密閉された厨房にも響いてきたのだろう。

猫丸が火のついていない煙草を一本くわえたまま、椅子にふんぞり返りながら、

「青シャツくんはずっと波打ち際を横に移動しているだけだったね。まあ、それ以上危険な深いほうへ行くようだったら、僕も年長者として、危ないことはやめるように注意するつもりだったんだけど。どうやら怖いらしくて、本格的に海に入って泳ぐのは無理だと本人も悟ったみ

たいだから、止めるのはやめておいたんだ」

と、ちっとも止める気などなさそうな無責任な口振りで云った。しかし年長者と自称しているが、そもそもこの小男、年はいくつくらいなのだろうか。見た目はとても若く見えるけれど、態度や仕草はやたらとおっさんくさいし、本当に年齢不詳だ。その辺も妙な不審人物ではある。

関係ないことに気を取られている尚洋に構わず、太田は説明を続ける。

「そうやって浜辺で波に翻弄されていた青シャツですが、すぐに我慢できなくなったんでしょうね。ずぶ濡れになってこの店の前で浜から上がって来ようとしていました」

「さっきマッチョスイマーの話をした時と同じ理屈だね」

と、猫丸がまた補足を入れて、

「人間は何か目印があると、それが行動のきっかけになる。青シャツくんもこの店の灯りが真横にきたところで、もう限界だと思って上がることにしたんだろう」

太田がそれを受けて話を続け、

「青シャツが上がって来ようとしたら、桟橋で撮っていた二人が『逆回転、逆回転』『反対向きに上がってこいよ』と指示を出していました。恐らく後で、動画編集する時に逆再生の映像にするつもりだったんだろうと思います。青シャツはその意図を理解したみたいで、後ろ向きになって反対歩きで砂浜へ上がって来ました。その姿を逆回転で編集すれば、海に入って行くように見える形で。そしてそのまま、後ろ向きに歩いて仲間のいる桟橋に戻って行きました」

「その時についたのが、あの足跡だね。海に入ったんじゃなくて、波打ち際から逆さ歩きで浜へ上がってきただけ。それがバイトリーダーくんが大慌てを演じる元となった足跡の正体だったんだよ」

猫丸が何ごともなかったかのように、のんびりした口調で云った。

しかし尚洋は、呆れ返って言葉を失っていた。

そんなバカバカしい、くだらない。

逆さ歩きの足跡だと?

ただそれだけのことだったなんて。

推理小説などに出てくる初歩のトリックじゃあるまいし。

まさか、そんなアホらしい真相だったなんて。

へなへなと脱力しそうになる尚洋である。

「青シャツくんは後ろ向きだったから慎重になっていたんだろうね。風も強くて体が煽られるし、転ぶ危険があるから、ゆっくりと気をつけながら歩いていたよ。それで足跡はあんな具合に、一歩一歩踏み締めるみたいなしっかりした痕跡になったわけなんだ」

猫丸が解説し、太田もその先を語る。

「そうやって青シャツは桟橋まで逆向きに歩いていって、残っていた二人のスマホを構えていないほうは、桟橋の下からビーチサンダルを見つけたみたいでした。多分、昨日の海水浴客の忘れ物か何かでしょう。誰かがそれを桟橋の下に突っ込んでおいたんでしょうね、風で飛ばされたりしないように」

ぼそぼそと、視線を上げないまま太田は続けて、

「青シャツが桟橋に上がったところで、そのサンダルを足跡の位置に合わせて並べて、それも撮っていましたね。面白い絵が撮れたみたいで、三人は大爆笑していました。不謹慎な絵面(えづら)が楽しかったようで、頭悪そうでしたよ。ひとしきり笑い合ってそれで満足したらしくて、三人は桟橋を引き返して戻って行きました。恐らく市道まで出て、車で帰ったんだと思います。雨や風がひどくてその音までは聞こえませんでしたけど」

「で、誰もいなくなった後に残されたのが足跡だ」

と、猫丸が話を引き取って云う。

「逆さ歩きをした足跡は、単体だとどう見ても人が海に入ったようにしか見えなくなっていた。そりゃそうだよね、足跡だけ見れば反対歩きしたなんて判らないし、裸足の足跡だから踵と指の向きから海のほうへ進んでいるふうにしか見えないし。一部始終を見物してた僕と太田ちゃんと細川ちゃんはともかく、ことの経緯を知らない人が見つけたら、きっと誤解するだろうと予測できた。そう、その場を見ていなかったバイトリーダーくんみたいな第三者ならね」

と、猫丸は、火のついていない煙草のフィルターの先端を、こちらに突きつけてきて、

「だからね、僕は太田ちゃんと細川ちゃんには、なんにも見なかったことにしておこうって云い含めたんだ。三人組の無軌道な撮影隊なんて知らない、見ていない、浜には来た人なんて誰もいなかった。そう口裏を合わせるように頼んだんだ。ずっと掃除してたから何も知らないふうを装ってくれってね。そこへバイトリーダーくんが顔を出したから、しめしめこいつは絶好

のタイミングだってんで外を見るように誘ってみたって按配さね」

　そうだ、尚洋が足跡を発見したのは、この小男に誘導されたからだった。外を見るように促されて、何も疑問に思わずそれに乗せられたのだった。あの時から猫丸の企みに、まんまと引っかかっていたわけか。警察に通報する必要はないと終始のんびりした態度だったのも、緊急性がまったくないことをあらかじめ知っていたからなのだ。それに気づかず大騒ぎを演じた尚洋一人がバカみたいではないか。こんなことを企てた猫丸という小柄な男、することがあまりにも大人げない。

「けど、俺を騙してどうするつもりだったんだよ。そんなことしても意味なんかないでしょうに」

　尚洋が不満を表明すると、大人げない小男は、仔猫じみた童顔に人の悪そうなにんまりとした笑みを浮かべて、

「だって、面白いでしょ、人が焦ってあたふたするのを見るのは。僕の知り合いにも騙し甲斐のある男がいてね、後輩なんだけど、その男も僕の舌先三寸で面白いほどころころと騙されて、おちょくると実に愉快極まりない奴なんだよ。バイトリーダーくんもそんなふうにくるくる楽しく踊ってくれたらいいなって期待しておこわにかけてみたんだけど、そしたら案の定、想像以上に引っかかって大慌てしてくれて。いやあ、大層面白いものを見させていただきました。ありがたいことです」

　心から楽しそうに云う。

冗談じゃない。騙されてからかわれたこっちはいい面の皮である。バイト二人組も荷担しやがって。

尚洋は大いに気分を害したが、その不平を直接口に出すことはしなかった。

まあ、太田と細川は、普段から尚洋にこき使われて不満も抱えていたことだろう。それに、リゾートバイトとは名ばかりの、強制収容所もかくやという労働環境でストレスや鬱憤も溜まっていたはずだ。尚洋を騙してその憂さを晴らそうと、猫丸の計略に一枚嚙んだとも想像できる。その気持ちは理解できないでもない。だからそれを叱責する気にはなれなかった。

しかしこの猫丸という小さな男は一体何が嬉しくて尚洋を引っかけたのだ？　本人の主張するように、ただ面白がっていただけなのか。

穿った見方をするのなら、尚洋がバイト二人組と大して年も変わらないのにバイトリーダーの肩書きを笠に着て、居丈高に振る舞っていたから、それを窘めてお灸を据えるつもりで一芝居打った、とか？　正義感から、大きな顔をしているバイトリーダーを懲らしめようとした、とも考えられないでもない。

いいや、それはさすがに考えすぎだ。この剽軽の二文字が擬人化されたみたいなふざけた小男が、そんな深く物事を考えるはずはない。本当にただ、面白がっていたのだろう。きっとそういう奴だ、この小男は。

バカらしくて怒る気力も失せ、ただ脱力する尚洋に、猫丸は何ごともなかったかのような平然とした顔つきで、

「とまあ、いい暇潰しにはなったでしょ。どうせこんな荒れ模様じゃお客さんが来るわけでもなし、取材の前にちょいとお茶目なジョークで気持ちを和(なご)ませようとしただけのことだよ。てなわけでバイトリーダーくん、騙したのは勘弁してよね。この大雨で水がたっぷり落ちてきていることだし、全部水に流すってことで手打ちといきましょうや」

大層くだらないことを云って猫丸は、口にくわえていた煙草を指先でつまんだ。

「それにしても、煙草、吸いたいけどここは禁煙だし、かといって外へ出たらあっという間にずぶ濡れになって火なんかつかないだろうし、参ったなあ、こりゃ」

そうボヤいて猫丸は、もう一度煙草をくわえ直して顔をしかめる。

しかめっ面のままで外を見やる視線に釣られて、尚洋もつい海岸に目を移した。

波は依然として高く海は大荒れで、激しく降る雨脚は衰えることはなさそうだった。

湿った潮の匂いが、強く感じられた。

月下美人を待つ庭で

「月下美人、そろそろ咲くかしらねえ」

病床の母は口癖のようにそう云っていた。

「咲くならきっと退院した後だよ、間に合うさ」

その都度、私は答えた。気休めでしかなかったが。

病巣が発見される前、庭で花壇の手入れをしながら、母が月下美人について話していたのを、私はよく覚えている。

「月下美人はね、一年に一度、満月の夜にだけ咲くの。出来すぎみたいにロマンティックでしょう。でも、満月っていうのは俗説なんですって。出来すぎのはずよね、作り話なんだから。けど一晩だけ咲いて朝にはしぼんじゃうのは本当よ。前にね、長野の庭でも一度育てたことがあるの。株から育てるのに手のかかること。とっても難しかった。ただ、それだけ手間を掛けた甲斐はあったわねえ。咲くのはまっ白な大輪の花でね、それはもう見事なものよ。本当にきれいなの。夜の暗さの中でこう、艶(つや)やかに華々しく咲いてね。ため息が出るほどの美しさだったものよ。一夜しか見られないのがもったいないくらいでね、きれいで儚(はかな)くって、月下美人とはよく名付けたものよねえ」

母のそうした園芸マメ知識に、私は生返事で答えたものだ。その反応に母はよく笑っていた。

「克也は本当にお花には興味がないのね。男の人にもガーデニングが趣味の人だっているのに、これはもう今野家の血筋かしらねえ。あなたのお父さんもお祖父ちゃんも、お庭にはちっとも関心を持たなかったし。やっぱり血は争えないものねえ」

母はいつも穏やかに笑っていた。

そんなことを思い出しながら、私は庭のベンチに一人、座っている。

九月末の夕暮れ時。まだ肌寒さを感じる時期ではない。この季節になると、母はいつも首を傾げていた。

「東京は残暑がいつまでも続くのよねえ、あら、秋分の日を過ぎても残暑でいいんだっけ？何て呼ぶの、秋暑？そんな言葉はないわよね。長野だとこの時分はもうすっかり寒くなるのにね、随分違うのよ。やっぱり緯度の差なのかしら」

「緯度は関係ないんじゃないかな、関東平野だからかも。あと温暖化のせい」

「そうなの？　わたしてっきり緯度や高度のせいかと思ってた。でもこの気候だと夏の花と秋の花が同時に楽しめるのがいいわね。ほら、ベゴニアとリンドウが一緒に咲いてるなんて面白いでしょ」

と、母は微笑んでいた。

父が病没したのをきっかけに、この家に母を引き取った。五年ほど前のことだ。以来この季節には母はいつも、元いた長野との気候の違いを面白がっていた。今年はとうとうその時期を、母は迎えることができなかった。

この家は結婚を機にローンを組んで買った。私にしては思い切った買い物だった。もうあれから二十五年も時が過ぎた。ローンの返済も終わった。練馬区の、池袋寄りの立地。木造二階建ての、ごくこぢんまりとした建売住宅である。庭だけはそこそこ広く、それが自慢だ。当時この近辺の土地は信じられないほど安かった。そのお陰でゆったりとした庭がついてきたのだ。子供ができた時、遊ばせるのにちょうどいいだろう。結婚したばかりの妻と、そう話し合った。実際、幼い娘がよちよちと駆け回ることくらいはできた。小学校に上がる頃にはさすがに手狭になったけれど。

庭と隣家の敷地とは高い生け垣で仕切られていて、人の行き来もできない。ただ、庭の一辺は公道に面しており、車がせいぜい一台通れるほどの狭い道が、庭の前を横切っている。

ベンチは、そんな庭の一番奥に置かれている。花壇の合間に通路があり、外の公道からまっすぐ突き当たりがベンチの定位置だ。座ると庭の全貌が一目で見通せる。母も庭仕事の途中、休憩するのに座って花壇の出来映えを眺めていた。

さて、と私はベンチから立ち上がった。

少し夕闇が迫ってきている。

そろそろ頃合いだろう。

真新しい庭園灯のコードを延ばし、家の縁の下のコンセントに繋(つな)いだ。庭作業用の芝刈り機や噴霧器を使うためにか、外用のコンセントが設置されているのだ。

ベンチの脇に立てた庭園灯に光が点(とも)った。眩(まぶ)しいくらいの強力なライトだった。これならば庭全体をくまなく照らせる。

買ってきたばかりの庭園灯は高さが二メートルばかり。ポールの先端に小さなランタンのような四角い形のランプがちょこんと載っている。まるでヨーロッパの古い街並みのガス灯のようなデザインで、私の庭には場違いなほど気取った造りだ。ひどく似つかわしくないように感じるが、仕方がない。これが一番上背があったのだ。

会社は、忌引き休暇をたっぷりくれた。窓際のロートル社員など何日休もうが業務には一向に支障はない、そう云わんばかりの大盤振る舞いだった。大手商社で人手は足りているし、事実私が不在でも会社は問題なく回っている。

それで暇を持て余して、ちょっと気まぐれを起こした。この庭園灯を衝動買いしたのである。車でひとっ走り、街道沿いの大型ホームセンターに出向いた。金曜のまっ昼間だというのに、ホームセンターは思ったより客の姿が多かった。ここの園芸用品売り場には、休日に母を連れて何度も訪れている。プランターや畦板(あぜいた)などの大きな物、大袋入りの砂利や肥料などの重い物を買うには、私が車を出すしかない。ここに立ち寄ると決まって母は、植え替え用の花々に目を輝かせて見入っていた。そんな売り場の隅に、庭園灯を揃えた一角があった。さすがにここは空(す)いていた。玄関先に置くスタンド式の常夜灯や球形の変わった外灯などもあったが、迷わず一番長いポールの庭園灯を選んだ。

こうして点けてみると、思った通り気恥ずかしいほど小洒落たデザインだった。しかし、これから先もずっと点けているつもりはない。ほんの少しの間だ。

「月下美人、そろそろ咲くかしらねえ」

母はそれを気にしていた。

その月下美人の鉢は、家の軒下の直射日光を避けた位置に置いてある。陽に当てすぎるのは、あまりよくないらしい。鉢は素焼きの簡素な物だ。花には手を掛けるけれど器は特段気にしない、それが母のやり方だった。

私はその鉢に近づいて様子を見る。

鉢のまん中に刺した竹の棒に、絡みつくようにして茎が上に伸びている。私の腰の下くらいの高さで、たおやかな名前の割に無骨で逞しい茎だ。葉も肉厚である。そんな茎の上方にアスパラガスの穂先に似た大きな蕾がひとつだけ、垂れ下がっていた。調べたところによると月下美人はサボテン科の植物だそうで、育成は上級者向き。ただし蕾がつくまで育てば、あとは水やりくらいで大した世話は不要らしい。母の入院中は、私が水をやっていた。水が多すぎても根腐れを起こすので注意すべしとネットで見たから、そこは気をつけた。

その月下美人の鉢とは少し離して、ベンチの横に庭園灯のポールを立てた。距離を取ったのは植物の体内時計を狂わせないため。そして大げさな灯りを買ったのは目印にするためだ。光の目印があれば、空のどこかにいる母にも、月下美人の開花が見られるだろう。柄にもなく、そんなふうに考えた。別に感傷的になったわけではない。本当に単なる気まぐれだ。休暇が長すぎて退屈だったから、つい余計なことがしたくなった。それだけのことだ。

「月下美人、そろそろ咲くかしらねえ」

何度もそう云って気にかけていた母が、光の目印を見つけてくれるといい。

母は最後の一ヶ月を入院して過ごした。丹精していた庭の手入れも、それでできなくなった。だから今、庭園灯に照らされた花壇は、母のいた頃より少しだけ荒れて見える。花々の間に雑草が目立つようになっている。しかし私には手をこまねいているしかなかった。仕事の合間に病院の母の世話をしなくてはならなかった。二人の妹が交代で泊まり込んでくれたのは助かったが、それでも庭の手入れにまでは手が回らなかった。

私は改めて庭を見渡した。花壇の花は何種類もある。四角く区分けされ、几帳面に仕切られている。桔梗（ききょう）、ゼラニウム、ダリア、ガザニア、ガーベラ、イワシャジン。この季節の花が競うようにして開花している。名前くらいなら私にもかろうじて判別できる。母が何度も解説してくれたからだ。門前の小僧である。ただし手入れの方法は私には判らない。母が笑っていたように、今野家の男は園芸音痴なのだろう。これからは私の独り暮らしになる。庭も荒れる一方だろう。それは致し方ない。ただ、月下美人だけは咲かせたかった。病床の母が最後まで気に留めていた花だ。とはいえ、何日後くらいに咲くのか、まるで見当がつかない。そこまではネットでは調べられなかった。庭園灯を点して待つしかない。

母の葬儀はごく内々に、ひっそりと執り行った。参列したのは私と二人の妹、妹それぞれの連れ合いに子供達。そして年配の親戚が数名。五年しか住んでいない東京には、母の個人的な知り合いはいなかった。

精進落(しょうじんお)としの席で、叔母が話しかけてきた。父方の叔母だ。言葉数が少なく生真面目(きまじめ)なだけが取り柄だった父とは、兄弟の中で一番馬が合ったらしい。私も幼い頃から何くれとなく世話になっている。

「克也さん、喪主、お疲れさま。色々と大変だったでしょう」

「叔母さんこそ、遠いところをわざわざすみません」

改めて私は、叔母に挨拶した。

「長かったの？　病気」

叔母は、声を潜めて聞いてくる。私も声量をセーブしながら、

「判ったのは三ヶ月くらい前でした。母はあの通り文句や不平を云わない人でしたから、体調が悪化しているのも辛抱していたんでしょうね。一緒にいる僕が気づいてあげられればよかったんですが」

「そんなふうに云うものじゃないわよ、自分の責任みたいに考えるのはおよしなさいな。克也さんだってお医者さまでもあるまいし、家族でもそういうのは案外見落としたりするものですよ。それで、どこだったの？」

「腎臓でした。やっと病院に連れて行った頃には全身のリンパ節に転移していて、もう手の施しようがありませんでした」

「あらまあ、お気の毒にねえ。本人には知らせたの？」

「告知はしないようにお願いしました、主治医と妹達とも相談して。本人には結局、最後まで知らせませんでしたね」

「そのほうがよかったかも。治療の仕様がないんなら、知らないままのほうが気持ちも暗くならずに済むし。克也さん、いい判断だったと思うわ」

「最後の一ヶ月はずっと入院生活で、もう起き上がれませんでした。痛み止めの麻酔でほとんどの時間うつらうつらしていて、たまに意識が戻って庭のことなどを気にしていましたけど」

母は、そのまま眠るようにして息を引き取った。

「年齢も年齢だったしねえ。大往生ですよ。克也さん達に看取られて、お義姉さんもきっと幸せだったわよ」

叔母は、私を慰めるように云う。

「克也さんも体には気をつけなくっちゃねえ、これから独り暮らしになるんだから。心配だわ、あなたももういい年のおじさんなんだし、あらイヤだ、いつまでも若い若いと思っていた甥がもうおじさんだなんてねえ、わたしも年を取るはずだわ。お互い健康には注意しなくっちゃね、健康診断もマメに受けて。ガンは遺伝的な要因もあるっていうし」

「親父は心臓でしたよ」

「そうね、あの時は突然だったわねえ。ある意味、兄さんらしかった。長患いして家族に負担かけるのは、あの人一番嫌いそうだったし。やっぱりぴんぴんころりが何よりね。わたしもそこは、兄さんにあやかりたいものだわ」

「いきなり倒れてそれっきりっていうのも、こちらは慌てるばかりでしたけれど。心の準備どころじゃなかったから」

「それもそうねえ。もうあれから五年？」

「そうですね」

父が急に倒れ、私は母をこちらに呼び寄せた。高齢者の単身世帯では心細かろうし、私も心配だった。同居を始めた母は早速、それまで荒れるに任せていた庭の大改造に取りかかった。それからは季節ごとに花々が庭を彩るようになった。

「こんな席でこんな話もアレだけど、ねえ、克也さん」

と、叔母は一層声を低くして云う。

「相続は問題ないの？　ああいうのは後で揉めるようなことがあったりするから、その辺はきちんとしておかないと」

「大丈夫ですよ、遺産なんて大してないし。長野の家を処分した時のは妹達にも配分が終わってますから。あとは形見分けくらいですね。若い頃の着物や帯を妹達が欲しがるかどうか。帯留めなんか割といい物があるみたいで」

「それならいいけど、ほら、前橋の拓郎伯父さんのところ、息子さん達が遺産の取り合いで拗れちゃったでしょう。次男のほうのお嫁さんの実家まで口を挟んできたりして、まだごたごたしているみたいよ、あの辺は土地が値上がりしたらしいから。ああ、土地っていえば、克也さんの家の辺りも随分上がったそうね、地下鉄が通って」

「ええ、まあ」

大っぴらに自慢するようなことでもないから、言葉を濁しておいた。

私がローンで家を購入した頃は、とても不便な土地だった。二十五年前、ＪＲも西武線も駅が遠く、交通の便が悪かったのだ。周囲は畑ばかりで、真新しい建売住宅がぽつりぽつりと建ち始めた程度の田舎だった。しかし、十年ほど前に、都心から続く地下鉄が延びてきた。私の家の前の狭い道を五分ほど歩くと幹線道路に突き当たり、その丁字路に地下鉄の駅が新設されたのだ。忽然と現れた駅のお陰で利便性が上がり、宅地としての価値も跳ね上がった。池袋へのアクセスが格段によくなって、新興住宅地としての人気もうなぎ登りだ。朝などは、通勤族が大挙して、我が家の前を行進して行く。もちろん私もその列に加わる。通勤が楽になったのはありがたい。ただし、地下鉄の駅がぽんと出来ただけなので、駅前に商店街などはない。宅地のまん中の幹線道路沿いに、ぽつんと駅への入り口が建っているのみである。その代わり、洒落たレストランなどが私の家の周辺にも何軒か出店してきた。いわゆる隠れ家的な名店としてグルメ雑誌で紹介されるような、住宅街の中の飲食店である。フレンチやイタリアンなどの若いカップルが喜びそうな店がいくつも開店した。そのために全体的に小綺麗な町になって、宅地としてのイメージもアップしている。地価も、さらに上がった。現在の値段では今の家を買う気になれなかったかもしれない。私名義の財産としては、ちょっとしたものといえるだろう。

将来、その財産のただ一人の権利者になる娘も、葬儀には来てくれた。娘の差し出した香典袋には無論、今野とは別の姓が書かれていた。十年前に、私の籍を外れているのだ。

「お父さん、大変だったね」

すっかり大人びた娘は黒のワンピース姿で、私を労ってくれた。もう大学生である。

「お前もお見舞い、何度もありがとうな。お祖母ちゃんも喜んでたよ」

「けど、お祖母ちゃんほとんど眠ってたよ、私が顔を出した時」

「ちゃんと判っていたさ、孫が見舞いに来てくれたんだから、嬉しいに決まっている」

「だといいけど、最後にお祖母ちゃん孝行できたんなら。私も会っておきたかったし」

娘は、はにかんだように微笑んだ。

葬儀を終えて帰り際になって、娘はそっと私に近づいてきて、内緒話をするように、

「あのね、お父さん、こんな時にする話じゃないかもしれないけど、ゆっくり話す機会もないから聞いとくね」

「何だ、藪から棒に」

「あのさ、お父さん、無理してないよね、お金」

「何の金だ?」

「学費。本当は国公立に行ければよかったんだけど、ほら、私、理数系があれだし。結局私立になっちゃったから、学費、高いでしょ」

「何だ、そんなことか」

私は思わず苦笑した。

「お前が気にすることじゃないよ。子供の教育費は親の義務だ。その代わり卒業したら後は知らんぞ。就活、大丈夫なのか」

「うん、平気平気。そっちはバッチリだよ」

母子家庭で育ったせいか、娘はしっかり者に成長している。変なところに心配性なのも、母親似だろうか。私の家を出て行く時は、まだランドセルを背負っていた。あの日、小さな体でランドセルを背負い、両手にも荷物をいっぱい抱えて娘は、母親の後をついて家を出て行った。不安そうに心細げに、何度もこちらを振り返っていた。十年前のあの頼りない少女の面影は、もう感じられない。

「それから、お母さん、やっぱり来ないって」

娘はそう付け加える。

「そうか」

とだけ私は答えた。

娘にとって私の母は血の繋がった祖母だ。葬儀に参列するのは少しもおかしいことではない。ただ、別れた妻には故人はもう他人である。顔を出す義理はない。

離婚の原因は私にある。仕事にかまけてばかりいた。大手商社での業務は、何億円単位の金を自分の才覚で動かす快楽を味わえた。今となってはただの錯覚だと判るが。

当時は仕事が面白く、社内での派閥闘争もエキサイティングだった。忙しく、残業続きで、長時間会社に居座ることが美徳だと思っていた。帰宅は毎晩、午前様だった。身を粉にして会社に尽くした。それが己の生きる道だと信じていた。結局、若手の急先鋒として私が属していた専務派は、次期社長の座を懸けた派閥抗争に敗れた。人事が大幅に刷新され、自主退社に追い込まれた者や子会社への出向の憂き目に遭った者が続出した。私が窓際に追いやられるだけですんだのは、派閥の下っ端だったからにすぎない。そうして閑職に追い落とされても本社にしがみついているのは、娘の学費を稼ぐ必要上もあるが、要するに自分本来の価値を認めるのが怖かったのだ。大手の肩書きを失ったら何者でもなくなるのが恐ろしく、転職に踏み切れなかった。数億の金が動くのも私個人の力などではなく、単に会社の看板の下に動いていただけである。給料泥棒と陰で蔑まれようと今の地位に甘んじているのは、私がちっぽけなプライドを後生大事に抱え込み、保身だけに汲々とするつまらない臆病な人間であるからに他ならない。
ただ、あの当時は我武者羅だった。仕事に生きがいを感じていた。だから家庭を顧みる余裕がなかった。妻とはいつしか、会話のない夫婦になっていた。帰宅しても一言も口を利かない日が多くなった。妻がそんな生活に心を磨り減らしていると想像することさえできぬほど、私は無神経だった。

会話のなくなった夫婦関係は修復不能になっていた。いつから会話がなくなっていたのだろう。結婚前はあれほど話すことがあったというのに。逢瀬のひとときを楽しんだ後、終電の時間まで駅近くの公園で話し込んだ。夢中で語り合った。あの頃、何を一体あんなに話すことがあったのだろうか。とにかく語るべきことが多すぎて、いつまでも一緒にいたかった。今となっては何を話していたのかもまったく思い出せない。無言で帰宅した私を迎える、硬く表情をなくした妻の横顔ばかりが思い出される。

日がすっかり落ちた。

庭園灯を点けっ放しにして家へ入った。灯りの目印は、母のために必要だった。

母の入院中は交代で泊まり込んでくれた妹二人も、それぞれの家庭に戻っていった。二人ともご亭主が転勤族で、今はそれぞれ遠い街に居を構えている。

「兄さん、一人になっちゃうけど、大丈夫なの？　やっていける？」

妹達は口を揃えて心配したが、やもめ暮らしは慣れている。離婚した後は、母を迎えるまでの期間、一人で充分やれていた。

早めに風呂に入り、面倒なので夕食はスーパーの総菜で済ませた。

そして寝室から布団を引きずり出してきて、リビングの隅に床を延べた。このリビングの窓の外が庭で、月下美人の鉢はすぐそこの軒下に置いてある。いつ咲いてもいいように、近くで寝るつもりだ。月下美人は夜にしか咲かない。母が心待ちにしていた開花を見届けたかった。一晩だけ咲いてしぼんでしまうというから、見逃すわけにはいかない。夜中に目覚めたら、ちょくちょく確かめるつもりだ。独り暮らしのこととて、どこに寝床を敷こうが誰からも文句は出ない。

ウイスキーの水割りをちびりちびりやりながらテレビを眺める。病院の引き上げ手続き、妹二人の家族の来訪、そして通夜から告別式への慌ただしい日々が続いた。それが嘘のように静かになった。慣れない看病と葬儀の疲労が重なったせいか、いつしかうたた寝をしていたようだ。ふと、何かの物音で目が覚めた。壁の時計を見ると、夜の十一時前。すっかり寝入ってしまっていた。

　音は庭から聞こえるようだった。人の気配がする。こそこそと話し声も聞こえる気がする。

　泥棒？　不審者？　何者だろうか。

　思い切って窓のカーテンを開いた。庭へと続く窓は大きく、ガラス戸は床まで届くタイプだ。その窓のサッシを開け、雨戸のロックも外した。こちらの音に反応したようで外の人声がぴたりと止まった。

　ためらわず雨戸を開く。庭園灯の光が煌々と庭を照らし、宵闇を追い払っていた。

　その灯りの中に不審な人影があった。光のせいでその姿がはっきりと見えた。

　若い男だ。スーツ姿の男が一人、庭の中、外の道路に近いほうに立ちすくんでいる。立っているのは花壇と花壇の隙間の通路になっているところだ。男は及び腰で、呆気にとられたみたいな表情でこちらを振り返っていた。

「どちらさまかね」

　私はつい、刺々(とげとげ)しい声を出していた。

「何の用だね、こんな夜更けに」

「あ、いや、別にどうしたということでもなくて、その、何でもないんです」

　若い男は明らかにうろたえていた。おどおどした態度で、外の道路のほうと私の顔色を同時に気にして、首を何度も往復させる。

「何でもないということはないだろう、人の家に勝手に入って。なぜうちの庭にいるんだね」

「あ、はい、ええ、勝手に入って、いえ、そうですね、そんなつもりはなかったんです、すみません」

へどもどしながら言い訳をして、男は後ずさりする。そして、

「あの、失礼しました」

大いに慌てて、男は駆け出していった。

「あ、ちょっと、待ちなさい」

私が呼び止めても、男には届かなかった。何も答えずに、道へ飛び出して行く。

私は急いで、外履きのサンダルを突っかけて庭へ降りた。夜気が少しひんやりするが、寒いというほどではない。

庭の通路を突っ切り、外との境界の辺りまでひと息に駆けた。

男の走り去ったほうを見る。車はほとんど通らない狭い道だ。地下鉄の駅への早道だが、さすがにもうこの時間では人の姿はなかった。逃げ去った男も、既に見えなくなっていた。

暗い夜の道を見ながら、私は小さくため息をつく。

何だったのだろうか、あの不審者は。

踵（きびす）を返して家のほうへ戻る。軒下の月下美人の鉢を確かめた。花蕾はまだ垂れ下がり、咲く気配はなかった。

翌日は土曜日だった。

これまでは休日といえば、朝から母の病室に詰めていた。病院独特の消毒液の匂いが服に染み付くほど長い時間、母の枕頭に座っていた。しかし、もうそうした用事もなくなってしまった。

時間を持て余していた。

昼から何となくベンチに座ってすごした。このところ晴天続きで、今日も日差しが暑いくらいの陽気だ。花壇には午前中に水撒きしたので、花々は元気そうである。

昨夜の不法侵入者のことを、考えるでもなく思い出していた。

何者だったのだろうか。あの若い男は。

これといって特徴のない男だった。スーツをきっちり着ていたから、路上生活者が迷い込んだとも思えない。あの外観は、どう見ても普通の勤め人だ。

泥棒だったのだろうか。いや、それにしては服装がおかしい。空き巣狙いの類いならば、もっと忍び込みやすい軽装のはずだ。昼間なら訪問販売のフリをしてあの格好でカムフラージュするのも有効だろうが、昨日のは夜の十一時だった。住宅街ではかえって悪目立ちする。ジョギングの途中の近所の人を装うほうがよっぽど怪しまれないだろう。身軽に動けるだろうし。また、泥棒にしては顔も隠していないのが不自然だった。顔立ちも、ぼんやりとではあるが覚えている。目撃者に顔を記憶されるようでは泥棒失格だ。特に凶悪といった印象ではなく、ごくおとなしそうな若い男だった。

あれは一体どこの何者だったのだろうか。

そんなことを考えながら、庭を見る。花壇の向こうには道路が見渡せる。朝になると多くの人が、左から右へと横切って行く道だ。狭い裏通りのようなものなので、庭との仕切りは特に設置していない。いささか物騒だとも思うが、この近辺は治安も悪くない。母が庭いじりをしていると、同好の士らしき近所の人がたまに道路から声をかけてきたものだ。立派な花壇ですね、とか、ポピーが見事に咲きましたね、などと話しかけ、足を止めていた。母も作業の手を休めて、そんな人と立ち話に興じることもあった。趣味を同じくする者同士、話が弾むことも多かったようだ。しかしそうした際でも、近所の人は庭に足を踏み入れるような無遠慮なことはしなかった。ごく当たり前の慎みを持って、道に立ったままお喋りを楽しむだけで、こちらの敷地に入ることはなかった。それが普通の感覚だろう。常識的な人間は、他人の敷地内へはずかずかと入らないものだ。

それが昨夜の若い男は、断りもなく庭に入り込んでいた。誰の目もないのをいいことに、勝手に入って来た。立派な不法侵入行為である。最近の若い者は常識をわきまえておらん、などとおっさんくさい台詞を吐くつもりはない。どちらかというと、その目的が判らないのが不可解だった。

昨夜の若い男は、何のために私の家の庭に立ち入ってきたのだろう。

泥棒には見えなかった。声をかけてもあたふたするばかりで、明確な答えは返ってこなかった。例えば園芸に興味があって、通りがかりに庭の花が目に止まり見たくなったのならば、正直にそう云えばすむ話だ。私が誰何した時に「すみません、お庭の花壇がきれいなのでつい入ってしまいました。申し訳ありません」とでも丁寧に弁明すれば、咎め立てすることもないだろう。

しかし昨夜の若い男は、わたわたと口ごもってばかりで理由を云わなかった。

体調が悪くなってベンチで休んでいただけ、という可能性はあるか？

いや、その場合も素直にそう云えばいい。私も水や薬くらいは提供した。どうせこの道をまっすぐ歩けばほんの五分で地下鉄の駅なのだから、駅員さんに頼ってもいいかもしれない。駅の人ならば体調不良者の扱いにも慣れているだろうし、救急車を呼ぶなど適切に対処してくれるはず。わざわざ見知らぬ他人の家の敷地内で休む必要もなかろう。

散歩ちゅうのペットが逃げ出したから探していた、とか？

いやいや、犬でもウサギでも、スーツ姿でペットの散歩に出かける者もいないだろう。それに、このケースでもちゃんと理由を申告すればいいだけだ。あんなに意味のないことばかりを口走って、あわあわする必要はない。

では何のために入って来たというのか？

ベンチから立ち上がって、私は庭の様子を確認した。広いといってもあくまでも二十三区内にしてはという比較の話で、特に広大なわけではない。猫の額、と表現するのは謙遜が過ぎるだろうが、猫の後頭部程度といっても構わない。だから全体はすぐに見通せる。異常はないように思う。

何も盗られた物などない。

反対に、何か不審な物を放置していったわけでもない。

花壇のどこかに何かを埋めたのではないか、などと荒唐無稽なことも考えつき、一通り慎重に観察してみた。しかし、土を掘り返したような痕跡は見つからない。

意味もなくベンチの裏側なども覗き込んでみたが、異変は発見できなかった。

昨日と変わった点はどこにもないようである。

あの若い男が逃げて行った時、確か手ぶらだったと記憶している。何かを持ち去ったということはないだろう。

こうなるといよいよ判らない。

はて、昨夜の不審な男、一体何のために庭に入り込んでいたのだろうか？

その夜。

昨晩と同じように、水割りのグラスを片手にのんびりと過ごした。

一度、窓を開けて月下美人の様子を見た。筆の穂先のような形の蕾は硬く閉じ、どうやら今夜も咲かないらしい。

戸締まりをしてからはしばらくの間、溜まっていた雑誌や本などを開いてゆったりと過ごした。さて、もう一杯だけ呑んで寝るとするか、という段になって異変に気づいた。

庭で人の動く気配がする。

昨夜と同じだ。壁の時計を確かめると、十時半を回っている。時刻も近い。

押し殺したような人の声、かすかに動く音。間違いない、何者かが庭に立ち入っている。本に没頭していて気づくのが遅くなったから、いつからいるのかは判らない。雨戸のロックを外していると、動き回る気配は一層大きくなる。

立って行って窓を開くと、外で「あっ」と小さな声があがった。

雨戸を開くと、男が一人、庭のまん中辺りに立っていた。花壇の合間の通路になっている場所で、外の道のほうへ逃げようとしている格好である。私が雨戸を開けた音に驚いて振り返った姿勢だった。やや腰の引けた、間の抜けたポーズで固まっている。その顔には明らかに「まずいっ」といった感じの表情が浮かんでいた。

やはりスーツを着た若い男だ。ただ、昨夜の男より少し背が高く痩せていて、別人であることは明白だった。庭園灯の光の下、男の両手には何もないことを私は見て取った。

「何か用かね、うちの庭に」

私の問いに、若い男は動揺しきった態度であたふたと答えた。

「あ、いえ、別に用は何も、ええ、すみません」

「いや、用がないはずがない。現にこうして入ってきているんだから。何をしていたんだね」

私は重ねて問う。若い男は外の道路のほうが気になるようで、そちらを何度も振り向きながら、

「いえ、本当に何も、特に用とかじゃなくて、あの、すみませんでした」

慌ただしく一礼して、脱兎の如く逃げ出した。道路へ飛び出し、右方向へ駆けて行く。

「あ、ちょっと待ってくれ」

サンダル履きで、私は後を追った。

不法侵入を咎めるより、入って来た理由を知りたかった。

しかし、私が庭から道路へ飛び出した時には、男はいなくなっていた。狭い道の暗がりの中に消えて、その後ろ姿はもう見えなくなっている。私のようなおっさんの足では、若い者の機敏さには敵わない。

私は呆然と、道路に立ち尽くすしかなかった。

昨夜に続いてまたしても侵入者があった。

これは一体何なのだろう。

庭に引き返し、庭園灯に照らされた花壇をざっと確かめる。やはり異常は見つからない。何も盗られたわけではない。花が色とりどりに咲き、ベンチが置いてあり、その傍らでヨーロッパ風の庭園灯が白々とした灯りを地面に投げかけているだけである。

あのスーツ姿の若い男は何をしに入って来たのか。それが判らなかった。庭先といえども他人の敷地だ。警察に通報でもされたら捕まる恐れがある。その危険を冒してまで私の庭に入って、何をしていたのだろう。

よもや、月下美人の開花状況を確かめにきたわけでもあるまい。この花のことは家族以外には誰も知らない。

では、こっそり庭へ忍び込んだのは何のためか？

それも昨夜に引き続き、二人目である。昨日の男とは別人だった。体格も顔も違っているのを私は見ている。別々の男が二人、二夜連続で侵入してきたのだ。

何のために？

庭にゆっくりと歩を進めながら、私は首を傾げる。

さっぱり判らない。

私が発見した時は、もう逃走する途中のようだった。私が窓を開けるのに物音を立てたから逃げの態勢に入ったわけで、その前まで、多分何かをしていたに違いない。

何をしていた？

単純な泥棒とも思えない。スーツ姿で泥棒というのが、とにかくしっくり来ない。花盗っ人というわけでもなさそうだ。二人とも逃げる際には手ぶらだったし、手が土で汚れているようでもなかった。花壇の花にも摘み取られた様子はない。しかし、庭には特に何かあるわけではない。母の育てた花々が咲いているだけである。

母が咲かせた花は、特段珍しい品種でもない。街道沿いの大型ホームセンターの園芸コーナーで買ったものばかりだ。月下美人は例外ではあるが、基本的にどこでも手に入るありきたりな花である。わざわざ私の家の庭を狙って盗みに入るほど稀少な花などないのだ。

花に用事がないのならば、何の目的で庭に忍び込んだのか。

下着ドロなどの変態とも思えない。変質者はおっさんの独り暮らしの家などは狙わないだろう。この家にはどう見ても、若い女性が住んでいるような華やいだ雰囲気はない。変態男ならば前もって、若い娘のいる家をリサーチするだろうに。

隣の家との境界も高い生け垣が塞いでいる。隣家の様子をこちらの庭から覗けるわけでもない。お隣がターゲットならば、もっと適した覗き見ポイントがあるはずだ。

そう考えると彼らの目的がますます判らなくなってくる。

二夜続けて私の家に侵入してきた男達。彼ら二人に繋がりはあるのか。連携を取っているのか、それともそれぞれ別個の理由があるのか。

私にはまるで判らない。ただ首を傾げることしか出来ずにいた。

次の日は日曜日。

長い忌引き休暇も今日までだ。

明日からはまた会社である。とはいうものの、特別気を引き締める必要もない。窓際の落ちこぼれサラリーマンにとっては、出社さえすれば一日の業務は終了したのと同義だ。後は日がな一日、ぼけっとデスクについているだけ。気楽なものである。

その気楽さを破る出来事が夜に起きた。

そう、庭に三度目の侵入者があったのだ。

三晩続けて。

これは異様としかいう他はない。

庭で人の気配を感じたのは夜の十一時前。これも昨夜や一昨夜とだいたい共通している。

私は同じように窓を開き、声をかけた。

違っていたのは、逃げようとしているのが若い男女の二人連れだったことだ。二人は外の道路と庭の境目まで逃走して、私が雨戸を開く音にびっくりして振り返った様子だった。

「何だね、君達は。何の用事があるんだ？」

私の質問に、男が女を庇うように一歩前へ出た。男はやはりスーツ姿で、女は藤色の鮮やかなツーピースを着ていた。

「あ、いえ、別に用事はないんです、ただちょっと、その、通りかかっただけで」

男のほうが、言い訳でもするかのようにあたふたと云った。これも前の二人と同じ反応だった。無論、三人とも別人ではあるが。

「いや、用事もないのに庭に入って来るのは変だろう。私はそれを聞いているんだよ」

「ええ、そうですけど、いえ、違うんです、本当に何もなくて、すみませんすみません」

「別に怒っているんじゃないんだ。理由を知りたい。君達がなぜ庭に入って来たのか、そのわけを教えてほしいだけなんだよ」

できるだけ穏やかに、私は話しかけた。しかし相手は後ずさりしながら、

「いえ、わけとか何とか、本当に何もなくて、本当、すみません、勝手に入ったのはお詫びします、勘弁してください」

男はへどもどしながら、女を促して出て行こうとする。女も早く立ち去りたがっているようだった。

「いや、待ってくれ。私はただ知りたいだけなんだ。話を聞かせてくれないか」

外履きのサンダルを突っかけつつ、私は追おうとした。

「すみません、話なんて何もなくて、ごめんなさい」

云い置いて二人組は、大急ぎで外へ逃げて行く。走り去って行ったのは、やはり前二人と同様に駅のある方角だ。

「待ってくれ、逃げないでくれ、少しでいいんだ、話を」

呼び止める私に構わず、二人組は夜の闇の中に姿を消してしまう。

その後ろ姿を見ながら、私は一人取り残された。若い者の脚力に追いつけるはずもない。私はただ、立ち尽くす他はなかった。

何なんだ、これは。私は言葉を失っていた。

三夜連続だ。

三晩続けざまに不法侵入とは。それも理由も告げずに逃げて行く連中ばかり。

どういうことなのか。何が起こっているのか。ただただ、呆然とするしかない。

「あの、どうかしましたか、何やら大きな声がしましたけど」

突っ立っている私の背後から、いきなり声をかけてくる者がいた。あまりにも唐突だった。

誰かが近づいて来る気配などまったく感じていなかったから、出し抜けに話しかけられた私は仰天して飛び上がってしまう。

泡を食って振り返ると、そこには一人の男が立っていた。

随分小柄な男だった。

小さい体に、黒いぶかぶかの上着をぞろっと羽織っている。人並み外れて小さな顔は、どことなく仔猫を連想させる造作をしていた。恐らく、その瞳が猫の目のごとく大きくまん丸だからだろう。眉の下まで伸びた前髪がふっさりと垂れていて、愛想のいい笑顔でにこにこしている。子供っぽい顔立ちなので、年齢の見当がちょっとつかない。若いようにも見えるが、どことなく老成したおっさんくささも感じさせる。どうにも年齢不詳の小男だった。黒い上着としなやかそうな体の線から、これも優美な黒猫を思わせる外観をしていた。その立ち姿には何やら妙な存在感があって、並の人間とは思われぬ不思議な印象を抱かせる。

「何ですか、君は。君も不法侵入者かね」

思わず口をついて出た私の言葉に、小さな男は、猫のようなまん丸い目をきょとんとさせて、

「不法侵入、ですって？」

と、やけに大きく反応した。そしてまん丸の瞳を好奇心に輝かせながら、

「君も、っていうことはここで不法侵入事件があったんでしょうか。今ですか。そいつは穏やかじゃありませんねえ。逃げて行く人影を僕も見ましたけど、あれが犯人だったんですか。不法侵入、お宅の家に入ったんでしょうか」

「いや、家ではなくて庭だよ。しかも三日連続だ」

小男のあまりにも自然な口調に、つい釣り込まれて私は答えていた。すると童顔の男は丸い目をさらに見開いて、

「三日も続けてですか、不法侵入が。そりゃまた大変じゃないですか。何だってそんなことが起きたんでしょうね」

「判らんね、私にも心当たりがないんです」

「いや、そいつは物騒な話ですねえ、どうも。何があったのやら。あ、失礼、申し遅れました、僕、怪しい者じゃありません、ただの通りすがりの者で、猫丸といいます」

両手を膝に当ててぺっこりとお辞儀をする。やけに丁寧だったので、私もうっかり釣られてしまい、

「あ、どうも、今野です」

「今野さんですか、どうぞよろしくお願いします。しかしどうでもいいですけど、怪しい者じゃないって挨拶もおかしなものですよね。もしそいつが本当に怪しい奴で良からぬ企みを胸に秘めていても、自らまっ正直に『あ、どうもどうも、私はこれから悪いことをしようとしている怪しい者です』なんてぶっちゃけるはずはないですからね。怪しい奴も自己紹介する時は、怪しい者じゃありませんって申告しますよ。わざわざ自分から怪しいと名乗る必要はないんですから。一方、本当に怪しくない何の企ても持っていない清廉潔白な人だってやっぱり、私は怪しい者じゃありません、って自己紹介するわけですから、これは本物の怪しい輩も本気で怪しくない人も、どっちも同じ台詞を云うわけですよね、私は怪しい者じゃありませんって。何だか自己言及のパラドックスみたいですよねえ、これ。怪しい奴も怪しくない人も一律に同じ挨拶をするんですから、これじゃ挨拶されたほうはどっちなのか判断できませんよね。困った問題だとは思いませんか」

猫丸と名乗った仔猫の目をした小男は、ぺらぺらと物凄い早口で本当にどうでもいいことを

捲し立てる。酒に酔ってでもいるのだろうか。あまりに滑らかな口調なので、私は面喰らってしまい口を挟めないでいた。

「ちなみに僕は本物の怪しくない者のほうなんでお間違えのなきようひとつお願いしますよ」

猫丸はさらに勢いに乗って捲し立て、

「実はこの先に練馬区だけで配布しているミニコミ誌の編集部がありましてね、まあ編集部といっても個人が趣味でやってるものですからそこも個人宅の一室というだけの話なんですけど、そのミニコミ誌で僕、たまに仕事をしているんです。取材に行ったり記事を書いたり色々しますよ。都内の珍しい形の建物探訪とか極度においしくないラーメン屋さんの体験食レポとか海の家のレトロメニュー紹介とか。今日は来月号が校了したんでその打ち上げがありましてね、編集部の人と外注の記者やカメラマンなんかが集まって、といっても正式な編集部の人は主宰している一人しかいないんでほとんど全部部外者なんですが、その個人宅で呑み会を開催して、僕もタダ飯目当てにちゃっかり参加させてもらったという次第でして。他の連中は夜を徹して呑むんだとか勇ましいことを云ってましたけど、僕はあいにく下戸でして、酔っぱらいに付き合うのも面倒だからそろそろお暇しようってんで帰ろうと思ったんです。それでここを通りかかったところに今野さんが大きな声で誰か呼んでいるのを聞きまして、どうしたのかとちょいと覗いてみたってわけなんですよ」

恐ろしいほどの早口で喋りまくる。よくつっかえないものだなと感心するほどの口の回り方で、正に立て板に水である。下戸だというからには酔っているのではなさそうだが、素面でここまで陽気なのは異様といえるのではなかろうか。愛想のいい笑顔を見ると、確かに怪しい者とは思えないけれど、ただ、変わり者だという印象は免れない。

その変人は、ふっさりと垂れた前髪の下で、丸い目を野次馬根性で輝かせながら、

「それで今野さん、三日連続の不法侵入ってのはどんな奴だったんですか。何だか随分と剣呑な話みたいですけど」

「気になるかね」

「そりゃもう」

「いや、だからってそう詰め寄って来なくてもいいだろう」

「あ、失礼しました。いや、僕は何か引っかかるとどうにも放っておけないタチでして。今野さん、もし差し支えなかったら聞かせていただけませんか。袖すり合うも多生の縁ってやつです。こうしてたまたま通りかかったのも何かのご縁ってものでしょう。困りごとは他人に話してみるのもいいかもしれませんよ」

愛嬌たっぷりの表情でねだられて、それも悪くないか、と私は思い始めた。一昨晩から起こっているこの不可解な事態を、一人で抱え込むのは持て余し気味だと感じていたところだ。疑問を誰かと共有するのもいいかもしれない。この猫丸とかいう口の達者な若者、無邪気で天真爛漫な様子を見ると、本人の主張するように悪い人物とも思えない。

私は、猫丸を庭に招き入れた。

好奇心たっぷりで庭を見回しながら猫丸は、

「いやあ、立派なお庭ですねえ、お花がこんなに咲いてきれいです。こうして整然と咲いているのを見ると、随分手を掛けて丁寧に育てているのがわかりますね。ただ、こんなこと云っちゃ失礼かもしれませんけど、最近ちょいとばかり管理が疎かになっていやしませんか。若干雑草が伸び始めているようにも見えるんですが」

なかなか観察眼の鋭いところを見せてくる。この小男、ただの陽気な変人というだけではないのかもしれない。

猫丸を促して、二人並んでベンチに座った。傍らに立つ庭園灯に照らされ、猫丸の無秩序なぼさぼさ頭が光を反射して黒々と輝く。柔らかそうな猫っ毛も、ふさふさな猫を連想させる。

「何か呑むかね、ビールでも」

「いえ、ご遠慮させていただきます、下戸ですんでお酒はいただけないんです。それより今野さん、お話を聞かせてくださいますか、三日連続不法侵入のお話」

急かされて、私は、

「そうかね、では――」

と、語り始めた。

といっても特に長い話ではない。この三日に起きたことを順番に聞かせるだけである。

母がいなくなって家で私一人になり、今日まで三日続けざまに忍び込んだ者のあったこと。話せるのはその程度だ。

私が話している間、さっきまでの饒舌が嘘のように猫丸は、おとなしく聞き役に徹していた。

ただ、まん丸い仔猫じみた目を興味津々に爛々と光らせて、何やらやけに楽しそうな様子ではあった。

私が一通り話し終えると、

「ははあ、なるほど、そういうことでしたか。いや、こりゃまたなかなか面白い、うん、実に興味深いお話でした。聞かせていただき、どうもありがとうございました」

座ったまま猫丸は、ぺこりと丁寧に一礼した。その仔猫めいた童顔が、何だか妙にすっきりしているように感じられる。私は気になって、

「どうも納得顔だね、猫丸くん。私は概要を話しただけなのに」

「いえいえ、もうそれで充分です。すっかり得心がいきました。引っかかっていたのが取れたんでいい気分です。不法侵入は感心しませんけど、まあ気持ちは判らなくないですからねえ、いや、今野さんにしてみれば迷惑千万なだけでしょうが」

満面の笑みで、猫丸は云う。どうやら本当に何かが吞み込めた様子だった。

「猫丸くん、きみ、事情が判ったのかね」

「ええ、判りましたよ、大筋は」

「不法侵入者の目的も？」

「はい」

「さっき云っていたミニコミ誌の人達から何か聞いていたのかね、私の家のことを」

「いえいえ、何も聞いてませんよ。そもそも編集部の人達とはご近所ってだけで今野さんも面

識はないでしょう。今のお話から大体の当たりをつけたってだけです」

けろっとした顔で猫丸は云う。

ということは、何か推量したということだろうか。私の話だけを元に、何が判ったというのだろう。

「何か考えがあるんだね。聞かせてもらえんだろうか」

私が請うと、猫丸はあっさりうなずいて、

「構いませんよ。興味深いお話を聞かせていただいたお礼です、今度はこっちがお話ししましょう」

そう云って、ぶかぶかの上着のポケットから煙草の箱を取り出して、一本引き抜き右手の指先で一回転させる。

「あ、余所様のお庭で吸うような不作法なことはしませんからご心配なく。ただ持っているだけです、火は点けません。こいつがないとどうにも調子が出なくっていけませんや」

ちょっと照れたように笑うと、猫丸は煙草を唇の端にくわえる。そしてくわえ煙草のままで器用に喋り始めると、

「では、どこからお話ししましょうかね」

と、ほんの束の間、考えてから、

「今野さんのお話を聞いて、僕はある家のことを思い出しました。そこも不法侵入が後を絶たなくて、それでエラい目に遭ったというお宅のお話です」

「私の庭と同じように、かね」

「ええ、しかしそこの家の場合はもっと深刻でした。なにせ夜討ち朝駆けで何十人もの人が押しかけて来たっていうんですから」

何十人も、と驚いたが、私は口を挟まずに続きを促した。

「その家は、そうですね、仮に猪苗代さんのお宅としておきましょうか。猪苗代さんのお宅は都内のとある私鉄の駅近くに昔からある、ごく普通の一軒家でした。そしてそこに住む猪苗代さんご一家も、ごく平凡な人達でした、そうお考えください。ところがそこに、ある日を境に突如として大勢の人が押しかけてくることになりました。早朝から夜中まで一日中です。まずは朝、まだ日も出ないうちからドアチャイムが鳴ります。家の人が寝ぼけ眼で出てみると、訪ねて来たのは見ず知らずの人です。見知らぬ人はこうお願いしてきます。御朱印をください、と。判りますよね、御朱印」

「ああ、神社や寺で書いてくれるあれだね」

「そうですそうです。寺社で、住職さんや神主さんがご本尊や主神の名前を墨痕鮮やかにすらすらっと認めて、その上からきれいな図柄の大きな判子みたいなのをどんっと捺してくれるやつですね。御朱印帳なんてのがあって、スタンプラリーみたいにあちこちの神社仏閣で捺してもらって、それを集めるのが楽しいって人が多くいるみたいですね。信心深いご年配の人ばかりでなく、若い女の子にも渋い趣味で収集している人がたくさんいるらしいです。あの御朱印をですね、猪苗代家に書いてくれと、大勢の人が次々と押しかけてき始めたんですよ」

「別に神社や寺ではないんだろう、その家は」

「もちろん。さっきも云ったように、ごく普通の家です。平凡な一家が住むただの民家ですね」

「そこに御朱印を？」

私が眉をひそめると、猫丸も小首を傾げて見せて、

「そう、変でしょう。変というより大迷惑ですね。朝っぱらからそんな理由で叩き起こされるんですから」

「で、どうしたのかね」

「どうもこうも、当然お引き取りいただくだけですよ。うちは御朱印なんてものはやってませんって」

「それはそうだろうね」

「ただ、大勢押しかけてくるわけですから、それを捌くだけでてんてこ舞いです。次から次へとやって来る御朱印目当ての人達を、一人一人説明して帰ってもらう。ところがそれでは終わらない。昼になると、また次の一団がやって来ます。皆一様に陰気な顔をして、人生に疲れ果てたような人達が訪れる。彼らは口々に訴えます。『悪い霊に取り憑かれているかもしれません、そのせいで何もかもうまくいきません。事業が傾き、家族も病気になりました。きっと霊に呪われているんです。どうか霊視して、どんな悪霊が憑いているのか見てください。そして除霊してください』そんなことを云われても寝耳に水です。びっくりして、うちではそんなことはやっていませんお帰りくださ い、と断っても訪問者は粘ります。『そこを何とか。除霊を

お願いします。お金は出します、何とかしてください。このままでは人生が滅茶苦茶になってしまいます。後生ですからお助けを』と」

「もちろんそういう能力のある人ではないんだね、その一家の人は」

「ええ、猪苗代家の人達はごく善良な一般的な人達です。特に宗教に入れ込んでるわけでもないし、除霊なんぞもっての外です。それでもやって来る人々は切羽詰まった様子で食い下がってきます。『高名な霊能者の先生がおいでになるんですよね。お願いします、助けてください、除霊していただかないと帰れません。生活に行き詰まってしまって、もう首でも縊る他ないほど追い詰められております。お願いですからお助けください。どうか除霊を、悪霊を取り除いてください。お頼み申し上げますお頼み申し上げます、なんまんだぶなんまんだぶ』ってな具合です。そう云って取り縋ってくるんですよ」

「それは迷惑どころの話ではないね」

私の言葉に、猫丸も顔をしかめ、

「でしょう。そんな人達が次々とやって来るんですよ、こりゃたまったもんじゃありませんやね。帰ってもらうのにも一苦労です。中にはしぶとく居座る人もいて、諦めてもらうまでが大仕事です。そんなこんなで夜になると、今度はこっそり庭に忍び込んでくる連中が出没する」

「庭に？　うちと同じだね」

「ええ、ただし今野さんのケースと違って、こっちはもっと悪質です。懐中電灯を持ってカメラを構え、こそこそと入り込んで来るんです。そして庭のあちこちにカメラを向けて、勝手にカシャカシャとシャッターを切っている。携帯式の電話機で動画を撮っている奴もいる始末です。何事ならんと猪苗代さんの家族が庭へ通じる扉を開けると、カメラを構えた奴らは『うわあ、出たあ』と大騒ぎした挙げ句、蜘蛛(くも)の子を散らすみたいに逃げ去ってしまう。謝りもせず挨拶も抜きで、一目散に逃げて行くんです。失礼な話でしょう。こんなのが深夜になっても続くんです。庭でごそごそやっている者がいるんで、起きて電気を点けると『わあ、人がいたあ』ってびっくり仰天して遁走して行く。びっくりするのは猪苗代さんのほうですよねえ。そして中にはずうずうしいことに、窓をこじ開けて家屋侵入を試みようとする奴まで現れる。窓がぎしぎし鳴っているんで家人が起きて覗きに行ってみると、鉄梃(かなてこ)みたいな道具でガラス戸を外そうと躍起になっている野郎がいるんですね。『何をやってるんだっ』と怒鳴りつけると、連中『ひゃあ、誰かいる』ってんで泡を食って逃げてしまう。そんな騒ぎで夜もおちおち寝ていられない。猪苗代さん一家はほとほと困り果ててしまいます。そうしてようやく朝が来る、するってえとまたぞろドアチャイムが鳴る。ピンポーン。出て行くと、にこやかに列を作った連中が『お早うございます、御朱印をお願いします』とくるわけです。こんな按配(あんばい)にですね、次から次へと人がやって来るんです、それも大挙して。これが毎日毎日、連日連夜続くんです。来訪者は後を絶たず、終わる気配がありません。猪苗代さん一家にしてみれば大迷惑なんてレベルじゃない、こいつはもう死活問題でしょう」

「気が変になりそうだな」

「ノイローゼになりますね、何しろまともに生活もできない有り様なんですから。それでとうとう猪苗代さんのご家族は音を上げました。その家を引き払って引っ越ししてしまったんです。そしてようやく訪問者地獄から解放されたという、まあこんなお話です。猪苗代家を突如襲った来訪客の大迷惑物語、これにて閉幕にございます」

講釈師みたいな口調で云って、猫丸は一礼した。私は他人事とも思えずいささか憤慨して、

「ひどい話だね。一体どうしてそんなことが起きたんだ？　いきなり大勢の人が押しかけて来るだなんて」

「ええ、訳が判りませんね。何でもそうです。仕込みの途中過程をハタから見ても、そこで何が行われているのか誰にも意味が読み取れないものでしてね。白黒猫ちゃんのご飯と同じで」

と、ちょっと意味不明のことをつぶやいてから猫丸は、そのまん丸い目をひょいっとこちらに向けてきて、

「ところで、ちょいと話は脱線しますが、今野さん、ひとつお聞きします。例えば、今野さんが休日にでも散歩しているとしますね。特に用事もない昼下がり、何となく近所をぶらぶら歩いているとしましょうや、そんな経験は誰にでもあるものでしょう」

「うん、あるだろうね。しかし随分急に話が変わるんだね」

面喰らう私に構わず、猫丸は呑気な調子で、

「目的地も決めずにぶらぶらして、意味もなく普段は通らないような脇道にひょいっと入ってみたりして、全然知らない狭い道を歩いてみるってえと、へえこんなところにこんな面白い形の家が建っているのか、なあんて新たな発見があったりして、散歩も乙なものですな。そうや

って歩いていると、ご近所のはずなのに遠い町にやって来たみたいな気分になったりして、なかなか楽しいものです。そんな具合にぶらっと散策していると、角を曲がったところに鳥居が立っているのが目に飛び込んでくる。おやこんなところに神社があったんだ、どれせっかくだからひとつ参拝してみようかな、と鳥居をくぐって、境内に入ると本殿の前まで来る。賽銭箱に小銭を放り込んで、柏手を打ってお参りをする。家内安全健康祈願なんぞを頭の中で唱えて、ちょっとさっぱりした心持ちになって境内を後にする。と、そういうことってありますよね」

「まあ、あるだろうな」

猫丸が何の話をしているのかは判らないけれど、一応私はうなずく。

「誰しもそんなふうに、一度くらいは見知らぬ神社でお参りしたことがあるんじゃないでしょうかねえ。ね、今野さんもそう思うでしょ」

「うん、まあ、そうかもしれないね」

「今の一連のお参りの流れ、別におかしな行動だとは感じませんでしたよね」

「ああ、特には」

「けどね、よく考えてみてください。これ、結構奇妙な行動なんですよ」

と、猫丸は、口の端にくわえていた火のついていない煙草をひょいっと右手の指に挟み込みながら云う。私は首を傾げて、

「ん、そうかな、神社をお参りするくらい別に変でもないだろう」

誰でもそんな経験があると云ったのは猫丸自身ではないか。不審に思う私の鼻先に、猫丸は

火のついていない煙草の先端を突きつけてきて、

「だって、おかしいでしょう。神社の境内とはいえ、そこは余所の家の敷地なんですよ。何勝手に入ってるんですか。他人の家の敷地に断りもなく立ち入るなんて、非常識極まりない行為じゃないですか。まともじゃありませんよ、無断で知らない人の土地にずかずか入り込むのは」

「それはそうかもしれんが、そこは神社なんだろう。参拝するのなら別に構わんのじゃないのかね」

私が主張すると、猫丸は煙草の先っぽを左右にゆっくりと振りながら、

「でも、余所の家の土地には変わりありませんよ。他人の敷地に勝手に入るなんて、まっとうな社会人のすることとは思えません」

あまりまっとうな社会人とも思えない猫丸は声高に云い、

「そんな非常識な行為は、ヘタすりゃ不法侵入で警察沙汰(ざた)ですよ」

猫丸が大真面目な顔つきで云うので、私も少し迷いが生じてきて、

「うん、まあ、そう云われれば確かにおかしいのかもしれんが」

「そう、そこでです、今野さん」

と、猫丸は、にんまりと何か企むような悪戯(いたずら)っぽい笑顔になると、

「この場合、鳥居があって、ああここは神社だな、と思ったわけです。それで抵抗なく境内へふらっと立ち入った。神社だったら半ばパブリックな空間だから、誰かの許可をもらわなくても入ったって構わないだろう、そう人は判断するんです。判りますか。鳥居がそこに立ってい

ると、それを見た人の、他人の土地だから入ってはいけないという心理的抵抗感を著しく低下させる効果がある。そうしたアイコンなんですね、鳥居というのは」

　歯切れよく猫丸はそう云い、指の間で一本の煙草を器用に回転させた。

「さて、そこで話は猪苗代家の一件に戻ります。実はこの話、僕は被害者の猪苗代一家の誰かから聞いたんではないんです。それを仕掛けた加害者側から聞いたんです」

「仕掛けた加害者、というとやはり何者かが仕組んだことだったんだね、その一家の騒動は」

　私は尋ねる。そうとでも考えなくては、大量の訪問者がいきなり普通の民家に押しかけるなどという異様な事態にはならないはずだ。私の言葉に猫丸は首肯（しゅこう）して、

「ええ、そうです。これはある一団が仕組んだことでした」

「だが猫丸くん、その一団というのは一体何人くらいいる集団なんだ？　随分大人数が企みに関わっていたんだろう。そんな多くの人々がグルになっているなんて、それはどんな大集団のグループなのかね。それとも押しかけたのは金で雇われた者なのか」

「いえいえ、そうじゃありません、押しかけた集団は単に自分の意志で行動しただけで、企てには無関係な人間ですよ。まるっきりの第三者。何も知らずに加害者に踊らされただけの、ただの騙（だま）されやすい人達です。もちろん仕掛けた側は悪い連中ですよ。いわゆる反社会的組織ってやつで、その悪人どもが組織ぐるみで企んだ悪事だったんですね、これは」

「何だかキナくさい話になってきたな」

「これを僕に聞かせてくれたのは組織から足を洗った元組員のおじさんでしてね、あるアルバ

イトで一緒になったんです。ちょっとした荷物を遠方まで運ぶ仕事で、そのおじさんは今、トラックの運転手をしているんですね。僕は助手席にぼけっと座っているだけの楽な仕事だったんですけど、道中退屈だからってんでそのおじさんが悪人だった頃の話を色々聞かせてくれたんですよ。今はすっかり悪事とは縁を切って真面目に働いているそうでしてね、改心して前非を悔いて、懺悔するつもりもあったみたいで。そんな雑談の中にこの猪苗代家に仕掛けた悪巧みの話もあったんです」

　と、猫丸は短い足を組み替えて話を進める。

「悪の組織がやったことは、まず噂をバラ撒くことでした。今は便利な機械が多い世の中で電子機器も色々と発達しているでしょう。ぱそこんっていうんですか、そういう電子頭脳の機械でねっととかいうマシンで世界中に繋がる世の中だとかで」

　パソコン、ネットという単語を、ひどくぎこちなく発音して猫丸は、

「その電子頭脳の繋がりの中で、同じ趣味の人達が集まるサークルみたいな場所があるそうですね。興味が共通しているみんなが、瞬時に情報のやり取りをできる仕組みが」

「ああ、SNS上のサイトとか掲示板の話か」

「そうそう、そのNHKみたいなそれです、いやあ、僕はどうにもそういう高度な電気の機械の類いは疎くって、世の中の流れについていけてないんですよ、お恥ずかしい話」

　やけにおっさんじみた述懐を述べ、照れくさそうに笑うと猫丸は、

「とにかく、そういうところに大量の書き込みをしたそうです。猪苗代家の住所を地図付きで

きっちり書いて、外観の写真も載せて、御朱印集めが趣味のグループにこう伝えるんです。『ここは猪苗代権現大明神神社の社務所の裏側です。ここの御朱印は大層霊験あらたかで有難い大権現明神のお力が籠もったものです。あまり人口に膾炙することのない神社ですので御朱印も非常にレアで稀少性のあるものとなっております。猪苗代と表札が出ている民家の玄関風の裏口ですが御朱印はこちら側からしか受け付けておりません。ただし神職さんがご高齢のため大層早起きで早々に本殿での行に入ってしまうので早朝でないと対応してくれないことが多いです。レアで貴重な御朱印を頂くためには日の出前に訪れることをお勧めします』といった具合です。こんな情報を、御朱印好きな人が見る場所に大量に流していくわけです。これにまんまと騙された人達が珍しい御朱印を求めて、ただの民家にすぎない猪苗代家を神社の一部と信じ込んで、朝早くから訪れるって寸法です。千人見た中で一人しか行かなかったにしても、あちこちで情報を流していれば、塵も積もれば方式で訪問者の数は膨れ上がるわけですね」

「なるほど、金で雇ったエキストラでも組織の仲間でもなくて、普通の人達を動員するのか、それは悪辣な手口だね」

　私が眉をしかめても、猫丸は淡々と話を続けて、

「さらに、他の場所にはこんな書き込みをします。オカルトマニアやトラブルを抱えて藁にも縋りたい人達の目につくように『本物の霊能力を持った方がいらっしゃるのをご存じですか。その霊能者の先生はメディアに出るのを好まないので知名度はありませんが、能力は本物です。霊視と除霊を得意として多くの人々を救済しております。人生に行き詰まりを感じているあな

た、霊障で苦しんでいるあなた、悪霊に取り憑かれてどうやっても祓えないあなた、死にたいほど思いつめているあなた、どうかこの有能な霊能者の先生のお力に縋ってみては如何でしょうか。政財界の大物や芸能人などの有名人も多数お忍びで訪れるほどの能力者です。お名前を猪苗代先生といいます。一見飾り気なく見える民家が猪苗代先生の祈禱所です。大層徳の高い高潔なお人柄の先生ですので料金も格安です。死ぬほど苦しんでいる方は死を選んでしまう前に是非とも猪苗代先生を頼ってみてください。あなたの人生も必ずや好転するはずです。一点だけ注意点を述べますと、先生は気分屋なところがあり気が乗らないとなかなか霊視をしてくださらない場合があります。ここには霊能者などいないと、とぼけて突っぱねることすらあります。そうした時はあなたの情熱で先生のやる気を呼び起こしてください。出来るだけ粘ってお願いするのがいいでしょう。先生に除霊して頂けばどんな悪霊もたちまち退散します。霊障で苦しんでいるあなた、猪苗代先生にお縋りすればきっと悩みも解消するでしょう。お勧めします』とまあ、こんな感じの内容を、これまた大量に書き込みます。鰯の頭も何とやらで、オカルトは頭から信じ込んでしまう人が存外多いものです。たとえ編集する側がインチキと割り切っていい加減に作っている雑誌でも、大真面目に心霊写真を投稿してくる読者もいるくらいですしね。この噂に引っかかっちゃった人達が、人生の指針を求めて、あるいは除霊を望んで猪苗代家に押しかけるわけです。もちろん猪苗代さんの一家には身に覚えのないことですから、玄関先で押し問答が繰り広げられる展開になります。これも悪人達が図面を引いた悪事ですね」

「無茶苦茶なことをするものだな、迷惑なことこの上ない」

私の感想に、軽くうなずいて猫丸は、さらに喋り続ける。

「それから、こんな書き込みをします。『都内の近場に本物の幽霊屋敷が存在するとの有力情報有。猪苗代と表札が出ている写真の民家。この家では半年前に一家心中があり現在は無人。夜な夜な怪奇現象が起こり近隣住民を恐怖させている模様。庭には人魂が舞い、家の中ではラップ音頻発、怪しい人影動き回り怪異なる物ノ怪の姿目撃さるる事多数。敷地内で写真撮影時には心霊の姿写ること必定。お祓い加持祈禱全て効果無くして家主も匙を投げ、近々取り壊される予定。本物の恐怖体験を望む者挙って取り壊しの前に急ぎ探索すべし』といった感じですね。これで好奇心にかられた多くの若者が肝試しにやって来るわけです。夜ともなれば酔った勢いやその場のノリで、心霊写真を撮ってやると意気込む者も出てくるでしょうね。彼らには情報が本物かどうか判らないだろうけれど、面白半分で仲間達と探検に乗り込む連中もいるでしょう。家人が寝静まって灯りが消えていれば、無人の空き家だと思い込んで、家の中まで無理やり踏み込むような荒っぽい者も出てくる。鉄梃で窓を破壊までしてです。無軌道な若者は荒れた台風の海にでも投稿用の動画を撮りに来るくらいですからね、幽霊の姿を撮影してやろうとカメラ片手に忍び込んでくる者も珍しくはないでしょう」

猫丸は、やれやれというふうに首を振ってから、

「こうして、猪苗代さんのお宅は夜討ち朝駆けで大勢の無自覚な迷惑者が押しかける恐怖の訪問者地獄に陥ってしまったわけです。悪の組織の企みによって」

と、組んでいた足を解き、ぶらぶら揺らしながら云う。膝から下が足りていないので、ベン

チに座っていると地面に届かないらしい。

「もちろん猪苗代さん一家も手をこまねいていたわけではなかったようです。御朱印を求める人や霊能者に会いたがる人に事情を聞き、肝試しに忍び込んで来た不届き者もとっ捕まえて、あらぬ噂がネットの中で飛び交っていることはすぐに突き止めました。当然、警察にも相談に行きます。ところが悪事を企てる奴ばらも抜かりはありません。噂をバラ撒くのに使ったネットはすべて海外から繋がるようになっていて、元を辿れない仕組みにしていたそうです。その辺のことは僕はよく呑み込めませんでしたけど、なんでもそういう裏道みたいな方法が使えるそうでして」

「ああ、架空請求詐欺などでよくある手口だね」

と、私はうなずいた。書き込みをするのに、東南アジアや南米辺りのプロバイダを経由して、発信元を特定できなくしておくのだ。外国の得体の知れないプロバイダを渡り歩けばその尻尾を捉えることができずに、鼬ごっこになるだけである。削除依頼を出したところで焼け石に水だ。別のサーバーへ転々と移動すれば、情報を途絶えることなく発信し続けられる。元を辿れないから、足もつかない上に捕まる恐れもない。

私がそういったことを説明してやると、理解したのかしなかったのか猫丸は、中途半端に首を捻りながら、

「へえ、そういう手があるんですか、だから猪苗代さん一家が警察に届けてもどうにもならなかったんですね。訪ねて来るのは無責任なネットの噂を疑いもなく信じてしまうような軽率な

人達でしょうが、悪意があるわけではないですから始末が悪い。警察としても対処に苦慮したでしょうね。御朱印を求める人達や霊能者に面会したい人達は、玄関から訪れただけですから何かの罪に問うわけにもいかないし、肝試しの若者達も不法侵入とはいえ空き家と信じ込んでのことですからねえ。せいぜい厳重注意程度で放免するしかないでしょう。猪苗代家に特別の害意があって訪問したんじゃないんですから、警察もあまり強くは出られない。これでは抑止力にはなりません。嘘情報は日々更新されますから、来訪者は次から次へとやって来て、減ることはありません。警察が注意したところでモグラ叩きみたいなものです。一人を捕まえて誤解を解いたとしても、新規に騙された人々がまた次々に現れるんですからね。かくして猪苗代家の人達は打つ手をなくして、やむなく家を引き払うしかなくなった次第です」

「それで、その悪事というのは何だったのかね、さっきからずっと気になっていたんだが。反社会的組織が、ただの悪戯でそんな仕掛けをすることもないだろうし。その猪苗代一家に何の恨みがあったというんだね」

私が問うと、猫丸は仔猫みたいなまん丸な目できょとんと見上げてきて、

「恨みなんざありません。ああいう連中は損得でしか動かないって、元構成員のおじさんも云ってましたよ。彼らにとってはビジネスの一環でしかないと」

「ビジネス？　そんな嫌がらせが仕事なのかね」

「嫌がらせじゃありません。もっと実利的なことですよ。まあ、出し惜しみするようなネタじゃないんで簡潔に云ってしまいますけど、つまり地上げ屋だったんです、その組織の仕事は」

「地上げ——ああそうか、そういうことか」

私が思わず声を上げると、猫丸は我が意を得たりとばかりに、

「都内の一軒家だと云ったでしょ、私鉄の駅の近くだとも。そう、その家が建つ地所を奪い取りたかったんですよ。つまり、猪苗代家の人達に悪意があったんじゃなくて、その人達の容れ物である家が建つ土地が欲しかっただけなんです、プレゼントの中身より包装紙に意味のあるケースと同じで。その近辺を大手ゼネコンか何かが再開発してタワーマンションでも建てようとしたんでしょうねえ。しかし猪苗代家の住人は立ち退きには気が進まない。先祖伝来の土地だったりすると、いくらお金を積まれたところで売るのは躊躇(ちゅうちょ)することもあるでしょう。そこで最終手段として悪の組織の出番ってわけです。組織の連中はネットの噂を総動員して、連日連夜無関係な第三者の集団が標的の家に押しかけるように仕組んだんですね。ひと昔前は地上げといえば、ダンプカーで突っ込んだりするような荒っぽい手口も横行していたみたいですけど、近頃はそういうのは流行(はや)らないらしいですねえ。スマートというと誉めてるみたいで抵抗がありますが、要はちまちました手を使うようになったんですね。多分、暴対法が厳しくなったんで、組織としては逮捕者を出したくないんでしょう。雇用者責任ってやつで、ヘタすれば組長まで引っぱられちゃいますから。できるだけ穏当な手段を使うそうですよ、ネットの陰に隠れてね。そうやって嫌がらせの限りを尽くして、まともに暮らせなくなったターゲットの一家が泣く泣く引っ越すのを待つわけです。それで土地を手放してくれれば地上げの仕事は完了です。どこの不動産屋に売ったとしても、結局のところ悪の組織の雇い元が大金で買い取って

いく仕掛けですね。猪苗代さん一家は泣き寝入りでデベロッパーだけが大儲けという、大いに後味が悪い結末になるってわけで」

「まさか、私の家も地上げ屋に狙われているというのかね」

思わず二階建ての家を見上げて、私は云った。この周辺も地下鉄の駅が新設されて地価が大きく上がっている。

しかし猫丸は、慌てたように片手をぱたぱたと振って、

「あ、ごめんなさい、不穏な話をして心配させちゃいましたか、すみません、失礼しました。別に今野さんのお宅が地上げ屋の標的になっているって話じゃないんです。地上げならば剣呑な手段を使う前にまず、土地を高く買い取りますがいかがでしょうかって正式な依頼が来るはずでしょ。危ない組織じゃなくてまともな開発会社の社員が。そんな話は来ていませんよね」

「ああ、来てはいないね」

「だったら大丈夫。正式な買い取り依頼がないってことは、ここの土地を狙っている業者なんていないわけですから、地上げだなんて物騒な話じゃないはずです。不安にならないでください」

「そうか、だったらいいんだが」

私がほっと胸を撫で下ろすと、猫丸も愛嬌のある笑顔になって、

「ここからの話はそんなに不愉快な話にはならないから安心してください。いや、ちょっと待ってくださいね、そうだ、この猪苗代家のお話にはもうひとつ補足があるんでした。失礼、う

っかりしていました。問題の地上げ屋の組織がネットに噂をバラ撒き始めた頃、もうひとつやったことがあるんですよ。ダメ押しの仕上げにあることをしましてね。今野さん、何をやったと思いますか」

「はて、判らんね、何だろうか」

私が首を捻ると、猫丸は特徴的なまん丸の目を輝かせて、

「大量に押しかける人達の心理的な抵抗感を引き下げたんですよ」

と、きっぱりとした口調で云った。

「だって人の家に勝手に入るのは誰だって抵抗があるでしょう。いくら御朱印が欲しくたって、霊能者に除霊してもらいたくったって、そして肝試しとはいえ、他人の家の敷地に無断で立ち入るのはどうしても躊躇してしまうものなんです。それが普通の人間の心理ですよね。大方の人間はモラルが邪魔して、余所の家の土地に足を踏み入れるのにはためらいを感じるでしょう。だから、そのためらいを取り去ってしまう必要があった。具体的に何をしたかというと、鳥居を建てたんです」

「鳥居?」

ここでまた鳥居が出てくるのか、と私は訝しく思ったのだが、猫丸はこちらの戸惑いに構わず、滑らかな口調で、

「そう、さっき散歩の途中でふらっと神社に参拝する話をしましたよね。そして鳥居には他人の土地だから入ってはいけないという心理的抵抗感を著しく低下させる効果があるって云った

でしょう。だから鳥居を建てたんです。すでに開発会社が入手していた猪苗代家の正面の土地、そこに立てたんですね。ちょうど猪苗代家の玄関の真正面に向ける形で」

と、猫丸は、火の点いていない煙草を、指の先でまっすぐに立てて見せて、

「これが地上げ屋の仕上げ作業です。なあに、別にそんなご大層な鳥居でなくっても構やしません。ちゃんと木材が組んであって人がくぐれる程度の大きさがあって、誰が見ても鳥居だと判る外観さえあればいい。その鳥居の先があたかも準パブリックな空間みたいな気がしてくる、そんな程度で充分なんです。どこかの日本家屋の解体現場から廃材の丸太を譲ってもらってきて、ちょちょいと組み立てりゃそれでこと足りますね。これでとにかく入りやすくなるって寸法です。散歩ちゅうの人が鳥居を見かけて、ちょいと参拝でもしてみるかと気軽にその先の境内に足を踏み入れるみたいに、立ち入り禁止のタブーを棚上げして、心理的抵抗感を和らげる効果が鳥居にはありますからね。まるでその先にある家が神社の社務所の裏口のように感じられ、霊能者の侘び住まいのように感じられ、幽霊屋敷を鎮めようとした跡のように感じられる、そういうふうにです。そうやって許可を取らなくても入っても構わない空間のごとく演出するわけですね。これでネットの偽情報に騙された人も、猪苗代家の玄関まで勝手に入って行く心理的抵抗感がぐっと引き下げられるって仕組みです」

そう云って猫丸は、眉の下までふっさりと垂れた柔らかそうな前髪を、ちょっと掻き上げてから、

「悪いことを企む連中は工夫もするものなんですね。それだけあれこれ智慧を絞れるんなら、

もっとまともなことに頭を使えばいいのにと思いますけど。もちろん猪苗代家の人達は警察に鳥居の撤去を要請します。それが原因で迷惑な来訪者が増加しているのは一目瞭然ですから。しかし敵もさる者、そこからもう一段工夫をしている。鳥居を立てた土地は悪の組織の手によって、登記簿上はある宗教団体の所有地ということになっているんです。無論、この団体はダミーで、組織が休眠中の宗教法人格を安く買い取って、怪しげな教団のフリをしているわけなんですけどね。教団事務所として登録してあるマンションの一室を訪ねても『あの鳥居は教主様のお告げで関東平野の龍脈の流れを律するために建ててあるものである。あれがなくば地の脈が乱れ古き暗黒邪神ガラバモギが復活し暴虐の限りを尽くして大地に壊滅的な災いを呼び起こし人の世が滅びることになるぞよ』ってんで頓珍漢な説法ではぐらかされて話がてんで通じない。もちろんその狂信者も組織が雇った悪人が演じているんですけどね。ただ、相手が宗教だと警察も二の足を踏んでしまうのが実情です。信教の自由を楯に苦情を申し立てられたら、非常に面倒くさいですものねえ。教団所有の土地に何を建てようが、公序良俗に触れない限りおいそれと手を出すわけにはいきません。警察もそれでお手上げ。猪苗代家の人達も諦めざるを得ない。根負けして引っ越しするしかなくなってしまったというわけです」

そう云って猫丸は、そこで一旦言葉を切って、小さな体で座り直すと、

「ということで、地上げ屋と猪苗代家を巡るお話はこれにて本当におしまいです。ご静聴ありがとうございました」

と、仔猫じみたまん丸い目で、こちらに笑いかけてくる。

「さて、今度はいよいよ今野さんのお宅への不法侵入の件なんですが、今の話にあった鳥居、こいつがポイントになります。もうお判りですね、あれと同じ効果をもたらすアイコンがここの庭にもあるってことが」

「ああ、この庭園灯だね」

うなずいた私は、ベンチの傍らに立つ灯りを見上げた。ポールの上でランタンの形をしたライトが煌々と、眩い光を庭全体に投げかけている。

この庭園灯が何らかの原因であることは、私にも薄々見当がついていた。これを設置した夜から不法侵入が始まったからだ。ただ、人が入り込んでくるその理由が判らなかった。誘蛾灯でもあるまいし、光に人を引き寄せる力があるとは思えない。原因が不明で困惑するばかりである。そんな不可解な事態の理由を、この猫丸という小男は読み取っているのだろうか。

そうしたことを思いながら、私は口を開く。

「庭園灯を置いたら、途端に夜の侵入者が現れた。さっきの鳥居の話からしても、猫丸くんは何か関連があると云うのだね」

「ええ、別に難しくはないと思いますよ、その関連は」

と、猫丸はさらりと云って庭に視線を向ける。

「ご覧なさいな、この庭を。今野さんは見慣れているかもしれませんけど、なかなかどうして見事なお庭ですよ。お母上が丹精されていたんでしたね。きれいに整えられた花壇、美しく咲く花々、それをこうして眺められるベンチ。そして明るい常夜灯。これだけ揃っていれば、ここが公園のようにパブリックな空間みたいだと感じる人がいたとしても、僕は少しも不思議ではないと思いますよ」

と、猫丸は目を細めて庭を見回し、そう云った。

「散歩の時の鳥居と同じですね。鳥居の向こうは半ば公的な場所みたいに思ってしまうのが人の常です。他人の敷地なのは理解していますが、無断で入って行く心理的抵抗感は極度に低くなってしまいます。そして、この常夜灯です」

ランタン形の庭園灯を見上げて、猫丸は続ける。

「これがあたかも公園のように見えて、無断で入って行く心理的な抵抗感を大きく引き下げる要因になっているように僕には思えます。余所のお宅の敷地だというのは承知していますけど、入っても別に構わないんじゃないだろうか、とそう錯覚してしまう効果が、この外灯にはあると思うんです」

「公園みたいに見えるから侵入者が入りやすく感じた、というのかね。しかしそれは何のために？　ベンチと花壇しかない庭なのに、何の用事があるんだろうか」

私の疑問に、猫丸はちょっと視線を上げてこっちを見ると、

「さっき逃げていったのは男女一組のカップルでしたね。それで思い出したんです。ミニコミ誌の編集長に聞きました。この近辺には割と洒落た感じのレストランが何軒かあるって」

「ああ、あるね」

私はうなずく。地下鉄の駅が新設されてから、フレンチやイタリアンの隠れ家的な店がいく

つも出店してきている。

「編集長に云わせると『カップルばっかりでムードが出来上がっちゃってて呑みたいだけの俺みたいな客は入りにくいったらないんだよな、乙に澄まして気取りやがって、いけ好かないったらないぜ、絶対にうちの紙面では紹介してやらんからな、畜生、カップルなんざ全部馬に蹴られて滅んじまえ』だそうですが、なかなか落ち着いた雰囲気のお店が多いようですね」

「確かに若いカップル客が多いように聞いているね」

私の言葉に満足したようで、猫丸はひとつ大きくうなずいてから、

「さあ、そこでです、想像してみてください。若いカップルが週末に小洒落たレストランでデートします。ごく普通の、どこにでもある光景ですね。カップルは食事を楽しみ、食後のコーヒーも堪能し終えてから、帰宅の途につきます。帰るのには駅の方向へ向かいますね。季節もよく、外をそぞろ歩きするには最適な時期です。どこからともなくキンモクセイの香りが漂ってきたりして、ムードのある夜。ゆっくりと歩を進めて行くと、駅は少しずつ近づいてくる。駅に着いてしまえば上り線と下り線で別れ別れになってしまうのかもしれない。一緒の方向の電車に乗るにしても、周囲に他の乗客もたくさんいる車内では二人きりの濃密な時間はもう楽しめない。そんなカップルが駅近くの一軒の家の前を通りかかります。そこの家には美しく整備された庭があって、花壇には季節の花々が咲き誇っています。ヨーロッパの街角を思わせる素敵なデザインの常夜灯も点っています。ロマンティックな眺めですね。まだ離れがたい、今しばらく二人きりの時間を楽しみたい、そんなカップルは常夜灯の灯りに誘(いざな)われ、そこが公園

のような錯覚を覚えてしまう。庭園灯には鳥居と同じく、余所の家の敷地に無断で入り込む抵抗感を和らげてしまう効果があるからです。常夜灯が立っていればそこはあたかも公園みたいに見え、パブリックな空間のように錯覚してしまう。これで心理的抵抗感が著しく低くなってしまうんですね。雨戸が閉まっているから家人も寝静まっているらしい。これなら家の住人に迷惑をかけることもないだろう。ワインのほろ酔いも手伝い、ついつい二人は雰囲気に呑まれふらふらと、手に手を取ってベンチへと誘い込まれてしまいます」

「つまり、私の庭でカップルが何をしていたかというと」

「ええ、決まっています、二人きりの時間を名残惜しんでいたんですよ。ベンチに並んで座り、愛を囁き合ってね」

照れもせず、真顔で猫丸は云いきった。そして一拍間を空けてから、やにわに何か酸っぱいものでも頰張ったみたいな表情になったかと思うと、両足をバタつかせながら身体全体をうねうねさせて、

「うひゃあ、こそばゆい。いやあ、柄にもなくカップルの心理なんぞをトレースしてみたんですけど、何ともくすぐったいものですね、こいつは」

と云ってから再び真面目な顔を見せ、猫丸は語り出す。

「さあ、ベンチに座って愛を語らっていると、そこへ家の中の雨戸の向こうからカーテンを開く音がする。家の人が動き出した気配もします。はっと夢から醒めたように正気に返ったカップルの男性のほうは、まずは女性を先に外の道路に逃がします。トラブルを避けるためですね。

若い娘さんというのはとかくタチの悪い輩に絡まれたりしますし、望まぬ面倒事に巻き込まれることも少なくないですから。何かあった場合、怖い思いをさせるかもしれない。そこで騎士道精神を発揮して、というか、いいカッコを見せたくてともいいますが、若い男性は女性のほうを先に逃がすわけです。そして、免許証などが入ったカード入れなんかを落としていないか、ベンチの周りをざっと確かめます。身分証を忘れていって後でややこしいことになったら大変ですからね。そして何も忘れ物がないのを確認して、自分も大慌てで逃げだした。ベンチはこの通り、外の道路からしたら一番奥にあるから、花壇の中の通路を突っ切って庭を縦断するしかありません。そうやって逃走を図ろうとした途中のタイミングで――」

「雨戸を開けた私に見つかった、というわけか」

半ば呆れた気分で、私はつぶやいた。

そう、昨夜も一昨夜も、若い男が庭から逃走しようとしているところを私は見ている。あれはカップルの片割れだったのか。スーツを着ていたのは気取ったレストランに行くのだから当然だろうし、公道を見渡せる背後をやけに気にしていた様子だったのは、先に逃がした女性を気に掛けていたからなのか。そういえば侵入があったのは金曜、土曜、そして今日、日曜日の夜の三日だった。週末は、若い二人がデートするのに最適である。

「不法侵入の若い男は、今野さんに何をしているのか尋ねられても、もごもごゴマ化すだけで何も云わなかったそうですね。まあ当たり前といえば当たり前ですわな、お宅のお庭をお借りして彼女とイチャついておりました、なあんてこっ恥ずかしくて云えるはずもありませんものね。だから曖昧にわたわたと返事をするだけで、男は逃げて行ったんでしょう」

猫丸は、少々肩をすくめてそう云った。

なるほど、それが侵入者の正体か。三日目の今日のカップルだけは、男のほうが鈍くさくて女性を逃がす機会を逸していたのだろう。納得できた、すっかり腑に落ちた。

私は気分がすっきりと晴れるのを感じていた。

そう、若い二人はどんなに話しても話し足りないものなのだ。語り合うことが多すぎる。ちょうど結婚前の私と妻のように。別れた妻と私にも、そんな時期があった。離れがたく去りがたく、終電の時間まで駅の近くの公園で語り合った。何をそんなに喋ることがあったのだろうかと、今となっては訝しく感じるほど、夢中になって語らったものだった。

もう少し一緒に、今しばらく二人でいたい。いつの時代も若い二人はそうしたものだ。いつの間にか会話のない夫婦になってしまったけれど、そんな頃が確かに私達にもあったのだ。

甘くも苦々しくもある思いが、私の胸を満たす。

そんな私の感慨とは無関係に、猫丸は陽気な調子で続ける。

「てなわけで、この庭に侵入してくる不審人物の正体も目的もはっきりしました。これで不審者は謎でも何でもなくなりました。きれいさっぱり解消して、今野さんも胸が晴れたでしょう」

猫丸は、くしゃくしゃっとした人懐っこい笑顔で云う。そして、最前から指先で弄んでいた一本の煙草を胸ポケットにしまうと、

「さて、頃合いもいいですから、僕はこれにてドロンしますよ」

と、唐突にひょいっと猫丸は、ベンチから立ち上がった。足が地面についていなかったので、飛び降りたようにも見える。

「お休みなさい、今野さん、他愛もないお喋りに付き合ってくださってありがとうございました」

両手を膝に当ててぺっこりと丁寧なお辞儀をすると、猫丸はすばしっこい身のこなしで庭の通路を歩いて行く。たちまち庭と道路の境目に着くと、そこで急に立ち止まって振り向く。

「あ、そうだ。月下美人、もうすぐ咲くんですよね。もしご迷惑でなかったら、明日も伺ってもよろしいでしょうか。月下美人って僕、見たことないんですよ。珍しいんでしょう？　一年に一晩しか咲かない花って、どんなのか物凄く興味を引かれます」

根っからの野次馬気質らしく、好奇心満々の顔つきで猫丸は云う。仔猫が毛糸玉にじゃれかかる寸前みたいな、わくわくと期待に満ち溢れた目をしていた。

妙に老成したような語り口だったかと思うと、ころりと一転してこんな子供っぽい表情になる。そのギャップがおかしくて、私はつい笑いだしそうになりながら、

「ああ、構いませんよ、お待ちしています」

「ありがとうございます。じゃ、お言葉に甘えてまた来ます。それでは失礼します」

満面の笑みで一礼したかと思うと猫丸は、拍子抜けするくらいあっさりと道路に出て行った。すたすたと歩き出し、黒いぶかぶかの上着の小さな背中が、たちまち闇に紛（まぎ）れて見えなくなる。

それを見送りながら、そうか、明日も来るのか、と私は思っていた。変に愛嬌のある面白い

男だった。話しぶりも楽しく、人間的にも大いに引きつけられる人柄だった。不法侵入者の問題にいとも簡単に解決をつけてしまったところなども、なかなか素っ頓狂な頭脳の持ち主といえるだろう。ユニークな人物だ。

ふと、心が浮き立つのを感じていた。

面白い人物が明日も訪ねて来るかもしれない、そう思うだけで、何だか少し嬉しくなっているのだ。そうか、こんな気分になるのは、思いの外、母を亡くしたことで私は気落ちしていたのだな。そう改めて気がついた。自分が思っていた以上に、母を失って落ち込んでいたのだ。だからちょっとしたことが、これほど楽しみに感じるのだろう。

そう、私は淋しかったのだ。

母を亡くして、迷子のような寄る辺ない心持ちになっていた。

いい年をして――と少し苦笑して、私は立ち上がる。母が待ちわびていたらしい。楽しみといえば、月下美人はどうだろうか。母が待ちわびていた花だ。

私は軒下の、素焼きの鉢の様子を見に行く。

飾り気のない鉢の中で、月下美人は元気に茎を上に伸ばしていた。庭園灯の光のお陰で細部までよく見える。

私は思わず目を見張っていた。

蕾の緑の穂先に、黄色い螺旋状の筋が幾本か入っていた。心なしか、昼間より上を向いているようにも見える。蕾が綻び始めているのだ。これは、明日の夜にでも咲く兆しかもしれない。

あの猫丸という愉快な人物が見に来ると約束したせいか。それに合わせたタイミングで開花するということもあるやもしれぬ。彼は何というか、あの陽気さでそういう運のようなものを引き寄せる力を持っているように思う。そうだとしたら面白い。

思いがけず、気持ちが高揚してくるのを感じていた。

明日、咲くだろうか。

咲くといいと思う。

私は、母の口真似をしてつぶやいてみる。

「月下美人、そろそろ咲くかな」

解説

三橋　曉

作家・若竹七海（わかたけななみ）の実体験だという日常の謎に、プロとアマチュアの十三人が挑んだ『競作五十円玉二十枚の謎』が出たのが一九九三年一月のことだから、猫丸先輩とのつきあいも、かれこれ三十年になる。これは、ちょっと考えるとすごいことだ。

その間には、生まれたばかりの赤ん坊が、いつの間にか自分も親になっていたりするくらいの歳月が流れているわけで、年賀状のやりとりがせいぜいの疎遠になっていても不思議じゃない。ところが先輩は今も、百年、いや三十年一日の如くひょっこり訪ねてきたり、いきなり電話を寄越したりするのである。刎頸（ふんけい）の仲や莫逆（ばくぎゃく）の友といった親しい友人の域を越え、これはもう運命の人と呼んだ方がぴったりくるのではなかろうか。

そんな猫丸先輩も、音信が途絶えていた時期がある。もう二度と会えないかもと寂しく思っていた読者も少なくなかったろう。しかし、顔を見せなくなって干支もそろそろ一巡りかという頃、よりによってあれだけ苦手だと力説していたインターネットを経由して、猫丸は卒然と帰ってきた。シャーロック・ホームズでいうところの「空き家の冒険」にあたる「猫丸先輩の出張」は、二〇一七年十一月、忽然とウェブ・マガジンに分載された。まさに、テ、ン、サ、イは忘れた頃にやってくるという警句どおりに。

そしてその約二年後、完全復活を宣言するかのように雑誌〈ミステリーズ!〉への連続掲載がスタートする。その結果として新たにシリーズに加わった五編は、ほどなく『月下美人を待つ庭で　猫丸先輩の妄言』（東京創元社・二〇二〇年十二月刊）のタイトルで一冊にまとめられた。本書はその文庫化だが、本稿の末尾に掲げた作品一覧のとおり、猫丸シリーズとしては六作目の単行本で、現時点の最新刊にあたる。

とはいえ、猫丸先輩とは本作で初めて出会うという読者もおられるだろう。中には、シリーズが長く書き継がれていることから、その間に主人公の身にも色々あって、人物像や取り巻く環境にも三十年間という時の流れ相応の変化があったのでは、と想像を逞しくする向きもあるやもしれない。しかしそんな奇特な読者の予想は、あっさりと裏切られる。

正式なタイトルがないので、「土曜日ごとに書店に現れては、五十円玉二十枚を千円札に両替していく奇妙な男の謎という若竹七海出題の問題編に対して、後の倉知淳が本名の佐々木淳名義で応募し、若竹賞を受賞した解答編」と呼ぶほかない猫丸先輩の初登場作で、先輩は、猫に似たまん丸の目と学生じみた童顔だと紹介される。さらに、ニヤリと浮かべる笑顔は摑みどころがなく、どこか人を喰った風情で、おまけにへそ曲がりだとも。

本書を開いた読者は、「土曜日ごとに（以下略）」まんまの猫丸先輩がそこにいることに気づくだろう。すなわち、つぶらな瞳と仔猫のような小柄な体軀、前髪がふっさりとたれた顔立ちのおかげで、まるで十代の少年のように見えるが、その実は少年の着ぐるみを被ったおっさんで、いい歳をして定職にも就かず、アルバイトで食い繋いでいる極楽蜻蛉（とんぼ）、である。シリーズ六冊の中に流れた時間は定かではないが、デビュー時には、三十に手が届こうという年齢とあり、のちのトレードマークとなる黒猫を思わせる愛用のゆるい上着についての描写はまだない。しかし、その幕切れでは、善意の友人を煙に巻いて悦にいる人の悪さもすでに全開であった。昔も今も、ちっとも変わらぬ猫丸先輩なのである。

ところで、肝心なことを忘れるところだった。人としてちょっとどうなのか、という難点ばかりをつい並べ立てたが、実は猫丸先輩は、悪魔的ともいえる謎ときの才能の持ち主なのである。〝最近、こんな不思議なことがあったんですけど…〟と、知人らが持ちかける殺人事件の犯人から身近に潜む些細な謎までを、忽ち（たちま）のうちに解き明かしてみせるのである。一瞬で答えが閃くや、他人の顔色を伺うこともなく、周囲に口を挟む隙すら与えず、驚くべき事実について滔々（とうとう）と語り倒すのだ。

そのバックグラウンドには、興味の赴（おもむ）くまま首をつっこんできた演劇、奇術、推理小説をはじめ、三味線のお稽古（けいこ）から東海道五十三次の踏破までの豊富な知識と経験があるのだろう。好奇心の塊のような人物であり、その守備範囲の広さたるや博覧強記と呼ぶにやぶさかではない。アルバイトで生計を立てるフリーターと呼ばれる若者たちは、かつて好景気の時は就職という既定路線に流されないポジティブな生き方を称賛され、バブル崩壊後は就職難民と蔑まれてきた。しかし、フリーターという言葉が流行語にもなったほぼ同時期に登場した猫丸先輩は、そのどちらにも属さない。飄々と生き、泰然自若に構え、ひたすら何か面白いことはないかと目を光らせ、嗅覚を働かせてきたのだ。

六冊目の本作品集でも、事件のあるところに降って湧くように現れる。以前と変わったところは、世の中が喫煙に対して厳しくなり、さしもの愛煙家猫丸も、タバコは咥えるだけで火を点けず我慢するようになったことくらいだろうか。謎と猫丸先輩の親密度は増した感すらあり、謎の方がこの人を呼び寄せているのではないかと思えるほど。いや、ついつい火のないところに煙を立てる男、とまで言いたくなってしまう。

ではこのあたりで、収録作を順に見ていこう。（括弧は初出誌）

「ねこちゃんパズル」（〈ミステリーズ！〉vol.97）

『日曜の夜は出たくない』巻頭の「空中散歩者の最期」に初登場して以来、シリーズの脇役の中では割と出番が多い編集者・八木沢が、街中で奇妙な暗号を見つけたことから大陰謀をめぐる〝知りすぎた男〟にされてしまう。バイト暮らしに同情し、コラム執筆の仕事を回してくれる後輩の八木沢を電話で呼び出し、厚かましくも接待を強要した猫丸は、白猫と黒猫二十匹を使ったクイズで彼を悩ませる。久々に顔を出す編集部のアルバイトみゆきちゃんの出番が多いのも嬉しい。

「恐怖の一枚」（〈ミステリーズ！〉vol.98）

八木沢が紹介したオカルト専門誌の編集部で資料整理のバイトに精を出す笘が、雑誌のバックナンバーを読み耽り、サボりまくる猫丸先輩。それを見つかっても悪びれず、一枚の投稿写真から恐るべき推理を導き出してみせる。日常の謎から連続殺人まで、連作に趣向を凝らしたり見立てに挑んだりするほか、お仕事小説もあればリドル・ストーリーもある。さながら本格ミステリのショーケースともいうべき本シリーズの中でも、推理小説からやがて恐怖小説として変化を見せる戦慄の一編だ。

「ついているきみへ」（〈ミステリーズ！〉vol.101）

バイト先の憧れの年上女子から思いがけずお誘いを受けたデートのさ中、主人公は幸か不幸か、猫丸先輩と遭遇してしまう。親切だが変わり者の友人から届いた謎めいた贈り物と、愛犬が一時間だけ姿を消したプチ誘拐事件。身近で起きた不可解な出来事を語り合うカップルの話を盗み聞きした猫丸は、二つの話に共通するある要素を指摘し、迫りつつある災いまで予言する。芥川龍之介（あくたがわりゅうのすけ）作品からいただいた人物名と呼応するかのような奇妙な味が印象に残る。

「海の勇者」（〈ミステリーズ！〉vol.99）

法月綸太郎（のりづきりんたろう）は『過ぎ行く風はみどり色』の解説の中で、倉知淳を〝天然カー〟と呼んだが、本編もまた無意識のうちにカーのお得意が擬（なぞら）えられているのかもしれない。超大型台風の襲来にもかかわらず、海の家で店を開ける準備に勤しむバイトリーダーが主人公。てんてこまいのさ中に、砂浜に残された波打ち際まで続く片道の足跡を発見した彼は、すわ自殺かとパニックになる。そこに忽然と現れた猫丸は巧言を駆使し、フェル博士やメルヴィル卿も仰天の推理を披露するのだ。

「月下美人を待つ庭で」（〈ミステリーズ！〉vol.100）

初老の男は、地下鉄の開通により、都心への利便性も高まった人気の新興住宅街の一軒家で孤独に暮らしていた。病床にあった亡母が気にかけていた庭の月花美人の開花を待ちわびていたが、ここ数日、夜半の闖入者たちに頭を痛めていた。そんなある晩、月光に映えるシーサーよろしく、庭園灯が照らす庭に猫丸先輩がひょっこりと現れると、見知らぬ他人たちがなぜ彼の庭に押し寄せるかを解き明かしてみせる。猫丸の理路整然たる推理は、シリーズ屈指だろう。

ところで、冒頭の「ねこちゃんパズル」（二〇一九年発表）には、興味をそそられる一節がある。終盤、『夜届く　猫丸先輩の推測』の表題作（一九九九年発表）で起きた事件へのさりげない言及があって、両事件が同じ年に起きたことが明らかにされるのだ。先に、シリーズ中の時間の経過が曖昧な点に触れたが、作者はこのシリーズで、案外と短い期間（おそらくは一九九〇年代のある数年間）の出来事を、三十年近くにわたって描き続けているのかもしれない。

一向に齢(よわい)を重ねている気配のない猫丸先輩の謎も、それで納得がいくというものだが、学園祭の前日が延々と繰り返される押井守の長編アニメ映画よろしく、シリーズは猫丸先輩の見る長い夢だったというオチをつい妄想してしまいそうだ。さすがにそれはロマンチック過ぎるにしても、『とむらい自動車　猫丸先輩の空論』所収の「夜の猫丸」などに見て取れる登場人物らの過去への甘やかなノスタルジーがシリーズの隠し味だとすれば、あながち的外れともいえない気がする。

作者の真意がどこにあるにせよ、猫丸先輩やその仲間たちと彼らの物語をいつまでも共有できるならば、読者としてそれ以上は望むべくもない。推測（多分こうだろうと当てずっぽう）、空論（役に立たない理屈）、妄言（無茶なでまかせ）と、シリーズの副題もいよいよ異次元の領域に突入したようだが、猫丸先輩と仲間たちの終わらない物語が、いつまでも続くことを願ってやまない。

◆猫丸先輩シリーズ作品リスト

『日曜の夜は出たくない』（一九九四年一月／創元クライム・クラブ）

『過ぎ行く風はみどり色』（一九九五年六月／創元クライム・クラブ）　＊長編

『幻獣遁走曲　猫丸先輩のアルバイト探偵ノート』（一九九九年一〇月／創元クライム・クラ

ブ）
『猫丸先輩の推測』（二〇〇二年九月／講談社ノベルス）→『夜届く　猫丸先輩の推測』に改題
『猫丸先輩の空論』（二〇〇五年九月／講談社ノベルス）→『とむらい自動車　猫丸先輩の空論』に改題
『月下美人を待つ庭で　猫丸先輩の妄言』（二〇二〇年一二月／東京創元社）　＊本作
※いずれも創元推理文庫で文庫化（二次文庫化を含む）

◇前記以外の作品（すべて短編）
「五十円玉二十枚の謎　解答編」→アンソロジー『競作　五十円玉二十枚の謎』（一九九三年一月／東京創元社）収録　＊佐々木淳名義
「揃いすぎ」→アンソロジー『大密室』（一九九九年六月／新潮社）収録
「毒と饗宴の殺人」→『こめぐら』（二〇一〇年九月／東京創元社）収録
「猫丸先輩の出張」→『豆腐の角に頭ぶつけて死んでしまえ事件』（二〇一八年三月／実業之日本社）収録
※いずれも初刊の版元にて文庫化

（二〇二三年三月現在）

本書は二〇二〇年、小社より刊行された作品の文庫化です。

著者紹介 1962年静岡県生まれ。日本大学芸術学部卒。93年、『競作 五十円玉二十枚の謎』で若竹賞を受賞しデビュー。2001年、『壺中の天国』で第1回本格ミステリ大賞を受賞。著書に『日曜の夜は出たくない』『過ぎ行く風はみどり色』『幻獣遁走曲』『ほうかご探偵隊』『皇帝と拳銃と』などがある。

検印
廃止

月下美人を待つ庭で
猫丸先輩の妄言

2023年3月17日 初版

著者 倉知(くら ち) 淳(じゅん)

発行所 (株) 東京創元社
代表者 渋谷健太郎

162-0814/東京都新宿区新小川町1-5
電話 03・3268・8231-営業部
03・3268・8204-編集部
URL http://www.tsogen.co.jp
モリモト印刷・本間製本

ISBN978-4-488-42126-7 C0193

北村薫の記念すべきデビュー作

FLYING HORSE◆Kaoru Kitamura

空飛ぶ馬

北村 薫

創元推理文庫

——神様、私は今日も本を読むことが出来ました。
眠る前にそうつぶやく《私》の趣味は、
文学部の学生らしく古本屋まわり。
愛する本を読む幸せを日々噛み締め、
ふとした縁で噺家の春桜亭円紫師匠と親交を結ぶことに。
二人のやりとりから浮かび上がる、犀利な論理の物語。
直木賞作家北村薫の出発点となった、
読書人必読の《円紫さんと私》シリーズ第一集。

収録作品＝織部の霊，砂糖合戦，胡桃の中の鳥，
赤頭巾，空飛ぶ馬

水無月のころ、円紫さんとの出逢い
——ショートカットの《私》は十九歳

英国ミステリの真髄

BUFFET FOR UNWELCOME GUESTS◆Christianna Brand

招かれざる客たちのビュッフェ

クリスチアナ・ブランド

深町眞理子 他訳　創元推理文庫

◆

ブランドご自慢のビュッフェへようこそ。
芳醇なコックリル印（ブランド）のカクテルは、
本場のコンテストで一席となった「婚姻飛翔」など、
めまいと紛う酔い心地が魅力です。
アントレには、独特の調理（レシピ）による歯ごたえ充分の品々。
ことに「ジェミニー・クリケット事件」は逸品との評判
を得ております。食後のコーヒーをご所望とあれば……
いずれも稀代の料理長（シェフ）が存分に腕をふるった名品揃い。
心ゆくまでご賞味くださいませ。

収録作品＝事件のあとに，血兄弟，婚姻飛翔，カップの中の毒，
ジェミニー・クリケット事件，スケープゴート，
もう山査子摘みもおしまい，スコットランドの姪，ジャケット，
メリーゴーラウンド，目撃，バルコニーからの眺め，
この家に祝福あれ，ごくふつうの男，囁き，神の御業